SACHMET  7

SIEBTER TEIL

ATONS ERWACHEN

ROMAN
KATHARINA REMY

2012 AD:
Luxor
Ist die leidenschaftliche Liebesbeziehung von Anna und Raphael am Ende? So scheint es, denn seit dem grausamen Erlebnis oben im Thebanischen Gebirge, in den Hügeln hoch über *Deir el Medine*, und dem Debakel in Raphaels Haus ist die deutsche Archäologin spurlos verschwunden …

1358 v. Chr.:
Uaset, Kemet
Das *Schwarze Land* hat einen neuen Herrscher! Pharao Achanjati überläßt *Uaset* seinem Schicksal und widmet weit im Norden *Aton* – der Sonne – eine neue, funkelnde Hauptstadt. *Kemet*, von allen gütigen Göttern verlassen, ist dem Untergang geweiht! Sachmet hat ihre dunkle Seite entfesselt, verflucht Pharao und das Land, Hungersnot und Dürre drohen! Sahu-Re, die Hohepriesterin der Isis, versucht das Übel abzuwehren, begibt sich zusammen mit Ranofer auf eine gefahrvolle Reise nach Norden, um in *Achet-Aton* Hilfe zu erbitten. Denn allein auf sich gestellt kann Bent die zürnende Göttin nicht im Bann halten! Doch muß es ihr gelingen *Die Mächtige* für alle Zeiten zu bändigen, um das Leben des Königs zu schützen. Und dann begeht Bent, zurück in Uaset, den größten Fehler ihres Lebens …

Die Autorin:
Ich bin im Saarland (Deutschland) geboren, lebe in der Nähe von Saarbrücken und bin verheiratet. Reisen - nicht nur nach Ägypten - sind unsere Passion.
Das Land am Nil ist seit Jahrzehnten das Reich meiner Leidenschaften und Träume. Um diese versunkene Kultur, den Glanz der Pharaonen in all ihrer Pracht vor meinen Augen erstehen zu lassen, begann ich mit dem Schreiben. Die Lebens- und Denkweise der alten Ägypter, ihr unerschütterlicher Glaube an die Götter und an *Maat*, die alles im Gleichgewicht hält, ist das, was mich inspiriert und all meinen bereits erschienenen Romanen Leben einhaucht.

*Als mein Bruder Nimmuria zu seinem Geschick gegangen war, rief man es aus.
Ich weinte an jenem Tage. In der Mitte der Nacht saß ich und fühlte Schmerz.
Als aber schrieb Naphuria, der große Sohn Nimmurias, an mich:
„Ich werde die Königsherrschaft ausüben!", da sprach ich: „Nimmuria ist nicht tot!
Jetzt hat Naphuria, sein großer Sohn, sich an seine Stelle gesetzt, und er wird
fürwahr keine Dinge von ihrer Stelle, wie sie früher standen, verrücken"*

Tuschratta, Fürst von Nehern,
zum Tode von Amenhotep III.

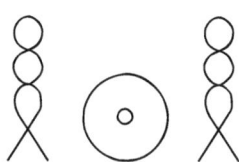

Mein innigster Dank geht an Jürgen, der mir auch bei dieser Geschichte
moralisch den Rücken gestärkt und viele tolle Ideen beigesteuert hat, stets an
mich glaubt und mich immer wieder aufmuntert weiterzumachen!

Ein herzliches, liebevolles Dankeschön geht an Elke Bassler!
Mit ihren zauberhaften 3D-Bildern für die Cover hat sie meine Romane
von Anfang an begleitet, ist darüber hinaus meine treueste Leserin!
Ab diesem Band gehe ich mutig neue Wege, gestalte meine Cover künftig
selbst. Und so danke ich Elke von ganzem Herzen für die wunderschöne
freundschaftliche und kreative Zusammenarbeit in all den Jahren!

Bibliographische Information der Deutschen Nationalbibliothek
Die Deutsche Nationalbibliothek verzeichnet diese Publikation in der Deutschen Nationalbibliographie; detaillierte bibliographische Daten sind im Internet über http://dnb.d-nb.de abrufbar.

Impressum

Sachmet Atons Erwachen
Band 7
1. Auflage Februar 2023

ISBN 9783743149298
Titel: Copyright © Katharina Remy
http://www.amhorizontdersonne.de
Titelbild, Umschlaggestaltung, die Löwin:
Copyright © Katharina Remy
Herstellung und Verlag: BoD - Books on Demand, Norderstedt

SO SPRICHT AMUN,
DER KÖNIG DER GÖTTER:
SOHN MEINES LEIBES,
MEIN GELIEBTER NEB MAAT RE,
MEIN LEBENDES ABBILD,
MIR GEBOREN VON MUT,
AUF, DASS DU DER EINZIGE HERR
MEINES VOLKES WERDEST!

(Inschrift in Kom el Hettan)

UASET, PEN TJEHEN ATON

Im letzten Jahre seiner Allerheiligsten Majestät Amenhotep Heqa Uaset Neb Maat Re
In der Jahreszeit des Peret, im Mond Pa en Amenhotep

Dumpf polterten die Schläge an das große Tor, unheimlich hallte es in dem weiten Innenhof wider.

Bent schreckte aus ihrem unruhigen Schlaf hoch. Es war früh am Morgen – ein wenig Dunkelheit lag noch über dem Land und größte Stille. Die Wächter waren anscheinend gerade bei der Wachablösung, denn sie hörte weder die Männer noch Pesechet noch sonstwen, der die Pforte in dem Tor öffnete. Bent strampelte das Laken von den Beinen, schlüpfte in ein Kleid, richte sich das Haar, verließ ihre Gemächer und öffnete die Luke in der Pforte.

Majaret!

Die oberste Kammerfrau der Königin stand da. Allein, ohne Begleitung. Rasch öffnete Bent die Pforte, ließ die Dame ein, schaute über die ruhig in der Morgendämmerung daliegende Straße, bemerkte eine unauffällige, schlichte Barke an ihrem Steg.

„Eure Hilfe wird benötigt!" Majaret packte Bent am Arm. „Nehmt alles, was Ihr zu einer Behandlung üblicherweise mitnehmt und eilt Euch!"

„Ich bin nicht befugt, Euch etwas zu sagen, Sahu-Re." Majaret schaute über das Wasser. Bent hielt sich an ihrem Kasten fest, als könne er Halt und Sicherheit geben, starrte zu den *Henu*, den Ruderern hin, die die Barke in den königlichen Hafen steuerten, versuchte vergeblich ihre *Neherher* in den Griff zu kriegen.

Und kurz darauf eilte Bent, wie vor ein paar Jahren mit Majaret durch den Palast, durch *Pen Tjehen Aton*, dem *Glanz des Aton*, huschte durch das Westtor, wandte sich nach rechts, sich gewiß und irgendwie darauf hoffend, diesmal in die Westlichen Villen geführt zu werden. Doch Bent irrte auch dieses Mal, abermals brachten die Träger mit zwei Tragsessel die Damen geschwind durch mehrere Höfe zu einem weiteren Eingang.

„Wo führst du mich hin?" Bent klappte ihren Fächer auf, wedelte sich nervös die aufsteigende Hitze und eine lose Haarsträhne aus dem Gesicht, betrachtete den düsteren, zugigen Korridor genauer. Am Ende eine Tür, die sich öffnete. Schon faßte ihre Hand in den Ausschnitt, sich sicher, Amenhotep, dem Sohn des Gottes zu begegnen. Doch bloß mehrere Diener huschten, einen kopflosen Eindruck verbreitend, eilig vorbei.

Bent klemmte die widerspenstige Strähne entschlossen hinters Ohr, eilte weiter mit Majaret durch die Korridore, die immer breiter, immer luxuriöser wurden, fand sich urplötzlich in einem luftigen, bunt bemalten, völlig leeren, gänzlich stillen Saal wieder, durch dessen Oberlichter Re die glänzenden Strahlen seiner morgendlichen Erscheinung schickte. Staub tanzte stumm, funkelnd und glitzernd darin.

Der Thronsaal!

„Majaret!"

„Ich muß Euch hier verlassen! Ihr werdet im *Herz des Palastes* erwartet!"

Bent eilte durch den achtzig *Meh Nesut* langen Säulensaal bis hin zu dem dreistufigen Podest an seiner gegenüberliegenden Stirnseite, hastete die Stufen zu den Thronen hoch, stand schwer atmend vor der Tür, die zu Pharaos Gemächern, zum *Herz des Palastes*, führte. Die davor postierten Männer der Leibgarde standen stramm, schlugen die Faust aufs Herz, grüßten die Hohepriesterin der Isis laut mit: *„Anch Uda Seneb, Djed chet neb iret nes!"* [1]

Einen der Männer kannte Bent näher; ein massiger Schwarzer aus dem tiefsten *Kusch*, seit Kindertagen Pharaos Leibwächter, ein echter *Madjai*!

„Maiherperi, was geht hier vor?"

„Man sagt mir nichts, Herrin! Ich soll Euch ohne Säumen vorlassen. Öffne, *Senuji*, laß die Dame durch!"

Kaum daß Bent jenes gewaltig große Badezimmer dahinter betreten hatte, hastete ihr Königin Teje entgegen, aufgelöst, übernächtigt, derangiert wirkend.

„Herrin!"

„Ich ertrage es nicht! Das überlebe ich nicht! Das kann ich nicht!" Kaum daß sie dies im Vorbeilaufen äußerte, war die Herrin der *Beiden Länder* durch die Tür gehuscht. Bent stand wie erstarrt, machte sich auf das Schlimmste gefaßt, bemerkte Neferrenpet, Pharaos alten Kammerdiener, der ihr demütigst, jammernd und klagend die Tür zu des Herrschers Schlafraum aufhielt.

„Herr? *Neb*! Wo seid Ihr?" Bent blieb stehen, erblickte einen kleinen Jungen und einen mächtig wirkenden *Wer Sunu*, einen Arzt! Nebenbei bemerkte sie die Tochter *Ta Mius*, die wie eine Königin mitten auf einem Tisch thronte und Bent eingehend betrachtete.

„Wo ist er?", hauchte Bent. Der Arzt wies mit dem Kopf zu der großen Nische, in der das Prunkbett Pharaos stand. Dort, unter dem schützenden Abbild der Göttin *Nechbet* lag *Neb Maat Re* in den Kissen, reichte ihr die schwache Hand, „Herrin der Schlacht", flüsternd.

Der *Wer Sunu* packte sie grob am Arm, „Er wird *chepji en Ka*, zu seinem *Ka* gehen! Er stirbt!", zischend.

---

[1] *Die irgendwas sagt, daß man dann sofort für sie ausführen wird*

Loderndes Feuer kochte augenblicklich in ihrer Brust hoch, zornig, wütend ob dem unvermeidlichen Schicksal. Beißende Hitze überflutete sie, Wut auf den Lauf der Welt, Angst um den Herrn. Mühselig beherrschte Bent sich, spürte aber das Flackern von Sachmets Zorn und heiße Tränen in ihren Augen.

„Wie kann er sterben? Er ist der Herr der Welt!" Bent entriß dem Arzt ungehalten ihren Arm, „*Faß* mich nicht noch einmal an!", drohend. „Warum hat man mich nicht eher gerufen? Wer *bist* du überhaupt, daß du dir solche vorlauten Frechheiten anmaßt?", zürnend, und „Was hat das Kind hier verloren? Auf der Stelle hinaus mit ihm!"

„Nur weil Euer guter Ruf Euch vorauseilt, Weib, dulde ich, daß Ihr überhaupt kommen durftet!" Der Arzt stellte sich ihr in den Weg, sein Ton überheblich, seine Miene noch mehr. „Ich bin Neferhotep, Leibarzt Ihrer Majestäten! Allein weil Ihre Majestät, Königin Teje darum bat, dürft Ihr hier sein! *Ich* hätte niemals eine Quacksalberin aus dem Isistempel neben mir geduldet! Und dies ist mein Sohn Mentuhotep, meine rechte Hand, mein Schüler, mein Gehilfe, er bleibt! Und *Ihr* haltet Euch gefälligst zurück! Er soll *sedscha em Hetep*, in Frieden sterben! Ihr werdet weder einen Zauber beschwören noch dem Herrn der Welt ein *Pechret* verabreichen! Haben wir uns verstanden, Hexe?"

„Leck mich am Arsch du aufgeblasene Kröte!" Selten wurde Bent dermaßen ausfällig, schubste den Mann grob vor die Brust. „Geh mir *sofort* aus dem Weg!" Sie trat an das Bett des Herrschers, setzte sich auf die Kante, nahm behutsam seine Hand, drückte sie an ihre Brust. „Ich bin da! Amenhotep! Mach die Augen auf! *Sechemet* ist gekommen!"

„*Wie* nennst du mich?", hauchte es leise, aber vorwurfsvoll aus den Kissen.

„Amenhotep!" Bent gelang ein Lächeln, streichelte dem *Herrscher der Herrscher* die Wange. „Dies ist ein Bett, Amenhotep! Du bist ein Mann und ich eine Frau. Du weißt doch: Was in diesem Bett geschieht, wird darin bleiben, niemand wird je davon erfahren. So gehört sich das! Bei meiner Ehre! Ich bin eine freie Frau Kemets! Kann dich nennen, wie es mir beliebt! Wollt Ihr nicht aufstehen und Euer Tagewerk beginnen? Was hält dich davon ab?"

„Dieser Trottel da!" Ihm gelang tatsächlich ein Lächeln, bevor er wieder in einen gnädigen Dämmerschlaf sank.

„Er ist ein Gott! *Niemand* faßt ihn an!", empörte sich der *Wer Sunu*.

„Halt deine Klappe, du… Du willst Leibarzt sein? Du bist ein Wurm! Ohne irgendeine Macht! Kein Wort mehr davon! Was ist ihm widerfahren?" Mit Mühe hielt Bent Wut und heiße Tränen zurück, die Hand Pharaos tröstend fest umklammernd.

„Sein *Ib*, sein Herz, *fat Chatji*…"

„Es will nicht mehr schlagen?"

„*Mabjat!*" Neferhotep schüttelte mutlos den Kopf. „*Meduji Chatji* nur ganz unregelmäßig. Außerdem hat er gestern abend einen *War Ib* erlitten. Aufgrund, daß *Jebchu heru her* konnte er nicht mehr richtig essen, der klägliche Rest verursachte unerträgliche *Tjia*. Deshalb ist sein Körper seit geraumer Zeit geschwächt…"

„Hör auf, so geschwollen mit mir zu reden! Seine Zahnschmerzen sind mir bekannt. Schwächeanfall! Pah! Sein Herz muß wieder zum Schlagen angeregt werden. Hast du es versucht? Oder faßt du ihn aus lauter Feigheit etwa auch nicht an?"

„Alles versucht. Selbst der Sodomsapfel versagte! Vergebens. Er schwindet." [2]

„Das laß ich nicht zu!"

Bent gelang ein Blick in den offenstehenden, nach Atem ringenden Mund Pharaos, erblickte grüne Blätter, offene Geschwüre und blutende Stellen. Vorsichtig zog sie die Blätter aus Amenhoteps Mund, betrachtete sie entgeistert, zischte unheilvoll: „Hast du ihm vielleicht auch den Milchsaft des Sodomsapfels *verabreicht*?" Sie spürte, wie ihr sämtliches Blut aus den Wangen wich.

„Natürlich! Zum Abführen und Erbrechen, damit er genesen kann, alles Schlechte aus seinem Leib fahren kann! Auch hilft der Saft bei Herzbeschwerden! Sowas kannst du nicht wissen, Frau! Aber auch du mußt jetzt erkennen, daß jede Hilfe vergebens ist!"

„*Bist* du von Sinnen? Wie kann dir dieser Fehler unterlaufen!"

„Ich mußte es tun, Weib! Es war ein letzter Versuch!"

„Pharao! Der Herr der Welt kotzend und sich die Seelen aus dem Leib scheißend! Hast du ihm auf den Topf geholfen, seinen Kopf gehalten? Da hast du ihn doch angefaßt, da war er plötzlich kein Gott mehr, hä? Ich werde einen *Heka* machen! Einen *Hekau Isis*! Ich bin mit *aper me Heka* gesegnet!"

„Frau! *Du* wirst hier nicht zaubern!"

„Und *du* wirst es mir nicht verbieten! Jemand, der auf offene Wunden Sodomsapfelmilchsaft gibt! Wie der letzte Stümper, Quacksalber! Oh nein, wahrlich, die Dummheit stirbt nicht aus! Laß Weihrauch bringen!"

„Ich habe welchen hier."

„Zünd ihn an und bring meinen Kasten her!"

„Ich bin nicht dein Handlanger! Ich bin *Arzt*!"

„Und *ich* bin diejenige die den Dämon mit Worten vertreibt! *Tu*, was ich dir sage! Und bring warmen Wein her, sein Mund muß ausgespült werden…"

„…seid ihr bald fertig mit eurem Geplapper? Weibergeschwätz! Komm

---

[2] Gemeint ist hier der *Oscher*, Calotropis procera Ait., aus der Gattung der Asclepiadaceae, dessen Frucht wie das Nachtschattengewächs ebenfalls *Sodomsapfel* genannt wird. Der Milchsaft ist toxisch, ähnlich wie Digitalis, und wird u. a. heute noch als Pfeilgift verwendet

gefälligst her, Herrin der Katzen! Wie lange soll ich noch warten!"

„Er fiebert bereits! Weiß nicht mehr, was er sagt."

„Dann sollte man ihn trösten, beistehen! Herr, *Neb*, ich bin ja da! Was habt Ihr gesagt?" Liebevoll drückte Bent abermals Pharaos Hand an ihre Brust, streichelte seine Wange, ihm übers Haar.

„Jeb tem u, ne sha en sef!", hauchte Pharao.

„Dein Geist ist leer, kann sich an das Gestern nicht erinnern? Oh, Herr! Du erinnerst dich doch an *mich*!"

„Wo ist *sie*?"

„Kurz hinausgegangen, sie wird gleich wieder da sein!"

„Sie… hat… sich verabschiedet, sagte ‚Leb wohl mein Herz'… weinte… mein Herz… es schmerzt grauenvoll… *Sechemet*? Du bist tatsächlich selbst gekommen? So geleitest *du* mich zu den… Göttern… welch eine Ehre…"

Die Tochter *Ta Mius* sprang aufs Bett, schmiegte sich an Bent.

„Amenhotep?"

Er gab keine Antwort!

„Amenhotep? Herr?"

Er war eingeschlafen, gab keine Antwort mehr!

Nie mehr!

Bent beugte sich über ihn, horchte nach seinem Atem, suchte vergebens den Herzschlag an seinem Handgelenk, die Katze legte sich still, ohne zu schnurren auf seine Brust.

„So ist er denn ein stilles Herz!", flüsterte Bent, hielt die Tränen zurück, „Erlöst von seiner Pein! Mögen dich die Götter mit Wohlwollen in ihre Gemeinschaft aufnehmen!", schmiegte sich ebenfalls an den toten König, hielt seine Hand, betete leise aus den Mysterien der Isis und des Osiris; jene traurigen Worte der göttlichen Schwestern Isis, Nebethat, Selket und Neith am Leichnam des göttlichen Osiris:

„O schöner Jüngling, kehre in deine Bleibe zurück. Lange schon, allzulange haben wir dich nicht gesehen. O schöner Harfenspieler, kehre in dein Heim zurück. Du Erster, nachdem du dich so weit von uns verirrt hast. O schöner Jüngling, der du so plötzlich entschwunden bist, junger, starker Mann, dessen Zeit doch noch so lange nicht gekommen war. Heiliges Abbild deines Vaters Amun, geheimnisvoller Samen des Amun. Herr, Herr, der sich von seinen Vätern unterschied, der erste im Leibe seiner Mutter. Kehre zurück zu uns. Wir würden dich in deine Arme schließen und du würdest nie mehr gehen. O schönes Wesen, komme in Frieden zurück, damit die Schwester sich mit deinem Leib vereinigen kann. O Herr, wende uns dein Antlitz zu…"

Polternd schlug die Tür auf.

„Was geht hier vor?", dröhnte eine befehlsgewohnte Stimme.

Bent richtete sich auf, erblickte den *Tjai chu her wenemi Nesu* Eje, der seinen Wedel empört auf den Boden stieß. Neferhotep und der Junge sanken demütig auf die Knie, verneigten sich ehrfürchtig vor dem mächtigen *Imi ra nut Tjati*, der augenblicklich die Geschicke des Landes lenkte.

„Der Gute Gott ist ein stilles Herz, Herr!", offenbarte Bent das Ungeheuerliche, erhob sich vom Bett, legte Amenhoteps Hand fürsorglich auf seine Brust, streichelte ihm ein letztes Mal durchs Gesicht. „Der *Wer Sunu* hat sein Bestes getan. Vergeblich."

„Was hat diese Hexe da zu schaffen?"

„Die Königin selbst hat befohlen, daß sie...", nuschelte Neferhotep in seiner hündischen Haltung.

„Schafft sie hinaus!"

„Ich gehe dann", zürnte Sahu-Re, die sich weder verbeugt hatte, noch sonstwie dem Großwesir Hochachtung entgegenbrachte, „wenn die Königin mich aus ihren Diensten entläßt, Herr Eje! *Du* hast mir nicht zu befehlen! *Du* nicht! Nur Pharao, Isis und die *Herrin des Südens und des Nordens* haben *mir* Befehle zu geben!" Bent funkelte den *Imi ra nut Tjati* mit glühenden Augen an, versuchte mühsam ihre Wut zu beherrschen. „Neferrenpet?", rief sie durch die offene Doppeltür. „Hör auf zu flennen, alter Mann! Bring mir eine Schüssel mit warmem Wasser, Tücher und Seife!"

„Ich lasse dich von der Leibgarde entfernen!", schnaubte Eje boshaft.

„Maiherperi wird da anderer Ansicht sein! Neferrenpet, wird's bald!"

„Was soll das?", fiel Neferhotep ihr ins Wort, nachdem Eje ihm bedeutet hatte aufzustehen.

„Was glaubst du denn!", fauchte sie zurück. „Was würdet ihr überheblichen Ärzte machen, wenn ihr *uns* nicht hättet, hä? Die Heilerinnen, die Hebammen, die Hexen, die Totenwäscherinnen? Und *du* bist mir was schuldig, Herr *Wer Sunu* Neferhotep! Vergiß das nicht, niemals! Und auch nicht den Sodomsapfel! Soll sie ihn *so* sehen? Den Schweiß des Todes auf der Stirn? Geht hin, Herr *Tjai chu her wenemi Nesu*, tut, was *Eure* Pflicht in diesem traurigen Augenblick ist, aber laßt mich mit dem Toten allein! Laßt mich *meine* Pflicht tun!"

„Die Garde untersteht *meinem* Befehl!", zischte Eje.

„Die Garde untersteht allein dem Befehl des Guten Gottes! Seid *Ihr* Pharao? Maiherperi!"

„Herrin?"

„Was bin ich?"

„*Djed chet neb iret nes!*"

„Geleitet den ehrenwerten Herrn *Tjai chu her wenemi Nesu* [3] hinaus. Er muß sich trauriger Pflichten annehmen!"

---

[3] Die wichtigsten Titel und am häufigsten gebrauchten Anreden auf Seite 200

MÖGE ES KOMMEN DAS FEUER DER WIEDERGEBURT DAMIT ICH ES ANBETE

(aus dem *Buch vom Heraustreten in das Tageslicht*)

PROLOG
Luxor, Westbank
20. März 2012 A.D.

„What do you want?"

Raphael drückte den Knopf der Gegensprechanlage, hörte es Knacken und Rauschen, wartete auf eine Antwort.

„Berger!"

Ansonsten drang nichts als Knistern und Rauschen aus dem kleinen Lautsprecher. Raphael schloß die Augen, schnaufte tief durch, überlegte ein paar Augenblicke, drückte schließlich den Türöffner, „Chica, an deinen Platz!", öffnete die Haustür, blickte zur Gartenpforte hin, „Was willst du hier?", schnauzend.

„Ist sie bei dir?"

„Nein!"

„Erzähl doch keinen Scheiß! Wo sonst soll sie sein?"

Raphael schaute zu Georg hin, der an der Pforte stehenblieb, anscheinend den Hund suchte.

„Komm rein, du Idiot! Schau dich um! Überzeug dich selbst, wenn du mir nicht glaubst!"

„Wo ist dein Köter?"

„Wo ist der Kleine?"

„Bei Ibrahim und Fatme. Aisha und Ahmed sind da. Er ist mal wieder der kleine Pascha, läßt sich von allen gründlich durchhätscheln, verziehen und verwöhnen."

„Bitteschön der Herr!", spottete Raphael, öffnete seine Haustür weit, machte eine höhnische Verbeugung, wies mit der Hand in sein Wohnzimmer, ließ Georg vorbei. „Das Schlafzimmer ist gleich da rechts; vergiß nicht unters Bett und in den Schrank zu gucken. Hinter der Küche in dem kleinen Flur geht's rechts ins Bad, das kennst du ja. Links steht Krempel, geradeaus geht dich nichts an, da wohnt Sara."

Georg schaute sich in Raphaels Wohnzimmer um, machte einen furchtbar niedergeschlagenen, zerknirschten Eindruck.

„Hör mit dem Scheiß auf, Ney! Sie ist nicht Zuhause!", erklärte er ernsthaft besorgt. „Sie ist nicht in Berlin, nicht in Saarbrücken. Sie ist nicht im Hotel. Nicht im Haus der Archäologen. Sie ist seit über fünf Wochen nicht mehr bei der Arbeit gewesen. Sie ist weder bei Fatme noch sonstwo. Ich kann sie nirgends finden! Ich mache mir ernsthaft Sorgen!"

„Oh! So decouragiert mein monochromer Freund? Sind dir ein paar graue Haare gewachsen in letzter Zeit?"

„Halts Maul, Nachtwächter!"

Schweigend standen beide sich ein paar Augenblicke gegenüber, dann:
„Willst'n Bier? Setz dich doch. Sie ist nicht hier. Ich hab sie seitdem wir uns gekloppt haben nicht mehr gesehen."
„Bloß kein Sakkara!"
Raphael öffnete den knallroten Kühlschrank, entnahm ihm zwei Flaschen Stella, öffnete sie zischend, reichte Georg eine, pfiff nach dem Hund, trat hinaus auf die Terrasse, ließ sich dort, Chica kraulend, am Tisch nieder. Georg setzte sich breitbeinig in den Sessel gegenüber, stierte geistesabwesend vor sich hin.
„Ihr Handy ist seit dem fünfzehnten Februar ausgeschaltet. Keine SMS, die letzten Kontobewegungen an dem Tag als sie verschwand. Selbst bei der Polizei war ich. Hier wie zu Hause. Aber man kann – außer einer Vermißtenanzeige – nichts machen. Sie ist eine erwachsene Frau, kann kommen und gehen, wie es ihr beliebt."
„Ihr wird schon nichts passiert sein!" Raphael stellte die Flasche ab, griff sich in das blonde, dichte Haar, stützte die Stirn auf die Hand, knurrte: „Sie war weg als ich an dem Morgen nach unserem Streit wach wurde, hat all ihren Krempel mitgenommen, George. Dieses Kapitel ist für mich beendet!", starrte zu dem glitzernden Pool im Garten hin. „Ich hab's verbockt!", lachte er bitter. „Gründlich verbockt! Diese Frau! Läßt sich nicht auf den Schlips treten! Ich hätte es besser wissen müssen!"
„*Du* hast gar nichts verbockt! Das war allein meine Schuld! Ich wollte nicht wahrhaben, daß sie nicht mehr *meine* Anna ist! Was sie im übrigen nie war. Sie ist eigenständig, frei wie eine Katze, läßt sich niemals einengen."
„Nein! Wäre ich am Ende nicht so stur gewesen, wäre sie nicht fortgelaufen! Ich brauch sie, Berger! Ich kann nicht ohne sie…"
„*Ich* brauch sie genauso!"
„Sie hat mit ihrem Verschwinden das einzig Richtige getan! Ich werde sie nicht teilen, das wußte sie ganz genau. Und zusammen können wir nicht… meine Fresse, ich kann nicht mit dir zusammen eine Beziehung zu dritt führen! Nicht mal ihr zu liebe!"
„Fuck! Ney! Ich auch nicht!" Georg griff kopfschüttelnd nach dem Bier, zog einen tiefen Schluck aus der Flasche, stellte sie ab. „Deshalb hab ich letztendlich in die Scheidung eingewilligt."
„Sie hat die Papiere nicht unterschrieben! Die liegen unberührt drin auf meinem Schreibtisch!"
„Dieses Weib treibt mich in den Wahnsinn!"
„Willste was essen?"
„Hm?"
„Hast du Hunger? Ich war eben im Begriff den Grill anzuwerfen."
„Ich will dir nicht auf den Nerv gehen."
„Abgesehen davon, daß du daß ständig tust, bist du voll okay,

Baumeister..."

„Du auch, Nachtwächter! Ja, wirf den Grill an. Morgen sehen wir zu, daß wir sie finden!"

„Ein schönes Haus!", bemerkte Georg, als sie bei Essen saßen. „Das kannst du mir glauben, hab da n' Blick für!"

„Danke! Noch von dem Dip?"

„Nein, alles gut."

„Aus den späten Neunzigern. Ich konnt's preisgünstig ergattern. Der Eigentümer, längst Witwer, verstorben, die Kinder nach Kairo gezogen, wollten nicht wieder aufs Land zurück – man kennt das ja, überall das gleiche."

„Diese und ähnliche Szenarien kenn ich nur zu gut. Ich verdien mein Geld mit sowas."

„Ich war Zeitsoldat."

„Anna erzählte es."

„Im Jugoslawien-Krieg dabei."

„Nicht schön!"

„Nein!"

„Noch'n Bier?"

„Jo! Weißt ja, wo's steht."

Raphael nahm Georg, als er aus dem Haus trat, die Flasche ab, stieß mit ihm an. „Und du?"

„Pazifist."

„Aus Überzeugung?"

„Wir haben zu Hause einen großen Betrieb, wir haben von Haus aus eine Menge überzeugendes Vitamin B, wir haben einen einflußreichen, sehr überzeugenden Daddy, der dem Kreiswehrersatzamt mit überzeugenden Argumenten klar machte, wie sehr der Sohn an der Heimatfront gebraucht würde. Und so wurde ich Zivi."

Raphael lachte, trank einen Schluck. „Und was ist der große Betrieb?"

„Stadtgärtnerei!"

„Blumen hätt ich dir nicht zugetraut!", meinte Raphael grinsend, schnappte sich noch eins der Lammkoteletts, nagte an dem Knochen. „Wie alt bist du?"

„Fünfzig, verflucht noch eins! Diese vermaledeite fünf! Ich werde alt, merke es immer mehr, kann Hektik und Streitereien nicht mehr ab. Und du?"

„Achtundvierzig."

„Sie ziehts durch, was", Georg lachte spöttisch. „Nimmt sich sogar n' jüngeren Liebhaber."

„Anna hats drauf!"

„Kennst du das? Du siehst ein Mädchen, weißt genau, daß es die Richtige ist?"

„Nur zu gut!"

„Ich hab sie gesehen – in der Schule – oh, Mann, und seitdem ging sie mir nicht mehr aus dem Kopf! Mehr oder weniger zufällig landete ich in ihres Vaters Betrieb ... alles paßte, alles stimmte, wir waren anfangs dicke Freunde... Dann haben wir... verdammt! Ich hätte sie niemals heiraten sollen! Ich hab alles versucht: sie verwöhnt, verhätschelt, legte ihr die Welt zu Füßen ... alles war falsch, nichts konnte ich ihr recht machen. Sie war nicht die Richtige, Raphael, ich konnte sie nicht halten! Und ich frage mich, was ich falsch gemacht habe."

„Nichts! Ich konnte sie ja auch nicht halten."

„Das ist bloß ihre Sturheit! Sie wird zu dir zurückkommen."

„Daran glaub ich nicht. Sie reißt tatsächlich einem Mann das Herz bei lebendigem Leib raus, spielt damit, grausam, trampelt darauf herum und lacht noch dabei!"

„Ihre Liebe ist wie ein heißer, alles versengender Sturmwind!"

„*Ich* liebe die Gefahr!"

„Kopf hoch, Nachtwächter! Sie wird zurückkommen!"

„Nichts wünsche ich mir mehr..."

„Wie... wie hast *du* sie kennengelernt?"

„Ich hab sie gesehen – in der Bar vom Hotel – und seitdem geht sie mir nicht mehr aus dem Kopf!"

„Blödmann!"

„Ich geh mal zwei Bier holen."

Mit den zwei Flaschen in der Hand betrat Raphael wieder seine Terrasse, einen Moment lang Georg beobachtend, der mit dem Schürhaken in der glühenden Holzkohle stocherte, in die Glut starrte, in den Garten starrte, und schließlich Chica betrachtete, die ihn ihrerseits aufmerksam musterte.

„Sie mag keine Hunde, hm, aber mit dir kommt sie bestimmt klar?"

Chica legte mit dem süßesten Dackelblick den Kopf schief, lauschte aufmerksam, stand auf, machte schwanzwedelnd einen Schritt auf Georg zu.

„Bleib bloß friedlich!"

„Sie tut nichts wenn ich dabei bin, dann hat sie Feierabend, was Mädchen?"

„Dann bin ich ja beruhigt. Wie geht's deiner Schwester?"

„*Wem?*"

„Sara!"

„Sara ist meine *Mutter*! Guck nicht so blöd!"

„Da hab ich wohl was verwechselt!"

„Aber gründlich! Leben *deine* Eltern noch?"

„Beide kurz vor achtzig. Mir graust es, wenn es zu Hause ans Sterben geht, Raphael! Obwohl", Georg lachte beinahe gehässig, „der Alte ist in Topform, will das Zepter nicht aus der Hand geben, funkt meinem beknackten Cousin, der alles übernommen hat, dauernd dazwischen!"

„Warum hast *du* das nicht übernommen? Macht man das nicht als guter Sohn?"

„Nicht meine Welt. Der Cousin hat alles bestens im Griff, mag er auch noch so sehr ein aufgeblasener Affe sein."

„Liegt wohl in der Familie!", lästerte Raphael gutmütig. „Ich hab noch meine Großeltern, beide weit jenseits der achtzig ... da mag ich auch nicht weiter denken. Würdest *du* einfach das Zepter abgeben?"

„Nee! Bin seit ich denken kann mein eigener Chef, so schnell macht mir keiner was vor."

„Das dachte ich auch immer. Bis zu jenem beschissenen blutigen Tag vor dem Winter Palace. Glaub mir: urplötzlich hast du eine völlig neue Sicht auf gewisse Dinge!" Raphael griff nach seiner Flasche, setzte sie an, zog sie leer. „Mußte mich Monate voll auf meinen Kompagnon verlassen – ein Scheißgefühl!"

„Glaub ich sofort! Gottverflucht ist das spät geworden!"

„Meine Fresse! Tatsächlich! Sei mir nicht bös Kumpel, aber jetzt schmeiß ich dich raus. Muß morgen früh auf der Matte stehen. Der Lieferant mit den Gallonen fürs Wasser kommt und ich muß sehen, daß der das bei Sara ordentlich macht. Sie ist morgen nicht da, wieder bei ihrer Freundin, um in deren Souvenirlädchen zu helfen und da muß ich ran."

„Kein Problem."

„Ich ruf dir 'n Taxi."

„Verdammt Kerl! Mach voran! Ich muß auf's Klo!"

„Sir?"

„Nix! Mach hinne! Yalla!" Ungeduldig wartete Raphael, bis der Mann endlich abgeladen und die Fässer an ihren Platz gestapelt hatte, unterschrieb eiligst den Lieferschein, knallte hinter ihm die Haustür zu, rannte quer durch Saras Wohnzimmer hinüber in Richtung ihres Badezimmers, aus dem er Wasser rauschen hörte, „Sorry Sara, aber was muß das muß!", schnaufend. Und: „Wie oft hab ich dir schon gesagt, du sollst die Waschmaschine nicht laufenlassen, wenn du nicht da bist!" Ungestüm riß er die Tür zu ihrem Bad auf, stürmte, die Hand am Reißverschluß, hinein, blieb abrupt stehen! Da lief keine Waschmaschine!

Hinter der gläsernen Abtrennung eine schaumbedeckte badende Venus unter der großen, ebenerdigen, plätschernden Dusche!

„Laß dich nicht stören!", meinte er kalt, wies mit der Hand zum Klo hin.

„Du erlaubst?"

„Bitte!"

ÄGYPTEN, LUXOR

Mittwoch, 21. März 2012 A.D.

Raphael!

Überrumpelt betrachtete sie ihn, wie er ihr gegenüber die Toilette benutzte, breitbeinig dastand, sich mit der freien Hand an der Wand abstützte, sie zur Faust ballte, die Wasserspülung betätigte, sich böse wie ein gefangener Tiger umdrehte. Schweigend standen sie sich eine Weile gegenüber, starrten sich an.

„Du warst die ganze Zeit über *hier*?", knurrte er zornig. Anna nickte, keines Wortes fähig, stand halb unter dem gluckernden Wasserstrahl wie ein begossener Pudel. Erzürnt, mit eiskaltem Blick, machte er einen Schritt auf Anna zu, sie war sich sicher, daß er sie jeden Moment ersäufen würde. Und jetzt trat er zu ihr unter die Dusche, drängte sie in die Ecke, packte sie, schüttelte sie, noch einmal „Hier?" grollend.

„Nicht nur!", quiekte sie wie ein Ferkelchen. „Laß mich los! Du tust mir weh!"

Brutal riß er sie an sich, ungeachtet, daß sie voller Seifenschaum war, ungeachtet, daß er völlig durchnäßt wurde, „Mach das nie wieder, du verrücktes Weibsbild!!", zischend, ihr einen heißen, sehnsüchtigen Kuß raubend; Anna blieb unter Wasser bald gänzlich die Luft weg. Mühelos hob er sie hoch, trug sie durch das Bad, wollte offensichtlich hinüber in seine Wohnung mit ihr.

„Du meine Güte!", hörte sie Sara rufen. „Ich hab ja vollkommen vergessen, daß der mit den Fässern Wasser heut mor… was ist denn hier los? Oh Gott, was für eine Sauerei!"

„Sorry, Ma, ich mach später klar Schiff!"

Er zwängte sich, patschnaß und quatschend wie ein nasser Frosch, mit Anna auf dem Arm an Sara vorbei, drohte: „*Wir* sprechen uns noch!", knallte seine Wohnungstür mit dem Fuß zu, ließ Anna auf sein Bett gleiten, riß sich die nassen Klamotten vom Leib und sie abermals in seine Arme!

„Du lernst es wohl nie?", flüsterte Anna schmunzelnd, klammerte sich an ihn, den Kopf auf seiner Brust, genoß nach einer stürmischen, heißen und ziemlich kurzen Nummer seine Zärtlichkeit. Doch er packte sie im langen Haar, zog vorsichtig ihren Kopf hoch:

„Laß mich *nie* wieder allein! Hast du das verstanden!"

„Tju!"

„Was?"

„Ja!"
„Warum hast du das gemacht?"
„Ich brauchte Abstand, Raphael. Gründlichen Abstand. Habe eine vierzehntägige Nilkreuzfahrt gemacht, mich eine Woche in Kairo umgesehen, im Ägyptischen Museum ein paar Recherchen gemacht und bin seit zwei Wochen bei Sara. Ich mußte über soviel nachdenken, mir über soviel im Klaren werden. Und du", sie setzte sich auf, langte ihm zärtlich eine, „du hast alles getan, um mich zu vergraulen! Hast gesagt, du wolltest mich nicht, wolltest nicht mehr siegen…"

„Georg sucht dich überall! Hat sogar eine Vermißtenanzeige aufgegeben! Er war gestern hier. Der ist fix und fertig!"

„Ich habe euch reden gehört. Ich sollte gehen, mein Liebling! Euch beide gehen lassen! Ich sollte euch nicht an mich binden. Ich bin das reine Gift! Wir werden alle drei an unserer Beziehung zueinander zugrunde gehen."

„Aber mich wolltest du nicht nach Assuan gehen lassen? Hast du jetzt endlich kapiert?"

„Ich liebe euch beide!"

Raphael wich sämtliches Blut aus seinem sonnengebräunten Gesicht.

„Ich werde", Anna zog sich vor Kälte schlotternd die nasse, kalte Decke hoch bis zum Kinn, klemmte sich das nasse Haar hinter die Ohren, „die Scheidungspapiere unterschreiben und, wenn du mich noch willst, deinen Heiratsantrag annehmen. Ich werde versuchen, mir Georg aus dem Herz zu reißen. Er muß sehen, daß er für das Kind eine andere Lösung findet, so daß ich ihm nicht mehr begegne."

Er zog ihr schweigend die Decke weg, stand vom Bett auf, klaubte seine Klamotten zusammen, öffnete die Terassentür, hängte Decke und Kleider im Garten auf das Wäscheseil, drehte die Klimaanlage ab, zog das Leintuch unter ihr hervor, „Steh mal auf!", hievte die feuchte Matratze hinaus in die Sonne. Anna trippelte ihm nach, warf das klamme Laken über das Seil, schaute ihm flehentlich in die Augen, „Oder soll ich gehen?", flüsternd. „Wenn dir das lieber ist?"

Aus seinem Schrank angelt er Shorts und T-Shirt, warf ihr eins seiner Shirts zu.

„Kaffee?"

Zornig knallte er die Pfanne mit den Eiern auf den Tisch. „Du solltest zuhören, wenn ich was sage! *Was* habe ich gerade eben gesagt?"

„Ich weiß nicht, was du meinst!" Anna zog sich wie verschämt das riesige T-Shirt bis übers Knie.

„Das wirst du *nicht* tun! Du wirst weder die Papiere unterschreiben noch mich heiraten! Bis du dir im Klaren bist! Kapiert?" Resolut schaufelte er von den Eiern auf einen Teller, schob ihn Anna hin, griff sich einen Apfel, biß hinein, nuschelte: „Und jetzt will ich wissen, was das da oben im Gebirge war! Was du da getrunken hast! Wer das war! Was du mir da verabreicht hast! Ich war auf einem Höllentrip! Los! Von Anfang an! Wehe dir, du läßt was aus! Fang an!"

„Ich habe dir nichts *verabreicht*!"

„Nein? Ich habe sogar den leisen Verdacht, daß du mir eine deiner Schlaftabletten untergejubelt hast, an dem Abend bevor du sang- und klanglos verschwunden bist!"

„Tju!", flüsterte Anna, „Das geb ich ehrlich zu!"

„Ich faß es nicht!"

„Du solltest Ruhe finden! Das war ein furchtbarer Tag!"

„Was hast du da getrunken?"

„Blut!"

„Blu..." Schnaufend zog er tief Luft ein. „*Bist* du noch zu retten? Hatte Georg recht? Als er was von Demenz und Alzheimer faselte? Bei dir daheim, am Silvesterabend?"

„Nein."

„Und diese Fratze? Wie hast du das gemacht? Hm? Schnell in diesem sandigen Staub eine Gruselmaske à la Stephen King aus deinem Rucksack gezogen?"

„Nein."

„Nein?"

„Ich bin Bent! Und es ist einst *mein* Gesicht gewesen. Vor mehr als dreitausenddreihundert Jahren..."

Raphael schob seinen Teller von sich, starrte Anna an wie einen Geist, suchte in ihrer Miene offensichtlich nach einer dreisten Lüge, einer dummen Ausflucht.

„Mein Gesicht. Als es verbrannt war. Als die Hure Bentsachmet starb und nichts als die zerstörte Hülle meines Leibes zurückblieb. Ich habe ihr geschworen Raphael! Sie hat mir geholfen und der Preis dafür war meine Seele..."

„Hure?"

Anna zuckte mit den Schultern. „Tut mir leid." Sie trank einen Schluck Kaffee, stocherte in den Eiern auf dem Teller. „Ich war lange bevor man mich Sahu-Re nannte eine Hure, Ranofer. Damals wußtest du das und es störte dich nicht..." Sie schaute aus dem Küchenfenster hinaus auf die im Nordwind flatternde Wäsche, als würde da draußen die Vergangenheit wieder aufleben. „Meine Seele! Ich habe einst meine Seelen *Der Mächtigen* verschrieben." Anna schauderte, strich sich über die Gänsehaut am Arm, flüsterte: „Ich habe ihr Blut getrunken und jetzt kann sie, sooft sie will, wieder von mir Besitz ergreifen..."

Er schaute ihr abwartend und ungläubig in die Augen.

„Willst du mir zuhören? Es ist eine ziemlich lange Geschichte und du mußt zur Arbeit."

„Die Geschichte für die langen Winterabende? Ich bin ganz Ohr! Laß mich Karim eine SMS schicken und dann..."

Raphael hörte ihr schweigend zu, als sie von Anfang an alles erzählte. Von der beschwerlichen Jugend in dem vergammelten Haus der Tante, dem anstrengenden Fußmarsch in die Stadt, ihrem jungen Leben im Haus des Men. Wie sie Bek kennenlernte und sie schilderte ihm noch einmal was Amenhotep Sa Hapu ihr angetan hatte. Mit ruhigen Worten beschrieb sie ihren blutigen Schwur, den sie Sachmet leistete, offenbarte, daß sie der mächtigen Göttin geschworen hatte, nie mehr zu lieben, bis hin zu jenem Augenblick, da sie als Herrin vom Isistempel Ranofer begegnete, so dumm war, ihm ihre Liebe zu gestehen und er von Sachmet für Bents Vergehen bestraft werden sollte. Und sie erzählte von seinem qualvollen Sterben und der grauenvollen Nacht im Allerheiligsten, dem furchtbaren Morgen der darauffolgte, als Bent klar wurde, daß Ranofer sie vergessen hatte. Abschließend schilderte sie die Reise nach *Swenu*, erzählte vom Auffinden ihres Vaters, der Rache an ihren Verwandten, seinem Weggang nach *Swenu*.

Längst war der Kaffee kalt, die Eier ebenso, der angeknabberte Apfel in Raphaels Hand bereits rot angelaufen.

„In diesem Flakon", Raphael räusperte sich, legte den Apfel beiseite, packte Annas Hand, „war also dein eigenes, dreitausend Jahre altes Blut?"

„Nein. In diesem Flakon war das Blut der Göttin! Iaret hat es aufgefangen. Teje hat es verwahrt."

„Es war flüssig! Wie kann..."

„Es ist Sachmets Blut!"

„Hör mal mit diesem Unsinn auf! Warum hast du das gemacht? Du könntest krank werden! Weiß Gott wieviele Bazillen in der Brühe schwammen!"

„Es war der einzige Ausweg uns zu retten, Raphael. Ich mußte sie wieder in mein Herz, meine Seelen lassen. Ich wußte genau, was ich tat, tun mußte, um Roth zu vertreiben. Es gab keine andere Lösung. Und ich glaube, hoffe, ich kann Sachmet mit Isis Hilfe in Bann halten, weiterhin bändigen. Sie wird es nicht wagen, ihre Wut an mir auszulassen. Schließlich habe ich nicht nur das beschützende Tattoo, auch noch den Papyrus; also die Speicherkarte mit den Bildern davon und die abgemalte Kopie... Mächtige Worte! Zaubersprüche..." Abermals schweifte Annas Blick hinaus in die Ferne. Sie stand auf, holte ihre Zigaretten vom Couchtisch, betrat die Terrasse, zündete sich eine an, schaute hinüber zum Westgebirge.

„*... klappe deine beiden Kiefer auf, damit du Feuer speist in die Feinde meines Vaters...*"

„Was?"

Raphael trat neben sie, stibitzte ihr die Kippe, gönnte sich einen tiefen Zug.

„Der alte Mann war Amenhotep Sa Hapu!", flüsterte sie schließlich.

„*Wie bitte*? *Noch* eine Reinkarnation? Das war kein Scheiß den du mir neulich da oben erzählt hast? Ich dachte du seist aufgewühlt, erschüttert von den Ereignissen; ich nahm dich nicht ernst!"

„Sachmet hat ihn wegen seiner Taten verflucht, niemals zu sterben, deshalb verbrachte er sein unendlich trauriges Leben im Elend. Nur *Sutech* konnte ihn töten. Ich hoffe..." Sie verstummte, blickte in Raphaels ungläubiges Gesicht, zupfte ihm die Zigarette aus den Fingern, setzte sich in einen der Sessel.

„Vergiß diesen alten Sack, diesen Amenhotep! Der hat's hinter sich! Wer ist dieses Schwein *Sutech*? Aus Sara bekam ich nichts raus."

„Das kann und darf ich dir nicht sagen! Es ist zu deinem Schutz, glaube mir. Ich kann es dir nicht sagen!"

„Das ist ein Mörder, Anna! Er hat diesen alten Mann kaltblütig erschlagen!"

„Das kann dir doch recht sein! Du wolltest ihn doch selbst töten!"

„Darum geht es nicht!"

„Mißt du mit zweierlei Maß? Das Resultat ist das Gleiche!"

„Roth wollte eigentlich *dich* treffen!" Er beugte sich zu ihr herunter, die Hände auf den Lehnen, sein Gesicht dicht vor ihrem. „*Das* ist es, was mich stutzig macht! Wer ist das? Wie kannst du dich mit solch gefährlichen Leuten einlassen? Geht es immer noch um Antiquitätenschmuggel? Was wollte er von dir? Hast du außer der Phiole noch etwas Wertvolles gefunden, vielleicht sogar unterschlagen? Dieses Schwein gehört weggesperrt; stattdessen geht er bei meiner Mutter ein und aus!"

„Sie liebt ihn anscheinend!"

„Mir fehlen die Worte!" Wütend schlug Raphael die flache Hand auf die Tischplatte. „Anna! Du sagst mir jetzt, wer das ist oder..."

„Es geht nicht um Antiquitätenschmuggel. Dahingehend kann ich dich beruhigen. Aber ich sage dir niemals wer Roth ist! Selbst wenn du es aus mir rausprügeln wolltest!"

WINTER PALACE, LOBBY
DONNERSTAG, 22. MÄRZ

Das Schnurren des roten Käfers beruhigte Anna. Der rasselnde, klingelnde Ton versprach Beständigkeit, Alltag, Normalität. Und sie war heilfroh, daß sie und Raphael sich die beiden letzten Tage ausgesprochen und ausgesöhnt hatten, ihre Beziehung wieder so heil und ganz wie vorher war, als sei nichts geschehen, sei sie nicht fremdgegangen, hätte sie ihn nicht zutiefst verletzt.

Mit Schwung fuhr Anna in die breite Einfahrt vom Winter Palace, winkte Karim zu, rief fröhlich: „Bin gleich wieder weg", und stieg voller Frohmut die einundzwanzig Stufen mit den roten Teppich hoch. Oben trat sie durch die Drehtür, huschte durch den Detektor in die kühle Lobby, wandte sich nach rechts der Rezeption zu, stolperte fast über einen dicken, großen, vollgepackten Trekking-Rucksack, der mitten im Weg stand.

Ibrahim schaute sie mit konsternierter Miene an, nickte dem jungen, schlanken Mann an der Theke freundlich aber bedauernd zu, „Nein mein Herr", betonend, „tut mir leid, da kann ich keine Auskunft geben!"

„Aber man sagte mir, daß Herr Ney hier arbeitet! Can't you at least tell me where I can find him?"

Anna streckte die Hand aus, nahm von Ibrahim ihre Post in Empfang, schaute neugierig zu dem großen blonden süßen Kerlchen hin, betrachtete ihn von der Seite. Rucksacktourist! Student! Groß! Bestimmt über einsachtzig, schlank. Sneakers, den Schritt der lässigen Jeans halb in den Kniekehlen, das Basecap mit dem Schirm nach hinten, Hoodie … Der suchte bestimmt eine Anstellung, einen Ferienjob. Jetzt drehte er sich zu ihr hin und augenblicklich verschlug es ihr die Sprache!

„Can I help?", fragte sie Ibrahim heiser, der schüttelte den Kopf. Abwartend trat Anna ein Stück zur Seite, stolperte jetzt tatsächlich über dieses Ungetüm von Rucksack. Sein Besitzer, flink wie ein Wiesel, fing sie auf!

„Wow! Immer schön langsam! Always be careful, Mylady! Excuse me! Sorry, Lady! Meine Schuld!" Er zog die Mütze ab, machte eine kleine Verbeugung.

„Schon gut!"

Sie starrte in sein hübsches, markiges Gesicht, betrachtete das kurze, gewellte, goldblonde Haar, erblickte leuchtend grüne Augen …

„Deutschland!", strahlte er. „Das hätte ich nun gerade nicht erwartet. Nochmal Tschuldigung!" Er schulterte lässig das Ungetüm von Rucksack und verließ die Lobby.

„Kein Wort!", giftete sie Ibrahim an.

„Natürlich nicht, Anna!"

Sie drehte sich um, lief schnurstracks Georg in die Arme, der gerade von dem breiten Korridor in die Lobby trat.

„Süße! Komm her mein Schatz! Bin ich froh dich zu sehen!" Er hauchte ihr zärtlich zwei Küßchen auf die Wangen, zog sie zu der gemütlichen Sitzgruppe neben dem Ausgang zum Garten.

„Wo ist Leon?"

„Bei Raphael. Wo warst *du* eigentlich? Hm? Ah, an der Ausgrabung! Ich habe keine Zeit, Maus, gleich einen wichtigen Termin in der Victorian Lounge. Stell dir vor, ich kann endlich die Ferienanlage bauen! Deswegen bin ich ja eigentlich hier…"

„Und ich glaubte tatsächlich, du machst dir Gedanken um *mich*, Freundchen!", zischte sie ihn an.

„Hör auf zu zicken! Das wird grandios, Mäuschen. Ein Luxus-Traum aus Tausendundeiner Nacht! Wir richten alles im altägyptischen Stil ein… natürliche Materialien, nachhaltig und all das… mit den besten Handwerkern aus Luxor… Das wird phantastisch. Eine Wohnung für uns lasse ich gleich mit einplanen… Ich habe einen gutsituierten Investor gefunden, hier aus dem Ort, reich wie Krösus, alteingesessene Familie, der weiß gar nicht wohin mit seinem ganzen Vermögen. Er hat ein wunderbares Grundstück… war total fasziniert von meinen Plänen, in der Nähe vom… von dem Schutthaufen… Malkatta oder wie das heißt, von irgendeinem König, der, wo du einmal gebuddelt hast…"

„Schnappatmung, hä? Krieg dich mal wieder ein!"

„Oh, da ist er! Ich *muß* dich ihm vorstellen, Hasi! Er wird dich lieben! Sei so lieb, laß all deinen Charme spielen!"

Anna zog eine Schnute, biß sich auf die Unterlippe, mümmelte wie ein Kaninchen, spottete: „So lange ich ihn nicht mit Käsehäppchen und Möhrchen bewirten muß, kann mir das egal sein!" Sie stand auf, betrachtete den attraktiven, eleganten Herrn, der auf seinem Weg in die Victorian Lounge Georg bemerkte und mit ausgebreiteten Armen, gutgelaunt „Mister Berger! Mar Haban!" rufend auf sie beide zukam. Neben diesem vornehmen, hoheitsvoll wirkenden Mann wirkte selbst Georg blaß und unscheinbar. Was für eine imposante Erscheinung!

„Die Gattin?", strahlte er sie an. „Welch eine Freude, Madame Berger!" Der Herr griff nach Annas Hand, hauchte nonchalant einen Kuß darüber.

„Enchanté Madame!"

WESTBANK, RAPHAELS HAUS
AM GLEICHEN NACHMITTAG

Dieser Blick!
Das konnte doch nicht sein Ernst gewesen sein!
Er flirtete! Für einen einzigen kurzen Wimpernschlag blitzte es in seinen Augen, saß ihm – wie bei einem übermütigen Lausbub – der Schalk im Nacken …

Anna fehlte es im Moment definitiv an Gesprächsstoff. Mit dem Fuß wippend, über den jungen Mann und Georgs neuen, charismatischen Geschäftspartner nachdenkend, schaute sie schweigend zu, während Raphael den Grill entzündete, reichte sie Leon, der Raphael helfen durfte, ein Apfelstückchen, stand auf, sammelte seine Spielsachen ein, deckte schon mal den Tisch.

„euer"

„Da läßt der kleine Mann aber ganz schnell die Finger davon!"

„euer feiß", pustete Leon mit seiner süßen Schnute.

„Ja! Feuer! Das ist heiß!"

Raphael klemmte sich den Kurzen unter den Arm, setzte sich mit ihm auf die Gartencouch, erhob sich wieder, weil es klingelte, raunzte ein unwilliges „What do you want?" in die Sprechanlage.

„Karim sends me. With important Documents", hörte Anna es aus dem Lautsprecher kratzen.

„Oh Mann, ich hab Feierabend!", stöhnte Raphael zu Anna hin, drückte auf den Türöffner, hievte sich – bevor der auf Entdeckertour zum Grill verschwinden konnte – Leon sicherheitshalber auf den Arm, zog das Handtuch von den Schultern, blickte zur Gartentür hin.

„Chica! Aufpassen!"

Durch die Tür trat ein junger Mann, groß, blond, stellte einen riesigen Rucksack ab, trat näher. Raphael starrte ihn ein paar Herzschläge lang wie einen Geist an, fluchte laut und herzhaft „Gottverdammte Scheiße!", setzte den Zwerg auf die Couch, verschwand in seinem Fitneßraum, knallte die Tür hinter sich zu.

„Hey!"

„Hey!", antwortete Anna unhöflich, versuchte Freddie zu übertönen, der nebenan hilfreich und äußerst lautstark sein *I want it all* Raphael zur Verfügung stellte. Sie selbst stellte sich neben die knurrende, zähnefletschende Chica.

„Schön, daß wir uns nochmal begegnen."

„Das eben hätte man vielleicht ein wenig feinfühliger machen können!", zürnte sie in dem Lärm von Raphaels brutalen Schlägen auf den Boxsack und *Queens* pompösem Rock.

„Könnten Sie den Hund zurückpfeifen?"

„Nein!"

„Ich…" Er zog die Kappe vom Kopf, kratzte sich am Schädel. „Das war Mister Ney, was? Wahnsinn! Nein… anders… Er sollte es wissen, oder?"

„So? Auf diese Weise?", entgegnete Anna kalt.

„Auf irgendeine Weise, iss doch egal!"

„Ist es nicht!", schnauzte Anna. „Das macht man nicht! Mit der Tür ins Haus fallen und es ihm brutal vor den Latz knallen!"

„Ich bin Niklas." Mit einem verlegen anmutenden Lächeln hielt er Anna seine Hand hin.

„Als wenn das was ändern würde!", blaffte Anna, ignorierte die dargebotene Hand, starrte ihn unverhohlen an. Er war Raphael wie aus dem Gesicht geschnitten! Als stünde er, dreißig Jahre jünger, vor ihr. Diese Begegnung mußte ihn bis ins Mark erschüttert haben.

„Okay, Lady. Sagen Sie ihm, daß ich nichts von ihm will. Er sollte es nur wissen und ich wollte ihn kennenlernen. Sie sind seine Frau, was? Das alles haut mich jetzt auch grad'n bißchen aus den Socken. Hab nich' damit gerechnet, noch'n kleinen Bruder zu bekommen. Ich mach mich dann mal vom Acker. Ging ja wohl gründlich daneben. Tut mir echt leid."

Raphael riß die Tür auf, „Mach, daß du verschwindest!", brüllend.

„Es tut mir leid, Sir, wirklich!"

„Das geht so nicht!" Anna zog den jungen Kerl schwungvoll am Arm. „Setzen Sie sich! Und du hörst ihm zu! Chica, verschwinde!"

„Evelyne weiß nicht, daß ich hier bin, Sir!"

„Wer ist Evelyne?", knurrte Raphael.

„Meine Ma."

„Ich kenne keine Evelyne!"

„Aber sie kennt Sie. Aus dem *Gloria*. Sie sagte, der Disco-Bunker war früher mal ein Kino… Sir!"

„Hör verflucht noch eins damit auf mich Sir zu nennen!"

„In Ordnung, Si… Herr Ney… Das hört sich bescheuert an. Was soll ich sonst sagen? *Dad*?"

„Ich schmeiß dich gleich raus! Verschwinde aus meinem Leben! Mach, bevor ich nachhelfe!"

„daudo" Leon zupfte den Besucher energisch an der weiten Jeans, zeigte ihm stolz sein Holzspielzeug.

„Wow! Tolles Auto, Kleiner. Entschuldigung, Ma'am, Sir…" Und der Junge schickte sich an, den Hof zu verlassen.

„Setz dich!", brüllte Raphael.

„Das ist wahrscheinlich keine gute Idee, Si… Mister Ney."

„Wie alt bist du?"

„Einundzwanzig."

„Die verrückten Neunziger!", warf Anna vorsichtig schmunzelnd ein, „Soso, du bist in Discos gegangen!"

„Ich war ein zwei Mal in dem Schuppen! Hör auf, so zu gucken!"

„Wie guck ich denn?", versuchte Anna ein Lächeln, versuchte irgendwie die brenzlige Situation zu deeskalieren.

„Was dagegen? Depeche Mode, heiße Beats, Stroboskoplicht! Queen brachte *The Miracle* raus!"

„Queen? Boah eh! Nee ne! Yo, Hip-Hop, das iss *mein* Ding, Alder!"

Schneller als der Bursche reagieren konnte, packte Raphael ihn vorn am Hoodie: „Sag noch *einmal* Alder zu mir und ich polier dir die Fresse!"

„Ho! Sorry Sir!"

„Du willst es wissen, was?"

„Yo! Ich will es wissen! Jetzt weiß ich's und es ist Zeit zu gehen."

„Es war die klassische Variante!", brummte Raphael, schubste Niklas von sich.

„Hä?"

„Ich hab sie angemacht, in dem Schuppen. Sie legte es drauf an. Brachte sie heim und dann die obligatorische Nummer von wegen ‚Kommst du auf'n Kaffee mit hoch?'. Traf sie ein paar Mal."

„Und du bist voll drauf reingefallen, Ald... Digg... Herr Ney!"

„*Was?*"

„Sie wollte ein Baby, hat sie mir gesagt. Keinen Kerl. Nur'n Baby. Und du hast ihr gefallen!"

„Ich glaub, ich spinn! Bin ich'n Zuchtbulle oder was?"

„Nein! Ne ziemlich coole Socke ... *Dad!*"

Dafür bekam er eine ins Genick die sich gewaschen hatte. Mit Tränen in den Augen schaute Raphael zu Anna hin.

„Ich bin da!", hauchte sie ihm zu. „Ich bin für dich da!"

„Setz dich!", raunzte Raphael, packte ihn abermals am Hoodie, schubste ihn in den Sessel. „Wie hast du mich gefunden?"

„Das iss nu echt kein Kunststück, Mister! In Kiel Auskunft über einen alten Bundeswehroffizier zu bekommen ist ungefähr so leicht, wie in Düsseldorf was über den Neandertaler zu erfahren."

„Hörte ich *alt*? Anna? Hörte ich da ein *alt*?"

„Nicht doch! Ey Mann!" Niklas duckte dich, hob den Arm über den Kopf. „So war das nicht gemeint! Die im Bundeswehr-Dienstleistungszentrum waren äußerst hilfsbereit und im Landeskommando Schleswig-Holstein halfen sie mir mit Telefonnummern weiter. Der Rest war ein Kinderspiel. Bitte, Sir, nich' hauen! Helfen Sie mir, Frau Ney!"

Raphael schaute perplex zu Anna hin als er das hörte. „Das hört sich richtig an!", meinte er heiser, fast lautlos, angelte von der Couch sein T-Shirt, zog es über, setzte sich.

„Geiler Body, echt, Mister Ney!", meinte Niklas bewundernd.

„Du kannst mich Raphael nennen."

„Danke. Ich bin Niklas."

„Hab ich mitbekommen! Was treibst du so?"

„Hm?"

„Wo du arbeitest, studierst? Wie kommst du dazu, hier aufzukreuzen? Hast du nix zu tun?"

„Hab Urlaub und wollte ihn nutzen, Sie zu finden."

„Und wo arbeitest, wollte ich wissen! Oder bist du ein Herumtreiber, Faulenzer?"

„Bin auf der *Brandenburg*."

„Bitte *was?*"

„Marine! Ist doch das naheliegendste, wenn man in Kiel lebt. War dabei, als im letzten Frühjahr, zusammen mit der *Rheinland-Pfalz* und der *Berlin*, die Leute von Gabès nach Alexandria gebracht wurden. Aber da konnte ich schlecht aussteigen um Sie zu suchen", meinte er mit einem Grinsen, das augenblicklich erlosch, als er Raphaels zornigen Gesichtsausdruck gewahrte.

„*Marine*? *Du* wagst es *mir* ins Gesicht zu grinsen… Nimm gefälligst Haltung an!"

„Raphael!", mahnte Anna.

„Schon gut, Lady! Und *du* weißt, daß ich im Recht bin!"

„Ja Herr Hauptmann!" Das kam ziemlich zackig, fast wollte er salutierend aus dem Sessel springen; Raphael drückte ihn mit seiner Pranke nieder.

„Wo bist du unter?"

„Nirgends. Komme direkt aus Assuan her. Und, ehrlich gesagt, bin ich ziemlich k.o. Einen Schlafplatz hätten Sie nich' zufällig…"

„Vergiß es!"

Anna kramte nach ihrem Handy, wählte, schaute den beiden zu, die still und stumm vor sich hin brüteten. „Ahmed!"

„Hi Mom!"

„Kannst du mit deinem Moped herkommen?"

„Mom! Wo steckst du? Everyone is looking for you, Anna!"

„Ich bin bei Raphael. Alles gut. Wie schnell kannst du da sein?"

„Viertelstunde. Ist es urgent?"

„Ja! Mach!" Sie legte das Telefon auf den Tisch. „Du wirst mit Ahmed mitfahren. Er wird dir einen Schlafplatz geben."

„Danke Lady."

„Nenn sie nicht so!"

„Schon gut, Si…"

„Du bringst mir all deine Unterlagen, verstanden? Und ich will einen Vaterschaftstest! Vorher läuft gar nichts, klar?"

„Klar. Okay."

„Und ich will die Nummer von deiner Mutter! Zuerst werde ich mit ihr reden!"

„Okay."

„*Sofort*!" Raphael holte sein Mobiltelefon, nickte zu Niklas hin.

„Sie müssen die +49 vorwählen…"

„Hältst du mich für senil?"

„Natürlich nicht. Sie wird mir den Kopf abreißen!"

„Wenn ich das nicht schon vorher tue!" Raphael machte den Lautsprecher an, es klingelte…

„Degenhard."

„Ney."

Stille

Dann

„Hallo?"

„Bei mir …", Raphael räusperte sich, „bei mir ist ein Typ aufgetaucht. Nennt sich Niklas."

„Ist alles in Ordnung mit ihm?" Fast klang die Frau hysterisch.
„Ja. *Noch!*"
„Um was geht es denn? Wer sind Sie? Ist ihm was passiert? Hat er was angestellt?"
„So könnte man es nennen. Wir beide kennen uns, flüchtig, aus dem *Gloria*."
Stille
Dann
„Raphael?"
Raphael hielt schnaufend das Handy weit von sich, starrte es an, als sei es eine gezogene Handgranate die jeden Augenblick explodieren könnte. Im Begriff es gleich weit von sich zu schleudern, nahm Anna ihm das Handy geistesgegenwärtig schnell ab.
„Frau Degenhard? Mein Name ist Berger. Bei meinem Lebensgefährten ist ein junger Mann namens Niklas aufgetaucht und behauptet sein Sohn zu sein!"
„Ich hau ihm den Hintern! Das hat er nicht tun sollen! Ich wollte ihm bloß erzählen, wer sein Vater ist, damit er Ruhe gibt! Er hat ihn nicht aufsuchen sollen! Er... ach, verflixt, das tut mir furchtbar leid! Sind Sie noch dran?"
„Ja."
„Sagen Sie Raphael, er braucht sich nicht sorgen. Er hat nichts falsch gemacht, es waren andere Zeiten, nicht wie heute..."
„Der Lautsprecher ist an, er hört Sie."
„Raphael?"
„Was?"
„Du warst ein feiner Kerl! Ich habe dich nie vergessen!"
„Wie nett!", brummte er bärbeißig. „Wurdest ja auch mit jedem Blick auf ihn an *mich* erinnert!"
„Ich habe zweitausendeins mit meiner Lebensgefährtin eine eingetragene Lebenspartnerschaft eingehen können. Dank deiner Hilfe ist uns aber schon viel früher gelungen, was uns sonst verwehrt geblieben oder nur mit viel Umstand erreichbar gewesen wäre: eine kleine, glückliche Familie mit einem gesunden, aufgeweckten, intelligenten Kind. Ich danke dir!"
„Betrachte es als Spende!", zischte er böse spottend.
„Raphael!", schimpfte Anna aufgebracht, „Hören Sie nicht auf ihn, er fühlt sich gewaltig überrumpelt."
„Verständlich! Und sagen Sie diesem Lausebengel, wenn er mir je wieder unter die Augen kommen sollte, klopf ich ihm den Arsch grün und blau!"
„Okay, Evchen!"
„Niklas?"
„Ma?"
„Geht es dir gut?"
„Klar doch!"

„Frau Berger?"
„Ja?"
„Danke! Wiederhören!"
„Evelyne! Warte!"
„Was ist denn, Raphael?"
„Wann ist er geboren?"
„Am 24. November 1991."
„Mach's gut!"
„Du auch!"

Raphael legte sein Telefon zur Seite, stierte ins Nichts, rieb die Narbe an seinem Hals, flüsterte: *„Ein junger Kämpfer schreit, ohne Zeit für Zweifel, mit dem Schmerz und der Wut kann er keinen Ausweg sehen ... I want it all ... I want it all ... Was für ein saublöder Zufall!"*

Mit ohrenbetäubender Wucht spielte der CD-Player lautstark den nächsten Song und mit *Hammer to fall* stampfte Sara um den Pool, wedelnd mit ihrem Fächer den Rauch des vergessenen Grillfeuers vertreibend, mit wehendem Kaftan, plärrte gegen den Lärm: „Hast du mir das Gemüse besorgt? Du hast es hoffentlich nicht...", blieb abrupt stehen, starrte perplex Niklas an, starrte Raphael an, starrte Anna an. Bevor sie den Mund aufmachen konnte, packte Anna Sara am Arm, zischte: „Herzlichen Glückwunsch zur Omi! Laß ihn bloß in Ruhe! Er ist auf hundertachtzig!" und Ahmed rief vom offenen Gartentor her:

„Salam! Was ist denn bei euch los? Steigt ne Wiedersehensparty? Warum sagt denn keiner was? Ich hätte was für den Barbecue mitgebracht. Anna! Mommy, where were you?" Chica sauste wie eine Wilde auf ihn zu, an ihm vorbei, laut kläffend, denn noch jemand betrat gerade Raphaels Garten.

„Oh! Hello Georgy!", freute Ahmed sich.
„pa pa"
„Pfeif mal deinen Köter zurück!"
„Was machst du denn jetzt hier?"
„Ich komm den Kurzen holen, Anna, war doch abgemacht..." Georg verstummte, starrte wie Sara den fremden Jungen an, Anna bemerkte augenblicklich seine rasche Auffassungsgabe, sein fieses Grinsen.

„Da ist wohl einer *ganz* tief ins Fettnäpfchen getreten?"
„Halt die Klappe Georg!", warnte sie ihn und: „Es klingelt, Ahmed, drück mal die Klinke runter!"

„Sind wir hier richtig?" Jemand lugte vorsichtig durch den Türspalt.

Sara die anscheinend ihre Sprache und ihre Fassung wiedergefunden hatte, bemerkte spitzfindig: „Was ist das denn? Immer mehr Volk drängt durch die Pforte! Endlich mal Stimmung in der lahmen Bude!"

„Yolande? Wo kommst *du* denn her?", rief Anna entgeistert. „Alex!

„Anna, Schätzchen! Wir machen Urlaub! Ibrahim – so heißt er doch, oder, hat uns hergeschickt. Hallo Raphael! Läßt du uns rein?"

Raphael gab keine Antwort, starrte in seinen Garten, betrachtete die Leute, war definitiv kurz vorm Explodieren.

„Ich glaube, wir wurden uns noch nicht vorgestellt!" Sara hielt Alex die Hand hin. „Sei ein guter Junge, wie heißt du noch, mein Sohn?"

„Alex, gnä' Frau!"

We will we will rock you meinte Freddie.

„Chica! Aus!", brüllte Raphael in dem Radau die übermütig vor Freude und vor Aufregung ganz aus dem Häuschen bellende Chica an, die an den Leuten hochsprang, sich wie toll benahm.

„So decouragiert?", witzelte Georg. „Holen dich deine Jugendsünden ein? Sind dir wegen ausstehender Alimente ein paar graue Haare gewachsen, mein honigblonder Freund, oder warum schaust du so sauer aus der Wäsche?"

„Du gottverdammtes blödes Arschloch!"

Mit unbändiger Wut stieß Raphael Georg in den Pool, sprang hinterher, tunkte ihn gründlichst unter, Armani-Anzug hin oder her, im Nu war die schönste Wasserschlacht im Gange.

„Pool-Party! Yeah! Wie geil iss das denn!" Schon zog Niklas den Hoodie über den Kopf, warf die Sneakers von sich, streifte die Jeans über die Füße, sprang hinterher, gefolgt von Chica, die meinte, sich eine Abkühlung verdient zu haben und von Ahmed, der natürlich glaubte, was er da sah.

„Ich geh mal meine Tomatenstöcke plündern", meinte Sara lakonisch, „Und ich hab noch von dem Lamm. Die Kinder werden Hunger haben, wenn sie vom Plantschen wieder aufgetaucht sind."

Anna stand da, wie angewurzelt, schaute konsterniert auf das irre Treiben, auf Raphael der Georg beinahe ersäufte, auf die beiden Jungs, die sich auf Anhieb gut verstanden und übermütig wie junge Hunde im Wasser balgten, auf Yoyo und Alex, die lachend meinten, da kämen sie ja gerade richtig um ihre Neuigkeiten loszuwerden. Fest und sicher hielt sie den Kleinen an der Hand, der schaute süß lächelnd zu ihr hoch, hielt ihr das Holzauto hin:

„Mama Auto"

Das ist kein Temp…

Das ist ein Tollhaus!

Ein Irrenhaus!

Wenn sie doch nur was zum Draufschlagen hätte! Einmal so richtig … Dann wäre Ruhe!

… *Was willst du denn? Eine anscheinend neuerdings überall moderne Patchwork-Scheiße …*

„Aufhö…"

Was hast du gesagt?

„Mama"
Bist du wohl still!
Nein! Nein! Nein!
Sie hob den Kleinen hoch, drückte ihn mit Tränen in den Augen an sich, setzte sich auf das Gartensofa, schaute dem wilden Tohuwabohu eine Weile zu.

„Ich glaube, wir kommen definitiv ungelegen", meinte Yolande. „Tut mir leid, daß wir euch überfallen haben, wir hätten anrufen sollen, aber es sollte eine Überraschung werden..."

Anna ließ den Kleinen los, mußte urplötzlich lauthals, schallend und von Herzen lachen!

„Das ist doch herrlich bekloppt oder?", schnappte sie lachend nach Luft. „Nein, schon gut! Schön, daß ihr da seid! Ich freu' mich! Ihr bleibt doch zum Essen?" Ungestüm drückte sie den Kleinen an sich, „Alles gut!", kichernd, sich eine Lachträne aus den Augen wischend. Doch das Lachen blieb ihr auf einmal im Halse stecken, abrupt hielt sie inne, setzte den Kleinen neben sich, betrachtete Alexander, während ihr gleichzeitig glühend heiß wurde.

„Sag mal, die raufen doch! Das ist doch kein Spaß da unten!", bemerkte Alex, trat zum Pool hin, brüllte: „Aufhören, ihr Idioten! Raphael! Willst du den ersäufen! Schluß! Sofort!", dabei streckte er Raphael die Hand hin.

Funken flogen vorbei, die heiße Luft knisterte und brannte, Raphael packte ihn flink am Unterarm, Lex wollte ihn rausziehen, Freddie setzte im gleichen Augenblick noch einen drauf!

You're my best Friend

„Samut! Du alter Affe!", brüllte Raphael und zog Alex mit ungestümem Übermut hinunter in den Pool!

WIE HERRLICH SIND DEINE PLÄNE, ATON! DU HERR DER EWIGKEIT!

(Aus dem großen Aton-Hymnus)

KEMET, UASET

Im siebten Jahre der Regierung seiner Allerheiligsten Majestät Achanjati, Wer Nesit em Achet Aton, Meri Aton, Glanz des Aton, Echnaton
Im Mond Mesut Re in der Jahreszeit des Schemu

Sie erwachte aus tiefstem Schlaf, schreckte hellwach hoch, bemerkte die schwarze Dunkelheit, denn die Nacht war noch lange nicht vorbei. Es mußte die dritte Stunde nach Mitternacht sein. Ihr Gesicht schmerzte, glühte, als hätte sie sich in rasendem Feuer verbrannt. Wollten die alten Narben sie nach all den vielen Jahren vielleicht ärgern? Mühsam erschien ihr das Aufstehen, die müden Knochen und Muskeln wollten einfach nicht gehorchen.

„Wie alt bin ich?", knurrte sie bissig in die Dunkelheit, suchte auf dem Tischchen neben dem Bett tastend nach dem Zunder. Als die Kerze aufflackerte, suchte ihre Hand wühlend nach einem Spiegel. Lange kramte sie in der mit allerlei Kram vollgestopften Lade danach, hielt ihn endlich in Händen, wischte mit einer energischen Handbewegung den Staub darauf weg. Fast erwartete sie, eine fürchterliche Fratze darin zu erblicken, doch nur ihr gewohntes Antlitz schaute ruhig zurück. Eine Frau um die vierzig, für ihre Begriffe mit zu glatter Haut, ziemlich ergraut und leidlich hübsch. Allein ihre Augen hatte sie stets besonders schön gefunden, doch das hatte sich seit langen Jahren erledigt. Im Dämmerlicht der Kerze wirkten sie fahl, ohne Leuchten, ohne Feuer. Oh, wie hatte sie damals mit ihren gemalten Augen die Männer verrückt gemacht – ein raffinierter Blick von ihr und die Kerle schmolzen dahin, lagen ihr zu Füßen. Das lag so weit zurück, fast dreißig Jahre, ein ganzes langes Menschenleben …

Freudlos ließ sie den Spiegel sinken, rutschte vom Bett, schnappte sich Leintuch und Kissen, entschlossen, den Rest der Nacht ausnahmsweise im Allerheiligsten zu verbringen. Die Pein wurde unerträglich. Bloß in Isis' Schoß würde sie diese schmerzvolle Nacht überstehen können. Aber dieser Juckreiz … Unbewußt faßte sie sich in den Ausschnitt des Nachtgewandes, kratzte sich fast blutig … Das war kein Mückenstich! Das war …

So lange her!

So lange, daß sie schon beinahe vergessen hatte, was das bedeuten könnte …

Eine schreckliche Ahnung kroch mit dem beißenden Schweiß und der auflodernden Hitze in ihr hoch! Fast panisch packte sie wieder den Spiegel, riß mit fliegenden Fingern den Ausschnitt des Hemdes weiter auf, betrachtete sich im Licht der Kerze genau …

Linien!

Dicke, vernarbte Linien zwischen ihren Brüsten, schwarz wie der Tod! Vor ewiger Zeit von einer jungen, verzweifelten, gedemütigten Frau mit Hilfe eines scharfen Messers und heißen Rußes dorthin geritzt. Linien, die vor ihren verschlafenen Augen allmählich zu Schriftzeichen wurden: einem *Sechem*, einer Eule, einer Kobra ... Sie formten sich wie von Geisterhand zu *Medu Netjer*, zu einem Fluch und zu einem Schwur!

Sechemet [4]

Der erste Blutstropfen fiel vor ihr auf den Spiegel, als der mächtige, blutige Name vollständig erschienen war. Flüchtig erblickte sie ihr Gesicht in dem fast blinden, staubigen Spiegel: Eine blutige Fratze, vom Feuer verbrannt und entstellt bleckte sie an; die grauenvollen, unerträglichen Schmerzen von damals waren nicht zum Aushalten. Stöhnend ließ sie den Anch mit der polierten Seite auf den Tisch sinken.

Doch es war nicht damals!

„Es ist heute!", knurrte sie böse, laut knallte ihre Faust auf die Tischplatte, daß Glasflakons, Kamm, Spiegel und Salbentiegel klirrend hüpften. „Und *du* kannst mir nichts mehr wollen!"

„Haderst du etwa?", hörte sie eine gereizte, fauchende Stimme fragen. „Mit deinem Alter? Mit den langsam anschleichenden Gebrechen? Mit den Dingen, die waren und die sein werden?"

„Ich hadere nicht! Was ich getan habe, habe ich gut getan! Ein jeder muß sein Leben leben, wie er es für richtig hält und wie es den Göttern gefällt!" Beinahe hätte ihre Stimme wie früher geklungen, als sie ihre gebieterische Antwort dem Raum mitteilte, allein der heisere Ton zeugte von der schmerzhaften Vergangenheit.

„Ich bin hier, im Spiegel! Ich bin nicht in dir, dafür ist meine Schwester zu mächtig!"

Sie faßte sich und griff wieder nach dem Spiegel. Auch wenn große Göttinnen wohl daraus zu einem sprachen – Bent war und blieb praktisch veranlagt, spuckte auf die polierte Bronze, rieb den Anch mit dem Saum ihres Nachthemdes blank, hörte wütendes Fauchen:

„Das hat noch niemand gewagt!"

„Ich sehe sonst nichts, der Spiegel war schmutzig. Hab ihn lange nicht in der Hand gehalten. Wozu auch! Was willst du?"

---

[4] Sachmet, *Sechemet: Die Mächtige.* Dame des roten Tuches, Tochter des Re, Herrin der Angst sind ihre Titel

Pharao wurde von der Löwengöttin Sachmet bewacht. Sie lenkt die Kräfte der Aggression und der Zerstörung. Als *Auge des Re* war sie die Rächerin, die Res Feinde mit ihrem brennenden Atem vernichtete. Die Königin ist das Gegenstück zu Pharao als Sonnengott. Sie agiert als die wilde, ungezähmte Sachmet - vor allem ihre gewalttätige Seite als *Auge des Re*. Sie ist die furchtlose Verteidigerin und Beschützerin Pharaos.

„Ich warne dich!"

„*Du* willst *mich* warnen?" In Bent kroch heiße Wut hoch. „*Mich*! Sahu-Re! Hohepriesterin der Isis! Wie kommst du dazu?"

Doch sie erhielt keine Antwort. Der Spiegel zeigte bloß ihr wütendes Gesicht, der Juckreiz war verschwunden, ebenso das Blut aus den unheilvollen Schriftzeichen. Sachmet war fort.

War dies ein Traum gewesen?

Nein!

Allein die Schmerzen in ihren Händen und im Gesicht waren wieder da. Zornig packte Bent den Spiegel in die Schublade des Tisches zurück, kramte nach dem dicken Schlüsselbund, verließ ihre Räume, schlich schlurfend über den dunklen Hof des Tempels, öffnete die Türen zum Allerheiligsten, erklomm die drei Stufen des Podestes, auf dem Isis' schimmernder Thron stand. Mit klammen Fingern hielt sie sich an den Armlehnen fest, atmete tief durch. Allmählich erlangte sie ihre Fassung wieder, die Schmerzen in ihrem Körper ließen nach, ihr Geist beruhigte sich. Versuchend auf ihre Atemzüge und den Herzschlag zu achten, spürte sie alsbald den Herzschlag der Nacht, das Pulsieren des Landes, die magische Kraft von *Geb*, der Erde, die Herrschaft des allmächtigen *Iteru*. Sie horchte weiter, empfing die Botschaft der Natur, die ewige Macht der Liebe, des Werdens und des Vergehens. Jetzt konnte sie fast den Pulsschlag einzelner Menschen hören, das Atmen der Dunkelheit, das Flackern der Sterne, die lautlosen Flügelschläge von Fledermäusen.

Die Nacht war still und kraftvoll und doch …

Da stimmte was nicht! Ein Herzschlag fehlte! Es war weit weg. Bent versuchte all ihre Sinne auf das Fehlen eines unhörbaren Tons zu richten. Da hatte ein liebendes Herz aufgehört zu schlagen! Die Stille, die das in ihr hervorrief, war grauenvoll; wie das Fehlen der Schritte eines geliebten Menschen. Sie drehte den Kopf nach rechts, Richtung Norden – von dort drang die unheilvolle Stille in ihr Herz!

Von Norden!

Aus dieser Stadt!

Aus diesem Sumpf des Verfehlens!

Aus diesem Morast, wo die Mißachtung der angestammten Götter regierte!

Bent richtete ihr gesamtes Augenmerk nun auf die neue Hauptstadt, durchforstete die Straßen, Häuser und Paläste jenes Ortes, in den sie bis heute noch keinen Fuß gesetzt hatte.

Schlimm genug, daß Pharao sämtliche Götter verachtete, ihr geliebtes Uaset im Dreck versank, verlottert, vergessen und aller gütigen Götter beraubt! Aber dies hier?

Sachmets Worte bekamen plötzlich eine völlig neue Bedeutung.

Sie warnte!

Ja, aber nicht Bents Person. Sie warnte das Land!

Wovor?

Bents Geist suchte weiter, fand ein Neugeborenes, dessen kraftvoller Herzschlag den fehlenden ersetzte. Er kam aus dem Palast der neuen Hauptstadt!

Von dort drang auch diese grauenvolle Stille, die sich allmählich über dem ganzen Schwarzen Land ausbreitete, in die Welt! Das Herz, das nun nicht mehr schlug, gehörte der Frau, die alles zusammengehalten hatte! Jene, die achtgab, die einzige, die außer ihr selbst, Sachmet beherrschen konnte!

Die Hohepriesterin der *Mächtigen, Die Prinzessin aller Frauen, Die Herrin des Südens und des Nordens, Mut Nesut*, die Königinmutter Teje, war tot! [5]

Bent krallte aufgewühlt die Hände in die kühlen Armlehnen des weißen Thrones als könne der kalte Kalkstein ihr den ungeheuerlichen Schmerz abnehmen.

Teje!

Die Freundin aus vergangenen, schönen Tagen, die Vertraute und Seelenverwandte! Wie sollte sie diesen abgrundtiefen Schmerz verwinden? Obwohl Teje schon vor langer Zeit nach dem *Horizont der Sonne* gezogen war, hielten sie dennoch mit Briefen ihre Freundschaft aufrecht. Mit der Zeit kamen allerdings immer seltener *Qahets* bei Bent an und in den letzten Monaten beantwortete Königin Teje überhaupt keinen mehr von Bents Briefen. Was war bloß geschehen? Ob sie krank geworden war? Aber warum hatte sie Bent nicht zu sich gerufen? Wahrscheinlich vertraute sie gänzlich Neferhotep, ihrem blasierten Leibarzt, fand es nicht nötig, Bent zu beunruhigen.

Vergessen waren ihre unerträglichen Schmerzen. Bent rannte aus dem Allerheiligsten und aus dem Tempel. Niemals hatte die Nacht für sie etwas Gefährliches, Dämonisches. Nie verspürte sie Furcht, wenn sie in der Dunkelheit unterwegs war. Sicher wie eine Katze fand Bent ihren Weg durch den dunklen Innenhof, den Schlüssel für die Pforte im großen Tor unterm mächtigen *Bechenet*, huschte über die Straße und flink wie ein Mäuschen die Treppe zum Anlegesteg hinunter.

Dort unten band sie den Nachen des Tempels vom Anleger los, zog ihn mit sicherer Hand durch den Schlamm ins tiefere Wasser. Das Flußbett war fast ausgetrocknet, die Überschwemmung ließ dieses Jahr auf sich warten. Mit der schwachen Strömung ließ Bent den Nachen ein Stückchen nordwärts treiben. Isis hatte keine Tränen mehr, angesichts der heuchlerischen Leugnung der Götter! Wie sie selbst. Nicht eine Träne stieg ihr beim Gedanken an die

---

[5] Titel von Königin Teje, der Gattin von Pharao Amenhotep III.

Freundin ins Auge. An die Frau, die jetzt nicht mehr war! Diese große Frau, Herrscherin, für die selbst der Fürst von *Nehern* bewundernde Worte fand und zu dem neuen König sagte: *Alle Worte, die ich zu deinem Vater sprach, sind deiner Mutter bekannt. Niemand sonst kennt sie, aber du kannst deine Mutter Teje nach ihnen fragen.* Mit wehem Herz dachte Bent an das Mädchen, daß damals süß und liebreizend gewesen war, an die Königin, die sie, Bent, zur *Imi ra Hat Netjer*, zur Tempelvorsteherin, geweiht hatte. Bent war allein in ihrer Position als Sahu-Re *Hemet Netjer Tepi en Isis*, Die erste Dienerin der Isis, und somit neben Königin und der Königinmutter die mächtigste Frau im Lande! Allein der schmerzliche Gedanke an den Tod der *Mut Nesut* trieb sie so schnell als möglich ans andere Ufer zu kommen. Dort, im Tempel des Guten Gottes Amenhoteps, seinem *Haus der Millionen Jahre*, seine *Festung der Ewigkeit* würde sie mehr erfahren. Denn dort war Sachmets Heimstatt!

Eile war geboten, zum Trauern war später Zeit genug!

Bent band, keuchend vom ungewohnten Rudern, den Nachen fest und eilte durch die vertrockneten Felder dem Totentempel des Guten Gottes zu. Schwach leuchtete sein weißer Kalkanstrich in der heißen, bewölkten Vollmondnacht. Niemand war da, der das gewaltige, vierzehnhundert Ellen lange Bauwerk bewachte, kein Licht brannte, kein Wächter war zu sehen. Wogegen sich Schutt und Unrat an der sechzehn Ellen hohen Mauer sammelte. Wie ganz Uaset lag auch hier alles im Schmutz! Wie ein sterbendes Tier, vergessen von Pharao und sämtlichen gütigen Göttern!

Sie nickte ehrfurchtsvoll den aus rotem Quarzit gemeißelten, vierzig Ellen hohen *Herrscher der Herrscher* [6] zu, durchschritt den ersten *Bechenet*, dessen Tor nachlässig sperrangelweit offenstand. Ihre leisen Schritte, ja selbst ihre Atemzüge hallten unter dem großen Torweg wider. Sich zwingend, angemessenen Schrittes den ersten Hof zu durchqueren, näherte sich Bent dem zweiten *Bechenet* dessen gewaltiges Holztor geschlossen war.

„Bitte", flüsterte sie in die Dunkelheit, „sei nicht verschlossen!" Quietschend öffnete sich die kleine Pforte in dem dunklen Holz. Der verlassene Hof dahinter schien die Dunkelheit zu fangen und zu verstärken. *Imachyt*, der ewige, gesegnete Nordwind, hatte auf seinen Schwingen trockene Blätter hereingeweht, die fürchterlich laut unter Bents Füßen raschelten. Wieder stand sie vor einem gewaltigen *Bechenet* und zwei Herrscherstatuen, abermals öffnete sich die Pforte in dem großen Tor. Dahinter lag der dritte Hof mit den Sphingen Amenhoteps. Sie lauerten doch auf ihren Sockeln, bereit sie anzuspringen, anzugreifen? Geduckte Löwenleiber, scheinbar gelassen, doch aufmerksam gespannt. Schaute *Amenhotep, Gott, Herrscher von Uaset* ihr nicht zu, wie sie den Weg entlanglief?

---

[6] Memnonkolosse

Drehte nicht jede der geheimnisvollen Sphingen den Kopf nach ihr um? Spannten sich nicht die gewaltigen Muskeln aus Stein, bereit sie jeden Augenblick anzugreifen?
Nein!
ER würde ihr nichts tun!
ER hatte sie geliebt!
ER hatte sie geachtet, verehrt!
Gefaßt trat sie durch den Durchlaß, der die Sphingenallee von dem großen Sonnenhof trennte. Dahinter, in einem Wald von Säulen, mehr als dreißig Ellen hoch, fand Bent hoffentlich Antworten. Die Wolken gaben nun den Mond frei, Bent konnte mehr Einzelheiten erkennen. Achtzehnmal auf jeder Seite des Hofes schaute Gott Amenhotep in seiner königlichen Macht auf sie hernieder. An der Nordseite in Quarzit gemeißelt, gekrönt mit der *Hedjet,* der weißen Krone des Südens; an der Südseite aus Rosengranit gehauen trug Pharao die *Descheret,* die rote Krone des Nordens. Hinter ihm, in Nischen, wie um ihm den Rücken zu stärken, standen siebenhundertdreißig schwarze Granitstatuen der Göttin Sachmet! Für jeden Tag und jede Nacht des Jahres eine.
Sie glühten!
Abrupt blieb Bent stehen.
„Mäßige dich!", rief sie den Statuen zu, wohl wissend, daß keine Macht der Welt eine entfesselte Sachmet besänftigen konnte. „Du bist die reine Wut, ich weiß es, aber warum? Weil deine Hüterin nicht mehr ist? Du bist ebenso eine Heilerin wie ich es bin, *Mächtige,* warum willst du zerstören?"
„Du hast einen Fehler gemacht, Schwester!", donnerte es von den Wänden des Tempels. Stein knirschte, rieb sich unter der Wucht der dröhnenden Worte aneinander. Bröckchen des Verputzes fielen herab und Bent konnte hören, wie sich ein Riß im Gemäuer bildete. Schnell suchte sie Schutz neben einer der Statuen Amenhoteps, hielt sich wegen Sachmets wütendem Toben die Ohren zu:
„*Ich* bin Sachmet, bemächtige mich der Frevler! *Ich* bin das verzehrende Feuer! *Ich* bin die Wahrheit und die Gerechtigkeit! ER ist außerhalb der Maat! *Ich* bin das rächende Auge des Vaters! An meiner Seite *Sia* und *Schai*! Bin ich nicht genauso eine gute, fürsorgliche Mutter wie du?", hallte es von den Wänden wie Donnerhall. „Hüte ich nicht das Leben, wenn ich die Krankheiten besiege? Kämpfe und sorge ich nicht für dieses Land und seinen Herrn, wie die Löwin es für den Löwen tut? *Ich* bin die Beschützerin meines Herrn! Aber du hast zugelassen, daß dieser Wahnsinnige, dieser Unwürdige den Thron besteigt! *Er* ist nicht mein Herr! Er mißachtet und verleugnet alle gerechten, wahrhaftigen Gottheiten! Doch Jene ist tot, die ihn schützte und mich Jahrzehnte lang in Bann hielt. Er ist ihres Beistandes ledig! Und bald ist auch er tot! Bald bin ich frei; und *du* beendest dieses Debakel, oder Kemet

wird meine blutige Rache nicht überstehen!"

Bent kauerte mittlerweile schutzsuchend vor den herabfallenden Steinen und Brocken des Verputzes am Boden, bedauerte, ihre schwere goldene Kette mit dem Isis-Amulett nicht übergestreift zu haben, hielt sich weiter die Ohren zu, betete voller Inbrunst.

„O Isis, heilige Mutter Gottes, erhöre mein Flehen, steh mir bei in dieser schweren Stunde... Isis, Mutter aller Götter, du Zauberreiche, ruf sie zurück! *Mutter der Natur, Herrin aller Elemente, Geisterfürstin, Totengöttin, Himmelsherrin, Mutter aller Götter! Du Zauberreiche, die den Dämon mit den Worten ihrer Lippen vertreibt*, Isis! Hilf mir!"

Sie dachte an damals, als *Die Mächtige* ihre Sinne verwirrt hatte, als Sachmet ihre kleine dumme Dienerin auf Erden wie ein willenloses Geschöpf beherrschte, opferte, ja beinahe tötete. Und nur durch Iarets Gabe war Bent gerettet worden, nur durch Isis' Gnade weilte die kleine Bent unter den Lebenden. Dank der großen Göttin Willen konnte sie Sachmet die Stirn bieten! Teje, die große Königsgemahlin, Hohepriesterin der Sachmet, war mit Bent zusammen die einzige gewesen, die Sachmets geifernde Wut endgültig hätte besänftigen können. Gleich würde *Die Mächtige* sich befreit haben, das mußte Bent um jeden Preis verhindern!

„Du machst mich nicht noch einmal zu deinem willigen Werkzeug, du hinterhältiges Miststück!", murmelnd, überlegte Bent ihr weiteres Vorgehen. „Ich biete dir die Stirn! Nicht nochmal, hast du mich gehört! Isis, deine Schwester, ist immer an meiner Seite!"

Die Mauern ringsherum schienen zu schwanken, Steine polterten herab, gräßliche Geräusche von berstendem, sterbendem Gemäuer ließen Bent das Schlimmste befürchten.

„Denk nach!", schalt sie sich selbst, „Du mußt Sachmet aufhalten! Aber wie?"

Versucht, das Tosen von Sachmets Wut zu ignorieren, erinnerte Bent sich an einen düsteren Ort, an dem die junge Königin mitfühlend ihre Hand gehalten hatte. Eine verzweifelt traurige Frau, die ein Kind verloren und einen Auftrag Pharaos zu erfüllen hatte. Bent dachte aber auch an Blut, viel Blut. Nicht ihr eigenes, obwohl es aus den *Medu Netjer* auf ihrer Brust geflossen war. Iaret sammelte seinerzeit das Blut der Göttin in einer wertvollen Phiole, damals in jenen dunklen Zeiten, als Bents Geist in tiefste Verzweiflung gesunken und Teje sicher war, ihrem mächtigen Gemahl mit diesem göttlichen Geschenk Schutz und Sicherheit gewähren zu können. Bent erinnerte sich an jenen grauenvollen Tag, als sei es gestern gewesen. Als sich für einen kleinen klaren Augenblick ihr Geist lichtete, Iaret mit der gläsernen Phiole das heiße, brennende Blut aufgefangen hatte, Bent später in ihrem schmerzhaften Wahn glaubte, Iaret habe ihr Parfüm verkaufen wollen.

Die Phiole!

Jenes gläserne Fläschchen, einem Parfümfläschchen gleich!
Dieses kleine, wertvolle, glitzernde Ding!
Wo?
Wo könnte Teje jenes wertvolle Kleinod aufbewahrt haben?
Ein luxuriöser Glasflakon, gefüllt mit dem Blute der *Mächtigen*! Um sie zu bannen, zu beherrschen!
Wer kann eine wütende Frau besänftigen?
Der eigene Ehemann!

Bent sprang auf, rannte durch den Sonnenhof, am Allerheiligsten vorbei, hinaus in den hinteren, nördlichen Teil des Tempels, vorbei an Sodomsapfelsträuchern, Granatapfelbäumen, an Beeten mit Hakenlilien und Wacholdersträuchern. Warum die hier wuchsen, konnte Bent sich nicht erklären. Sinnlos schoß ihr durch den Kopf, daß dessen Beeren in hoher Dosierung eine Schwangerschaft abbrechen konnten, genau wie der Sodomsapfel. Was für ein Unsinn! Welch blöde, unsinnige Gedanken in dieser hoffnungslosen Lage! Amenhotep wird die Pflanzen hier wohl angebaut haben, um seine Gelenkschmerzen zu kurieren!

Schließlich stand sie schnaufend vor zwei hohen Kemitakazien [7], die ihr den Eingang zu der kleinen Kapelle des Ptah anzeigten. Ohne weiter zu säumen oder auf die herabfallenden Steinbrocken zu achten, suchte und fand sie in der Nische neben der Tür Kerze und Zunder, schaffte mit bebenden, zitternden Fingern ihm ein Flämmchen zu entlocken, die Kerze zu entzünden, durchquerte die Kapelle angemessenen Schrittes, trat an den vergoldeten Schrein des Gottes, fegte Spinnenweben weg, riß den Riegel aus seinen Ösen, öffnete ihn.

Freundlich schaute Ptah sie an, mit beiden Händen gestützt auf sein *Was-Zepter*.
Er schien erfreut, sie zu sehen. [8]
Sie leuchte in jede Ecke des *Shedet*, kroch fast ganz hinein ...
Nichts!
„Verfluchter Drecksmist!", entfuhr es ihr unbeherrscht. „Entschuldige!", flüsternd schaute sie sich den zwei Ellen großen Ptah genauer an. Er stand auf einem mit *Medu Netjer* verzierten Sockel aus kostbarem *Hebeni*, dem Ebenholz. Bent versuchte die Schriftzeichen zu lesen, bückte sich deshalb

---

[7] Seyal-Akazie. Gummiakazien liefern *Gummi Arabicum* welches für medizinische Zwecke verwendet wurde

[8] Ptah, Hauptschöpfergott, Gatte der Sachmet, formt den Menschen aus Ton auf seiner Töpferscheibe, ist außerdem der Gott der Handwerker, Toten- und Fruchtbarkeitsgott. Ptah gilt als der Uralte, hat sich aus sich selbst erschaffen, sprach seine Gedanken laut aus und erschuf so das Universum; sprach die Namen von Mensch und Tier laut aus und hat so die Welt erschaffen. Auf all seinen Abbildungen meint man, er lächelt

tiefer, las laut wie betend, Pharao Amenhoteps Namen, als könne er ihr helfen:

„*Ka nacht cha em Maat, Ka nacht Heqa Heqau, Se men chepu segerech Taui, Se men chepu tsches Taui, Aa chepesch hui Setchiu, Se aa Hat ef net Djet, Neb Maat Re, Neb Maat Re iua Re, Amenhotep, Netjer, Heqa Uaset, Amenhotep Heqa Uaset iua Re.*"

Starker Stier der als Wahrheit erscheint, Starker Stier Herrscher der Herrscher, Der den Gesetzen Bestand gibt und die *Beiden Länder* beruhigt, Der den Gesetzen Bestand gibt und die *Beiden Länder* verbindet und leitet, Mit großer Schlagkraft der die Asiaten schlägt, Der sein Haus der Ewigkeit vergrößert, Herr der Wahrheit Erbe des Re, Amun ist zufrieden, Gott, Herrscher von Uaset Erbe des Re. [9]

„Amenhotep! Bei deiner Liebe zu mir! Bei deiner Liebe zu Sachmet! Hilf mir!"

Alle Zeichen waren eingeschnitzt und mit Blattgold ausgelegt. Bis auf das Bildnis der Göttin Maat, die Wahrheit. Sie leuchtete in blutigem Rot. Bent drückte mit dem Zeigefinger auf das Bild der Göttin, etwas in dem Sockel machte *klick* und Ptah bewegte sich. Fahrig kippte Bent den Gott nach hinten, lehnte ihn gemütlich an die Rückwand seines Schreines. Der Sockel war innen hohl, mit feinem weißen Königsleinen ausgepolstert!

Darauf gebettet die Phiole!

Nicht größer als ein Gänseei, aus durchsichtigem, glitzerndem Glas, mit einem Glaspfropfen und Wachs verschlossen. Leuchtete in grausamem Licht, blutig und bösartig, das Blut darin flüssig und rot als wäre es eben erst geflossen, pulsierend wie ein Herzschlag!

Dabei lag eine dicke *Djema*. Hastig erbrach Bent das Siegel, flüchtig überflog sie die Worte, hatte keine Zeit mehr, alles genau zu lesen:

... *Wahrlich, meine Stirn ist die einer Göttin ... enthüllt ist mein Antlitz ... wie Re sich beschützt, beschütze ich mich selbst ... Meisterin bin ich des heiligen Wissens und der magischen Worte* ... Und noch weiter: ... *Öffne dein Maul und klappe deine beiden Kiefer auf, damit du Feuer speist in die Feinde meines Vaters! Mögest du ihre Körper in Flammen setzen und ihre Seelen kochen durch jenen Gluthauch deines Maules und durch die Feuerglut die in deinem Leib ist! ...* [10]

So hatte sie es gemacht!

So hatte Teje *Die Mächtige* seit Jahren in Bann gehalten und sich ihrer Kraft bemächtigt, sie sich gefügig gemacht, damit die Göttin den einzigen Sohn, den Thronfolger und jetzigen Pharao verschonte! Ihn nicht töten konnte! Mit

---

[9] Pharao Amenhoteps vollständige Königstitulatur
[10] Aus *Tal der Könige* von Erik Hornung. Dieses umfassende Werk ist mir immer wieder ein wertvoller Ratgeber. Erik Hornung, deutsch-schweizerischer Ägyptologe und Autor, verstarb während des Schreibens an diesen Szenen am 11. 07. 2022 mit 89 Jahren

geweihten Kräutern! Deshalb wuchsen die Pflanzen da draußen! Und mit furchterregenden Beschwörungen aus dem *Peret Me Herew* – dem *Buch vom Heraustreten in das Tageslicht* – dem *Amduat*, dem *Totenbuch*!

Mit reiner Hexenkunst!

Woher Teje dieses Wissen hatte, konnte Bent sich nicht erklären, zum Grübeln war auch keine Zeit, erst recht keine Zeit für *Schedjim Heka*, Zaubersprüche zu lesen! Gedankenlos schob sie die Papyrusrolle zur Seite, griff gierig nach dem gespenstisch glühenden, pulsierenden Flakon, hörte mit lautem Krachen und Poltern Steine zusammenbrechen, es dröhnte und rumpelte gewaltig in dem ehrwürdigen Gemäuer. Tejes Zauber konnte die Göttin nicht mehr aufhalten und Sachmets maßlose Wut ließ das Gebäude einstürzen! Und *Die Mächtige* wollte Bent aufhalten, sie daran hindern, den Flakon und die Zaubersprüche an sich zu nehmen ... Denn wenn Bent erst den Flakon mit ihrem Blut besitzen würde, müßte die Göttin weiter unter dem Zauberbann bleiben, bliebe weitere Jahre gefangen!

Selbst die Erde bebte jetzt. Bent stolperte mehr als sie lief, hastete durch den Park mit den Heilpflanzen, hinter ihr brach die Umfassungsmauer zusammen, vor ihr schwankten die Mauern des Sonnenhofes! Säulen barsten mit schauerlichem Ächzen und Knirschen, die Statuen Amenhoteps kippten um, die Sachmetstatuen glühten in unheilvollem Licht, als würden sie von innen heraus brennen.

Bent rannte geduckt und mit zugekniffenen Augen durch die Zerstörung, getroffen von unzähligen Steinsplittern, die Phiole schützend fest vor die Brust gepreßt. Vom *Bechenet* vor ihr fielen Ziegel herab, er neigte sich, jeden Augenblick würde er in sich zusammenfallen! Sie huschte unter dem breiten Portal hindurch, eine der verlotterten Fahnen stürzte auf sie herab, kopflos um sich schlagend befreite sie sich aus dem morschen, von der Sonne ausgebleichten Leinen und hastete weiter durch den Staub und die Trümmer.

Schnaufend wie ein alter Esel erreichte sie den Eingangspylon, hielt sich am Sockel der südlichen Herrscherstatue fest. Tief in die Rillen der eingeritzten Hieroglyphen des Anchs und der Landesinsignien krallte sie sich, um auf der schwankenden Erde Halt zu finden. Erblickte mit ihren selbst im Dunkeln sehenden Augen die *Medu Netjer* die Amenhotep, Gott, Herrscher von Uaset hier eingravieren ließ:

... Es lebe Horus, starker Stier, erschienen in Wahrheit, der die Gesetze festigt und die Beiden Länder beruhigt, groß an Kraft, der die Asiaten schlägt, König der Beiden Länder, Neb Maat Re, erwählt von Re, Sohn des Re, Herrscher von Uaset ...

Als könne es helfen, als würde er Beistand leisten, murmelte Bent wie ein Gebet abermals des Königs Namen herunter, las laut weiter:

„... Komm doch Amun, betrachte dein Haus das ich dir gebaut habe, auf der Westseite von Uaset, dessen Schönheit sich mit dem Westgebirge vereint ... ich habe es errichtet mit trefflicher Arbeit aus Sandstein, angefüllt mit Denkmälern, von dem,

was ich geholt habe aus dem Wunderberg des Roten Berges ... Ich machte Gleiches aus Alabaster, aus rotem und schwarzem Granit ... Groß ist das, was ich getan habe, in Gold und Edelsteinen ohne Ende, damit dein Ka zufrieden ist ... Nicht gibt es jemanden, der für den Allvater der Allereinzige ist als der Sohn des Re – Amenhotep, Herrscher von Uaset, dem Leben gegeben werde ewiglich wie Re ..."

Und weiter unten las Bent des Gottes Antwort:

... Ich habe gesagt, er ist mein Sohn, auf meinem Sitz, gemäß dem Befehl der Götter ... Du bist mein geliebter Sohn, du bist mein Ebenbild ... Ich habe dich die Erde in Frieden beherrschen lassen ... Ich nehme das Denkmal, das du mir gemacht hast, entgegen ... [11]

Und jetzt nahm Sachmet es ihm weg!

„Oh, Amun! Hilf! Teje! Hilf mir doch!"

Flehend um Beistand bittend, hob Bent den Kopf um Teje ins Antlitz zu blicken, die zu Füßen ihres großen Gemahls in Stein gehauen für alle Ewigkeiten dort stehenbleiben sollte. Die große, vierzig Ellen hohe Sitzfigur Amenhoteps bekam Sprünge, es hörte sich an, als würde die Statue verzweifelt zu Gottvater schreien, einzelne Gesteinsbrocken fielen von oben neben Bent herab; geschockt erkannte sie Teile von Tejes Perücke und ihrem Gesicht. Bent drückte sich schützend an den Sockel, barg ihr eigenes Gesicht an dem sterbenden Stein.

Unerwartet war alles vorbei, hielt die gepeinigte Erde still!

Die Stille tat in den Ohren weh, und der dichte Staub wehte im ewigen Nordwind davon. Bent hob den Kopf, als konnte sie nicht glauben, dieses grauenvolle Debakel überlebt zu haben. Im Osten, über Uaset, der Stadt des Königs, der Stadt des Glücks, ging die Sonne auf, entstieg Chepre seiner Barke. Das jungfräuliche Licht des neuen Tages zeigte ihr, zu welch gnadenloser Wut Sachmet fähig war:

Amenhoteps prächtiger Totentempel, sein *Millionen-Jahr-Haus*, seine *Festung der Ewigkeit* war bis auf die beiden gewaltigen Statuen an seinem Eingang dem Erdboden gleichgemacht! [12]

Bent war in Sicherheit! Die Phiole unbeschadet!

Aber ...

In der Eile ihr kleines, bescheidenes, unscheinbares Leben zu retten, hatte sie die wertvolle Schriftrolle gänzlich vergessen!

---

[11] Quelle: *Nofretete Eine archäologische Biographie*, Phillip Vandenberg
[12] Der Totentempel Amenhoteps III., auf der Westbank von Luxor, von dem heute nur noch die berühmten Memnonkolosse stehen, stürzte eigentlich erst etwas später durch ein Erdbeben ein, ungefähr 1210 v. Chr. unter der Herrschaft von Merenptah, dem 4. Pharao der 19. Dynastie

Bent ruhte nicht einen Augenblick, rannte über die Feldwege ohne auf die aufgeregten Menschen zu achten, die zum Tempel gelaufen kamen um sich den Schaden anzusehen, ohne der Wächter zu achten, die sich jetzt pflichtschuldigst berufen sahen, nach dem Gebäude zu schauen.

Dank der schwachen Strömung konnte sie schnell zum Ostufer zurückkehren, betrat im Tempel der Isis ihre Gemächer, warf einen sauberen Kittel über, wischte sich nachlässig Staub aus dem Gesicht, kämmte das lange Haar, packte ihre lederne Rute mit dem goldenen Griff, rief ihre Stellvertreterin und machte sich mit ihr auf den Weg Richtung *Ipet Resit*, bog in ihrer Aufregung in die Seitenstraße zum Hintereingang ein, blieb jäh stehen, kehrte scheltend um, um zum Haupteingang der prächtigen Villa zu gehen, darauf hoffend, daß in dem großen Haus schon jemand die Pforte bewachte.

„Wie siehst du nur aus!", tadelte Kara. „Voller Schrammen und kleiner Kratzer... Was hast du gemacht? Ich hoffe, du hast das ordentlich versorgt? Hast du Saft von der *Nehet* [13] draufgetan?"

Bent gab keine Antwort, hämmerte stattdessen wie eine Wilde unhöflich an das große Tor. „Öffnet! Im Namen der Großen Göttin, öffnet!"

Kara schaute sie mißbilligend an, zupfe Bent am Ärmel ihres Umhanges, versuchte vergebens sie zu beruhigen.

„Sei still! Später erkläre ich es dir!", raunzte Bent sie an.

Tatsächlich öffnete auf ihr heftiges, rücksichtsloses Klopfen ein verschlafener Pförtner, brummte unhöflich unverständliches. Bent äußerte den dringenden Wunsch, sofort den Herrn des Hauses zu sprechen. Allein er war nicht da, die Herrin empfinge aber schon.

Bent zwängte sich durch die Pforte, eilte – innerlich aufgewühlt, nach außen aber kühl wie der junge Morgen – über den Kiesweg, hastete die Stufen unter den Säulen hoch, schenkte der bepflanzten Dachterrasse keinen Blick. Schon trat ihr die Hausherrin entgegen!

Niemals war Bent ihr begegnet, daher starrte sie die Dame mit ihren hell leuchtenden, milchigen Augen ungeniert an. Eine Schönheit, trotz ihres fortgeschrittenen Alters, schlank und bereits zu dieser frühen Stunde gut geschminkt, schön gewandet, mit edlem Schmuck geziert. Eine schicke Perücke schmückte das erhobene Haupt, strahlend blaue Augen blickten sie

---

[13] Sykomorenfeige, ihr Milchsaft hilft bei offenen Wunden, Schwellungen und Verbrennungen

klar und freundlich an. Bent war – bei der Erinnerung an manche mit Bek verbrachte Stunde – geneigt die Augen niederzuschlagen, hatte sie doch mit dem Gatten dieser Dame mehrfach Ehebruch begangen.

„Ich bin Sahu-Re", keuchte sie etwas außer Atem und, versuchend diese ungewöhnliche leuchtendblaue Augenfarbe zu übersehen, „*Anch Uda Seneb*, Dame Titji. Ich muß dringend mit deinem Gatten, Baumeister Bek sprechen!"

Unversehens sank Titji auf ihre Knie, „*Ii Ti, em Hotep*! Segne mich, o große Mutter", hauchend.

„Oh, nein, nein, nein!" Bent ergriff Titjis Hände und zog sie wieder hoch, „Nicht doch, meine Liebe, das ist nicht nötig!"

„Was habe ich nicht alles von Euch gehört! Daß *Ihr* in meinem Hause…" Titji verstummte, Bent war auf alles gefaßt!

„Bitte, meine Damen!", Titji wies mit der Hand hinter sich in die große Wohnhalle, „Seid meine Gäste, laßt euch nieder, und dann erzählt die Dame Sahu-Re, was die Hohepriesterin der Isis in mein bescheidenes Haus führt!"

Mit einem unwohlen Gefühl im Bauch ließ Bent sich Kara gegenüber nieder, betrachtete die vornehme Dame mit der Bek sein Leben verbrachte; die befehlsgewohnt nach einer Magd rief, damit die das Morgenmahl serviere.

Ta Schepsi

Sie ist eine wahre *Ta Schepsi*, von Geburt an, nicht wie ich, die erst durch ihr Amt eine vornehme Dame wurde!

„Mir scheint", plauderte Titji unbefangen, während sie ihrerseits Bent musterte und ihren schicken Umhang richtete, „Ihr seid heute morgen allzufrüh in großer Eile ohne *Ja'u ra*, das Morgenmahl aufgebrochen. Erweist mir die Ehre, und speist mit mir. Anschließend wollen wir in Ruhe reden."

Die Magd richtete geschickt und flink alles an, schenkte Milch in bunte, gläserne Becher, reichte knuspriges, frisch gebackenes, duftendes Brot, Käse, Kuchen, kaltes, in dünne Streifen geschnittenes Fleisch, Früchte und Datteln. Auf den Tisch kamen außerdem feine tönerne Teller und goldene Löffel. Dazu ein winziger, goldener Napf mit … Bent mußte herzhaft niesen … gemahlenem Pfeffer!

„Meine Galle", bemerkte die Dame Titji während sie sich mit spitzen Fingern etwas von dem unglaublich teuren Gewürz auf den kalten Braten streute, „man ist nicht mehr die Jüngste."

„In der Tat", Bent ignorierte Titjis Einwurf, denn plötzlich überkam sie eine fürchterliche Erschöpfung, war froh um den Stuhl, auf dem sie ausruhen konnte, „bin ich heute morgen in aller Eile aufgebrochen. Verzeiht meine nachlässige Gewandung *Ta Titji*. Aber es ist von größter Wichtigkeit, daß ich mit Eurem Gatten rede."

„Mir über Eure Kleidung ein Urteil zu erlauben, steht mir nicht zu. Ihr werdet schon Eure Gründe dafür haben. Vielleicht war es das seltsame Rumpeln und Poltern, das ich in der letzten Stunde der Nacht gehört habe.

Mir scheint die ganze Stadt ist auf den Beinen um zu schauen was passiert ist. Ich bin keine große Schläferin, wache meist ganze Nächte durch und habe oft vor Tagesanbruch mein halbes Tagewerk vollbracht. Allein Euer Weg, meine Teure, war umsonst. Mein Gatte ist nicht hier. Er weilt in unserer glorreichen Hauptstadt, dem gesegneten *Achet-Aton*, dem heiligen Ort des *Horizontes der Sonne*."

Bent seufzte. „Ich brauche ihn hier, Dame Titji. Er muß mir bei etwas helfen. Und Euer Sohn?"

„Deswegen ist mein Herr ja in *Achet-Aton*. Mein Sohn hat eine bedeutende Stellung dort einnehmen können. Stellt Euch vor, er ist zum Bildhauer der Königin ernannt worden! Und um ja keine Fehler zu machen, bat er seinen *It*, zu ihm zu kommen und zu helfen. Deshalb wohnt mein Gemahl seit geraumer Zeit dort in Tutmosis' Werkstatt." [14]

„Also war meine Eile umsonst. Ich danke Euch, Dame Titji, für Eure Gastfreundschaft. Es hat mich erfreut nach langer Zeit die Frau des Baumeisters Bek kennenzulernen. Entschuldigt bitte mein heftiges Eindringen. Tatsächlich brachte mich das Poltern auf der Westseite dazu, vom Dach meines Hauses zu sehen und ich fürchte, der große Tempel des Osiris Amenhotep fiel einem Erdbeben zum Opfer."

„Das *Millionen-Jahr-Haus*?" Titji sprang beinahe von dem Sessel hoch, stieß an den Tisch, der Umhang glitt achtlos von ihren Schultern. „Ach! Oh! Ich verstehe, und nun dachtet Ihr, mein Gatte könne etwas ausrichten. Das tut mir leid." Wie zufällig fiel der Napf mit dem wertvollen Pfeffer um, fahrig versuchte Titji das edle Gewürz zusammenzufegen, irgendwie malte sie dabei hastig das Zeichen für Wasser, ein Senetspiel, Matte und ein Schilfblatt – des alten Reichgottes Amuns Namen – in das graue Pulver, bevor sie es über die Tischkante wieder in den Behälter zurückschob.

„Möge Isis' Segen allezeit über dich und dein Haus kommen!" Bent lächelte listig, winkte Kara, die sich schnell den Rest von dem Stückchen Kuchen in die Backentasche stopfte, und verabschiedete sich.

„Gesegnetes *Achet-Aton*?", lästerte sie abfällig und laut draußen auf der Straße.

Kara zuckte richtig zusammen, schubste Bent grob, mit vollen Backen „Bist du wohl still!", nuschelnd. „Der Kuchen ist lecker, hättest probieren sollen", und dann, nachdem sie auch den letzten Krümel runtergeschluckt hatte schimpfend: „Was soll man dazu sagen? Niemand hier ist glücklich über den gegenwärtigen Zustand! Kaum einer sagt, was er denkt! Keiner regt sich über

---

[14] Achet-Aton, *Der Horizont der Sonne*, das heutige Tell el Amarna, war die erste am Reißbrett geplante Stadt der Welt. Pharao Echnaton ließ diese neue Hauptstadt erbauen und regierte ca. 13 Jahre dort

die Mißstände auf! Sie nehmen einfach alles hin! Haben Angst! Was denkst du, wo das alles bloß noch hinführt? Die ist aber nett, die Dame Titji! Der Herr Baumeister wird eine glückliche Ehe führen!"

„Ach, pah! *Tja tja*, nett... Solange *ich* die Herrin des Isistempels bin, bleibt in *meinem* Haus alles beim Alten! Dafür werde ich schon sorgen, Kara! Wir werden uns genauso still und leise verhalten wie alle anderen. Unsere Türen schön geschlossen halten und dem Haus von außen den Anschein geben, als wäre kaum jemand da. Sollte tatsächlich jemand von der Stadtwache, Soldaten, Priester des Aton, Steuereintreiber oder wer auch immer auf den Gedanken kommen könnte, nachsehen zu wollen, schicken wir unsere alten Priesterinnen oder unsere Gäste vor. Von den Großmütterchen werden sie nichts mehr verlangen. Uadja wird sie schimpfend vertreiben, Tachut wird ihnen mit Inbrunst den Stock überziehen! Wenn Beks Haushalt meint, diesem absonderlichen Kult frönen zu müssen, *wir* werden da nicht mitmischen!"

„Die Dame Titji hat dir aber deutlich gemacht, was sie denkt, selbst wenn sie etwas anderes gesagt hat, Bent."

„Ja, und wenn sie dafür sogar ihren teuren Pfeffer geopfert hat! Ganz schön mutig! Sie haben ja *ganz enge* Beziehungen zum Großen Haus. Wenn *ich* Pfeffer brauche, kann ich neuerdings sehen, wo ich ihn herbekomme. Gehen wir nach Hause, ich muß mich ausruhen!"

„Warte mal, Kara!"
Schon von weitem erblickte Bent an der Front vom Tempel der Isis eine Leiter, darunter ihren Gärtner, den *Kany*, der stöhnend einen großen Kübel mit weißer Farbe und eine dicke Quaste abstellte. Außerdem war er mit allerlei Krimskrams bewaffnet um den vertrockneten Unkräutern an der großen Hausfront den Garaus zu machen. Seinem gewaltigen Besen nach zu urteilen, wollte er sogar den Weg fegen, der vom Eingang der Festhalle zur breiten Straße am Fluß führte. Sie stupste den in seine Arbeit vertieften Mann mehrmals auf die Schulter.

„Laß es sein, mein Bester!"
„Aber Ehrwürdige! Hier sieht es ja aus! Die Fassade braucht dringend ein paar Ausbesserungen und das verhutzelte Grünzeug sieht schlimm aus. Was sollen denn die Leute sagen?"

„Laß es ein bißchen verwildern!"
„Das sagt Ihr mir? Die alles immer ordentlich und adrett haben will! Aber Herrin, wie soll ich denn an dieser zweihundert Ellen langen Front Ordnung halten, wenn ich alles zuwuchern lasse?"

„Ich will es so haben! Bis ich andere Befehle gebe. Drinnen kannst du für Ordnung sorgen. Wenn es soweit ist, daß es draußen wieder ordentlich aussehen soll, stell ich genügend Helfer an deine Seite. Aber für einige Zeit lassen wir hier draußen alles so, wie es jetzt ist!"

Der Gärtner kratzte sich nachdenklich den Schädel, meinte grinsend: „Oh, ich verstehe!"

„Halt den alten Mann nicht von seiner Arbeit ab, *Henut*!", hörte Bent eine tiefe, warme Stimme laut und fröhlich hinter sich rufen. Sie meinte gerade, das Herz bliebe ihr vor Freude stehen, höre für ein paar Schläge mit seinem dummen Tanz auf. Ungläubig drehte sie sich um:

„Ranofer!"

Sie mußte sich richtig beherrschen, ihm nicht wie ein affiger Backfisch entgegenzulaufen, ihm überschwenglich um den Hals zu fallen! Da kam er – offensichtlich einer großen Reisebarke entstiegen und von einem prächtigen schwarzen *Tjesem* begleitet – die Stufen von ihrem Anleger hoch, breit grinsend, gutaussehend; sein langes, dichtes, dunkles Haar vom Sommerwind zerzaust!

Was für ein Mannsbild!

„Was machst *du* denn hier? *Ii Ti! Ii Ti em Hotep*, mein Lieber!"

„Ein Besuch, Teuerste! *Anch Uda Seneb*! Mal sehen, was meine Gattin treibt!" Sie lächelnd ansehend hievte er das schwere Fell von seiner Schulter, stellte den Korb mit seinen Sachen ab. „Nach Samut schauen, damit er keinen Unfug anstellt ohne mich! Nach *Euch* sehen, Herrin, mich trieb die Sehnsucht!" Letzteres sagte er mit einem scheuen, zaghaften, fast verlegen wirkenden Lächeln, verbeugte sich, packte dabei ihre Hand, hauchte einen Kuß darüber, tupfte sie an seine Stirn.

„Hört auf zu schmeicheln, Herr Ranofer!", flachste sie. „Sehnsucht nach mir! Ich bin eine alte Schrulle…" Unwirsch entzog sie ihm ihre Hand.

Verdammt! Mußte er sie so sehen? In diesem fadenscheinigen Kittel, den ausgelatschten Strohschlappen, verschwitzt und müde, das Haar lose um die Schultern, die abgearbeiteten Hände, kein Schmuck, kein Putz, der ihr nahendes Alter gnädig verbarg…

„Komm herein, Herr Kommandant! Baket ist da. Und später erzählst du mir, wie es dir in *Swenu* ergangen ist!"

„*Neschemut*! Lecker!" Ranofer brach das Brot, tunkte ein Stückchen in den heißen Sud, löffelte begeistert einen großen Brocken des weißen Fischfleisches heraus.

Fischsuppe!

Pah!

Auch das noch!

Ausgerechnet heute mußte die Köchin diese Suppe kochen! Bents ganzes Gemach roch bereits danach! Eigentlich ein Glück! So konnte er nicht riechen, daß sie immer noch den Schweiß und den Staub der vergangenen Nacht auf der Haut trug. Aufgeregt trommelte sie mit den Fingerspitzen auf die Tischplatte, versuchte sich ihre gnadenlose Erschöpfung nicht anmerken zu lassen.

„Was führt dich her, mein schöner Ma... mein Lieber?"

„Ich sagte doch, ich besuche meine Frau, dann seh ich bei Samut vorbei. Will bestimmt einen Mond oder sogar länger bleiben."

„Hast du soviel Zeit? Kannst du denn deine Garnison solange allein lassen?"

„Mein Stellvertreter schafft das, keine Sorge! Seit ich auf *Yabu* [15] Chabas Kommandantur übernommen habe, gönnte ich mir kaum freie Zeit. Ich kann nicht glauben, daß ich bald zehn Jahre in *Swenu* bin."

„Ich muß dich schelten! Schämst du dich nicht? Nur alle paar Jahre läßt du dich blicken!"

„*Swenu* ist meine Heimat, Bent! Ich kann Ahaneith nach Chabas Tod nicht einfach alleine lassen! Sie ist mir wie eine Mutter."

„*Hier* ist deine Heimat! Deine Frau ist hier!"

Er schaute sie an, legte den Löffel beiseite, ergriff zärtlich Bents Hand, „Und *Ihr* seid hier!", flüsternd. „Die Glut des Herdfeuers ist längst erloschen; nichts als kalte Asche!"

„Hör auf!"

„Mögt Ihr mich nicht mehr?"

„Wie kann ich dich nicht mögen, Ranofer!" Aufgewühlt zupfte Bent ein Stück vom *Pesem* ab, tunkte es in die Suppe, versuchte ihm nicht in die leuchtenden, hoffenden Augen zu schauen, „Gibt es in *Swenu* keine losen Frauenzimmer?", lächelnd tadelnd.

„Keine Frau kann *dir* das Wasser reichen!"

„Hör auf!", schimpfte sie neckisch ein zweites Mal, versuchte ihre Suppe, verbrannte sich den Mund an dem heißen Sud, trank hastig einen Becher Wasser leer, prustete – weil ihr ein abenteuerlicher Gedanke kam – den letzten Schluck aus, „Du kommst mir gerade recht!", schnaubend. „Ich brauche deine Hilfe! Nein, *mabjat*! Sei still! Ich muß *jirj seqdut*, reisen, eine Reise machen! Und *du* kommst mit!"

„*Du*? Eine *Tep wat*?" Laut lachend lehnte er sich zurück. „*Schon* wieder? Die letzte ist doch erst gut und gerne zehn Jahre her. Was treibt dich zu diesem mutwilligen Übermut? Laß mir mal ein wenig Luft, ich bin doch gerade erst angekommen!"

„Es sind knappe acht Jahre. Und du bist gerade mal fünf Jahre in *Swenu*! Übertreib nicht so! Laß den Unfug! Ich muß so schnell als möglich mit Baumeister Bek sprechen und er ist nicht in Uaset. Es ist wirklich dringend!"

„Soso, Baumeister Bek! Wo ist er denn?"

„In der Hauptstadt!"

Ranofer fiel die Kinnlade runter. Augenblicklich überflog Zorn sein schönes

---

[15] Die Insel Elephantine bei Assuan (*Swenu*)

Antlitz, sich beherrschend versuchte er weiter schön Wetter zu machen. „Da steht noch was aus bei dem feinen Herrn Bek!" Gehässig grinsend ballte er die erhobene Hand zur Faust.

„Das wird warten müssen!" Bent gelang ein Schmunzeln. „Willst du mich begleiten? Sag ja! Denk an die Reise, die wir nach *Swenu* machten! Und ich brauche einen Leibwächter! Bitte, mein Liebs... Lieber!"

„Pharaos *Millionen-Jahr-Haus* ist zusammengebrochen?" Ranofer konnte es nicht glauben. Sie saßen am Abend alle auf dem *Tep Chut*, der Dachterrasse, wie sie es schon seit Urzeiten taten, Bent und Ranofer in trautem Gespräch vertieft, wie immer ein wenig abseits der anderen. Er sprang auf, trat an die Brüstung, versuchte im Schein der untergehenden Sonne etwas am Westufer zu erkennen. Doch es war ja viel zu weit weg, als das ihm das gelingen könnte. „Und *du* warst währenddessen da drin? Ich kann es nicht fassen! Wenn dir was zugestoßen wäre..."

„Es ist ja nichts passiert!", versuchte Bent zu beruhigen. „Du weißt doch, Isis wacht über mich."

„Du könntest tot sein!", grollte er, betrachtete die Schrammen auf ihren Armen, schaute zu Baket hin, die – wie sollte es anders sein – das letzte Licht des Tages nutzte, um in die Papyri zu schauen.

„Ich muß da was ausgraben! Aber dazu brauche ich eine Erlaubnis. Und die bekomme ich allein in der Hauptstadt! Nein! Deinen Einwand, den..."

Fatzken

Monstrum, Hiu

„... Herrn Amenhotep Hapu zu fragen, lasse ich nicht gelten! Er hat mit der Sache überhaupt nichts zu tun, *mabjat*, sei still, auch nicht, wenn er den Tempel gebaut hat! Dieser Mensch macht den Eindruck, nicht mehr bei Sinnen zu sein! Man munkelt alles mögliche über ihn! Seit der Herr, unser Guter Gott tot ist, ist er all seiner Ämter ledig, geistert umher, ruhelos wie ein Dämon, von jeglicher Pflicht befreit. Hast du gehört, was sie von ihm sagen? Hinter seinem Rücken tuscheln die Leute, er sei ein Geist, Zeit seines Lebens von Pharao Amenhotep abhängig und nun fehle er ihm, fehle ihm eine Aufgabe, sei er entwurzelt wie ein alter Baum! Verkriecht sich in seiner Villa! Behauptet auf seiner bescheidenen, kaum drei Ellen hohen Statue aus schwarzem Granit, die er dem *Ipet Sut* stiftete:

Ich bin das Oberhaupt der Großen, erfinderischer Geist, Gebildeter, dessen Geist der König erhöht! Und noch mehr solcher Angebereien! Er rühmt sich königlicher Schreiber, er habe Kenntnisse vom Gottesbuch, der Herrlichkeiten Thots, löse alle Schwierigkeiten und werde in allen Angelegenheiten um Rat gefragt! Dazu sagt er, er sei der Schreiber bei den neuen Rekruten gewesen; seine Feder berechne Zahlen von Millionen für die neue Mannschaft. Er besteuerte Felder, die Häuser, versklavte Kriegsgefangene, die seine Majestät

Amenhotep auf dem Schlachtfeld niedergeschlagen hatte. Er schickte Soldaten zu den Karawanenwegen um die Wüstenbewohner abzuwehren. Und er behauptet Heerführer in Nubien und Asien gewesen zu sein. Er habe für das Herbeibringen der Kriegsbeute gesorgt, und er ist der Vorsteher aller Bauten des Königs!"

„Ein fleißiger Mann!"

„Ich wünsche ihm die Pest an den Hals!", giftete Bent aufgebracht, trank von ihrem Bier. „Hast du diese Statue gesehen? Von Pharao Amenhotep! Wie er lebt! Stehend, aufrecht, schreitend, mächtig! Ein Wunder, das muß ich wirklich zugeben! Niemals kam solch großartiges, wunderbares vor meine Augen! Vierzig Ellen hoch! Ich habe das riesige Lastschiff gesehen, daß hier vorbeifuhr. Auf dem Fluß war kaum Platz, so gewaltig war diese Barke, soviele kleine Boote haben sie helfend begleitet. Sie haben den *Bechenet* beinahe abgerissen, als die Statue des Gottes im *Ipet Sut* aufgestellt wurde. Und man sieht ihn kaum hinter der Statue des Gottes. Den Stein haben sie aus einem Steinbruch in der Nähe von *On*, von *Dju Descher*, dem *Roten Berg*! Weißt du, wo das ist?"[16]

„Weit im Norden. In der Nähe von *Ankh Taui*."

„Nein, Ranofer, ich muß selbst in die Hauptstadt. Mit diesem angeberischen, aufgeblasenen Menschen kann ich nicht reden! Das ist eine Sache, die ich allein mit Baumeister Bek besprechen muß! Komm doch mit! Du und Samut!" Bent zupfte an ihrem frischgewaschenen Kleid, warf den dicken, nassen Zopf über die Schulter, versuchte unbemerkt von ihm in ihrer Achsel zu schnuppern. Ja, das Bad und das Parfüm hatten geholfen! Sie roch wie ein unschuldiges Blümelein. Und genau diesen Anschein gab sie sich jetzt, als sie schmeichelnd „Bitte, Bitte" flehte. „Ihr müßt einer einsamen alten Frau doch Schutz angedeihen!"

„Ja, ich komme mit dir mit!", zürnte er, „Bevor du noch mehr Dummheiten anstellst!"

Ein paar Tage später fing Bent sich zum Abschied einen bitterbösen Blick von Baket ein, welche wütend „Macht eine Reise! Macht sich eine schöne Zeit! Wir haben ja auch keine Kranken zu versorgen!", maulend im Hause

---

[16] *On* ist Heliopolis, der Rote Berg der Steinbruch von Gebel el Ahmar. Von der Statue existieren leider nur noch Bruchstücke, sie war die größte, stehende Statue die je im alten Ägypten aufgestellt wurde. Die Informationen über Amenhotep Hapu entstammen ebenfalls aus *Nofretete Eine archäologische Biographie* von Phillip Vandenberg

verschwand und die Pforte zuknallte. Als würde Bent nur kurz einige Erledigungen auf dem Markt machen, verabschiedete sie sich nachlässig von den anderen, schärfte Kara zum millionsten Male ein, ja gut auf alles acht zu geben.

„Aber wie sollen wir das alles schaffen? Du wirst uns fehlen!", jammerte Kara.

„Ihr werdet doch wohl ein paar Tage ohne mich auskommen! Stell dich nicht so an!"

Pesechet war mit einer werdenden Mutter beschäftigt, bekam die Abreise überhaupt nicht mit. Bent warf Tachut einen warnenden Blick zu, doch die schüttelte bloß grimmig ihren Stock, den sie eigentlich überhaupt nicht brauchte. Bent packte Nefrus Tochter an der Schulter, schubste Scherjt auf die Bohlen des Anlegers.

„Hopp! Bring meine Sachen in die Kabine und dann hilfst du deiner Mutter mit ihren Töpfen und Pfannen."

Nefru selbst rief dem Mädchen von weitem gute Ratschläge zu und wie es sich gefälligst an Bord zu benehmen hätte.

„Daß mir ja keine Klagen kommen! Hörst du? Mach ja alles, was die Herrin dir sagt! Und benimm dich!"

„Ja, *Mut*!"

„Du schaffst das!", flüsterte Bent dem Mädchen zwinkernd zu, Ranofer verschwand derweil mit seinem Hund und dem wenigen Gepäck in der hinteren Kabine. Bent wartete bis das Mädchen alles gerichtet hatte und unter Deck verschwunden war, zog an dem Riegel, öffnete die Tür zwischen den beiden Kammern.

„Jetzt verstehe ich, was du mit dringenden Schreinerarbeiten meintest", brummte Ranofer gutmütig. „An der Barke selbst war alles in Ordnung. Du hast noch schnell diese Tür einbauen lassen!"

„Gefällt's dir?", schmeichelte sie.

„Eine raffinierte Sache!"

„So können wir beisammen sein, ohne daß es Gerede gibt."

„Wir sollten aber leise sein bei unseren Zusammenkünften", schmunzelte er und lugte aus dem kleinen Fenster. „Wenn das Wasser noch niedriger stehen würde, hätten wir mit dem Nachen zur Barke fahren und alles mit Strickleitern an Bord bringen müssen. Kaum Wasser in der Fahrrinne. Hoffentlich schaffen wir den Weg noch."

„Isis wird bald weinen."

„Dein Wort in der Göttin Ohr!"

„Kuchen?"

„Sag bloß, du hast schon wieder Hunger?"

„Sobald ich auf Reisen bin! Als sei ich verhungert! Bis zur Zeit des Abendbrots, dem *Teren Mesut* halte ich es nicht mehr aus!"

„Ho!", polterte es gutgelaunt von draußen. „Wo ist der alte Sack!"
Bent verließ die Kabine. „Samut! Mein Lieber!"

„Guten Morgen, *Henut*!" Er tätschelte dem winselnden und kräftig mit dem Schwanz wedelnden Hund ausgiebig den Rücken, was den *Tjesem* dazu brachte, sich aufzustellen um ihm tollkühn, voller Begeisterung durchs Gesicht zu lecken. „Ich hätte im Leben nicht mehr daran geglaubt, noch einmal mit Euch auf Reisen zu gehen. Ranofer, du Halunke! Ach, ja, der feine Herr Kommandant hat sich gleich die Kabine geschnappt! Pfeif mal deinen Köter zurück, der ist ja gewaltig übermütig! Nimm deinen schwarzen Schatten an dich! Küsse nehme ich einzig von Chemsit entgegen! Wo geht es hin? Wieder nach *Swenu*?"

„Nach Norden, du alter Haudegen! In die Hauptstadt! *Chawit*! Runter!"

„Pf! *Mechtj*!" Samut spuckte abfällig im hohen Bogen über das Geländer der Barke.

„Dann wollen wir mal!" Ranofer pfiff dem *Nefu Wija*, dem Kapitän. „Auf geht's! *Wedji*! Abfahren! Nach Norden!"

Bald darauf saß Bent mit Ranofer am Tisch unter dem Sonnendach, betrachtete die wehenden Vorhänge, linste zwischen den bunten, fast durchsichtigen *Tayt* hindurch, hinaus in die unbarmherzige Sonnenglut, auf trockene, brach liegende Felder und Palmen mit beinahe vertrockneten Wedeln zurück auf ihre Stadt. Diese Gluthitze war unerträglich! Zum Glück war es auf dem Wasser, im wehenden Nordwind, einigermaßen zum Aushalten. Das Land wirkte in der gleißenden Sommerglut wie ausgeblutet! Und gleich darauf war Uaset wegen der Flußbiegung ihrem Blick entschwunden.

„Es ist doch keine Zeit um eine Reise zu machen!", nörgelte sie unwirsch über ihren eigenen dummen Plan, wischte sich Schweiß von der Stirn, wedelte mit ihrem Fächer, packte den Krug mit dem kalten Bier. Zum Glück war Nefru umsichtig genug, stellte alles bereits gestern im kühlen Keller des Tempels nochmals in Wasser und ihre Tochter ließ die Krüge an Bord – wie einst ihre Mutter – an einem Seil ins Wasser.

Als sei sie eine *Nebet Hay* füllte Bent Ranofer ebenfalls den Becher, rückte den Teller mit dem Stückchen Spitzkuchen vor ihn.

„Ihr verwöhnt mich aber, Herrin!"

„Entschuldige!"

„Aber ja. Möchtest du dir *Gebtiu* [17] ansehen? Min wird dort verehrt." Das sagte er mit einem fast schon unanständig wirkenden Lächeln.

„Der *Stier seiner Mutter*", schäkerte Bent zurück, legte die Beine

---

[17] Bents Reise führt sie über Koptos = *Gebtiu*, Dendera = *Tantarer*, Achmim = *Chenmet-Min*, Assiut = *Sauti* (Wächter) nach Tell el Amarna = *Achet-Aton*

übereinander, wippte mit dem Fuß, daß die Fußkettchen klingelten, warf gleichzeitig ein Auge auf die anderen, nicht daß ihr heimliches Geplänkel auffiel, flüsterte: „Willst du es ihm gleichtun?"

„Würdest du es mir gestatten?" Sein unbeherrschter Blick sagte alles.

„Es kommt darauf an, was du zu bieten hast!", erwiderte sie kokett. Und er traute sich, in seinen Schritt zu fassen, um wie Min seine stramme Männlichkeit zu packen.

„In der Nacht, Schönheit! Dann komme ich zu dir, groß und stark wie Min! Versprochen!" Er legte seine große Hand jetzt um den Becher Bier, schaute zu Samut hin, „Ich denke du solltest dir *Gebtiu* ansehen. Dort gibt es einen prächtigen Tempel von dem Guten Gott *Djehutimes, dem Starken Stier, der in Theben erscheint.* Was Samut? Du kommst doch mit?"

„Ist das der König, der nach Pharao Hatschepsut regiert hat?", rief der von seiner Matte am Bug her. „Was für ein Name für einen König!"

„*Tju*! Und Pharao Hatschepsut *war* eine Frau!"

Bent spuckte prustend den Schluck Bier wieder aus. „Du nimmst mich auf den Arm!"

„Nein!"

„Im Ernst?"

„Sie konnte deswegen als Vormund für ihren Stiefsohn regieren. Hat sich den Pharaonenbart umgebunden, sagte, sie sei von Amun gezeugt, hat ihre göttliche Geburt in ihrem großen Tempel, dem *Djeser Djeseru,* [18] dem *Heiligsten der Heiligen,* mit gewaltigen Bildern auf die Wände graviert! Hat als Pharao mehr Mumm gezeigt, als es ein echter Mann je vermag. Hast du nie von ihrer abenteuerlichen Expedition ins *Ta Netjer*, das Gottesland von *Punt* gehört?"

„Von dort beziehe ich den *Senetscher*. Ein Kaufmann bringt ihn mir. Und ich hoffe, der Kaufmann kommt auch dieses Jahr. Ach, es wird immer schwieriger. Wenn ich das Haus nicht hätte, das Chemsit für mich bewirtschaftet, wüßte ich bald nicht mehr, wie ich den Tempel unterhalten soll. Mit meinem Anteil daran zahle ich bereits Löhne aus, bezahle wertvolle Arzneien. Wir versorgen immer mehr Bedürftige umsonst oder für einen geringen Betrag."

„Das ist schlimm!"

„Ptahmose ist daran schuld!", grummelte Bent aufgebracht. „Aber das werde ich nicht länger dulden! Hm? Was sagtest du zu *Punt*?"

„Erst durch ihre guten Beziehungen zu *Punt* ist das möglich geworden. Die Karawanenstraße die zum *Pa yem en mu qed,* dem Roten Meer führt, wo man sich einschiffen kann um nach *Punt* zu gelangen, beginnt in *Gebtiu.* Die

---

[18] *Hatschepsut* bedeutet: *Die Erste der vornehmen Damen, Djeser Djeseru* ist ihr weltberühmter Terrassentempel in Deir el Bahari

Königin von *Punt* soll so dick gewesen sein, daß Pharao Hatschepsut sogar ein Bildnis von ihr im Tempel verewigt hat."

„Ich mag es, wenn an Frauen ordentlich was zu greifen ist!" Samut zog sich einen Stuhl bei, setzte sich zu ihnen, griff nach einem Stück Kuchen.

„Dann sollte Chemsit aber mehr essen!", bemerkte Bent spitzfindig.

„Das würdest selbst du nicht anfassen!", lästerte Ranofer. „Soviele Hände kann ein Mann gar nicht haben, um diese Massen Fleisch zu streicheln. Wenn du, Herrin, in deiner Position als Hohepriesterin der Isis, einmal die Gelegenheit haben solltest, dir Pharao Hatschepsuts *Millionen-Jahr-Haus* aus der Nähe anzusehen, solltest du sie nicht verstreichen lassen und das Bildnis dieser Königin bestaunen. Ich konnte es, als ich einmal als Offizier unseren Guten Gott Amenhotep – mögen die Götter ihm wohlgesonnen sein – dorthin begleiten durfte."

„Es ist in der Tat ein wundervolles Gebäude! Ich bewundere es stets, wenn ich mal in seine Nähe komme."

„Was denkst du, Herrin, wird der Gute Gott Amenhotep, der große Sohn unseres Guten Gottes Amenhotep, unser Schwarzes Land genausogut beschützen, wie sein Vater es tat?"

„Ranofer! Halt die Klappe!", nuschelte Samut mit vollem Mund.

„Wir sind hier unter uns, Samut! Und wenn ich die Herrin nach ihrer Meinung frage, bleibt das auch unter uns!"

„Ich kenne den Guten Gott nicht, Ranofer. Ich habe ihn bloß kurz einmal gesehen – damals, bei seiner Heirat..." Bent unterbrach sich, schaute hinaus auf's Wasser, erinnerte sich an jenen grauenvollen Tag vor nahezu acht Jahren als sei es gestern gewesen.

„Ich erinnere mich", Ranofer grinste ein bißchen gehässig, „es war keine leichte Sache, Euch nach Hause zu bringen, was Samut! Wir hatten unsere liebe Not. Ihr hattet kräftig gefeiert und dem Weine zugesprochen!"

„Ich will nicht daran denken! Schon gar nicht an den Kopfschmerz, der mich den darauffolgenden Tag plagte!"

„Noch nicht einmal das abendliche Bankett habt Ihr mitgemacht. Seid so hastig aufgebrochen, als seien Dämonen hinter Euch her. Aber, hört mir zu, Herrin: Mir kam zu Ohren, der Gott habe seinen Namen abgelegt und einen neuen angenommen!"

„Bitte *was*?" Beinahe blieb Bent vor Empörung der Kuchen im Halse stecken.

„Er hat einen neuen Namen. Läßt den alten überall ersetzen, die *Medu Netjer* seines Namens in den *Schenus* an allen Gebäuden abschlagen, sie durch *Achanjati* ersetzen."

„*Dem Aton gefällig?* Woher willst du das wissen?"

„Du vergißt, daß ich immer noch Offizier in Diensten seiner Majestät bin! Es wird viel getuschelt! Bis der Tratsch allerdings den weiten Weg bis nach

Swenu geschafft hat, wird manches schon ein wenig verwässert sein."

„Das kann ich nicht glauben! Er verleugnet seinen Vater!"

„*Tju!*"

„Das ist heftig!", schnaubte Samut aufgebracht. „Allerdings sind diese Schandtaten noch nicht bis Uaset vorgedrungen! Davon wüßte ich!"

„Ja, an das Erbe seines Vaters, an die Stadt seines Vaters, an den *Ipet Resit* und den *Ipet Sut* traut er sich nicht ran. Noch nicht! Und ob er den Totentempel seines Vaters wieder aufbauen wird, sei dahingestellt..." Ranofer schaute Bent ins Gesicht, bemerkte ihren Aufruhr: „Wollen wir das unerfreuliche Gespräch sein lassen und uns erfreulicherem zuwenden. Wie ich hörte, sollen der Königin drei niedliche, süße Töchter beschieden sein."

„Wie schön!" Bent gelang ein geheucheltes Schmunzeln.

„Habt Ihr das nicht gewußt? Ich war immer der Meinung, die Königinmutter sei Eure Freundin."

„Ach!", entfuhr Bent voller Trauer beim Gedanken an Teje, hatte sich aber im gleichen Augenblick wieder in der Gewalt. „Von den beiden Ältesten wußte ich. Königin Teje hat mir immer geschrieben. Auch, daß Königin Taduchipa wieder guter Hoffnung sei."

„*Wer?*"

„Königin Taduchipa."

„Unsere Königin heißt Nofretete!"

„*Die Schöne die da kommt*? Was ist aus Taduchipa geworden! Ist ihr auch... ist ihr was zugestoßen? Oh, wie soll der Herr Eje diesen Verlust verkraften!"

„Der Gute Gott gab seiner Gemahlin Taduchipa diesen neuen Namen. Ihr ist nichts zugestoßen, sie ist wohlauf!"

„Dann bin ich beruhigt!" Aufgewühlt trank Bent ihren Becher leer, schaute auf das verdorrte Land ringsum, welches sie sich nun vier oder fünf Tage lang ansehen mußte, wurde das Gefühl drohenden Unheils nicht los.

„Hast du vielleicht auch von der Königinmutter Kunde? Ich habe lange nichts von ihr gehört. Geht es ihr gut?"

„Nein, Herrin. Davon weiß ich nichts. Da, schaut! Die Fahnen der Tempel von *Gebtiu* sind bereits zu sehen! Wir werden hier anlegen, uns die Stadt ansehen und über Nacht im Hafen bleiben!"

Müde von dem aufwühlenden Tag sank Bent lange nach Einbruch der Nacht in die weichen Kissen auf dem breiten Bett ihrer Kabine. Das war vielleicht eine aufregende Posse, hier überhaupt einen Anlegeplatz zu bekommen! In der Hauptstadt des *Netjerui*, dem *Gau der beiden Herren* Min und Seth. Hinter drei Barken, alle miteinander vertäut, fanden sie schließlich einen Platz. Handelsbarken wohin das Auge blickte, ein Gewusel am Ufer, als gäbe es im ganzen Ägypterland nichts als die Anleger dieser Stadt! Wegen dem niedrigen Wasserstand warteten viele auf das Hochwasser, um die Barken endgültig voll zu beladen und paßten genau jenen Augenblick hier ab.

Während der kurzen Dämmerung machten sich Bent, Ranofer, der Kapitän, Samut und der Steuermann auf, trippelten über Bohlen und Stege und die Decks der drei Barken, spazierten an Land, schauten sich ein bißchen um, doch Bent fand die Stadt weder prickelnd noch besonders schön.

„Man meint gerade *jau ta pen rederef heper u em senhem em udsch, uam hed, ky em henet!*"

„Was murmelst du denn da?", lachte Ranofer, als sie sich durch das Gewühl zwängten.

„*Das ganze Land ist zu einem Heuschreckenschwarm im Abflug geworden, einer will nach Norden, ein anderer nach Süden!* Mach Platz, du Trampel sonst…"

„Nur ruhig, Herrin! Wir wissen ja, daß du *medes Bjit*, energischen Charakters, bist!"

Unzählige Händler aus allen Herren Länder wuselten jetzt, am kühlen Abend, in den Gassen, hielten sich bereit, mit ihren Waren die großen Barken zu besteigen um im ganzen Land ihren Geschäften nachzugehen. Esel- und Ochsenkarren verstopften die Straßen, Geschrei, Geschimpfe, Hundegekläff; unzählige Huren drückten sich schamlos an die Männer, forderten sie unmißverständlich zu Frivolitäten auf. Und in den unzähligen Schenken floß das Bier in Strömen, wurde gegrölt, gelacht, gerauft und randaliert.

Sie fanden ein Badehaus, huschten schnell hinein um sich zu erfrischen, genehmigten sich in einer guten Schenke ein üppiges Mahl und ein paar Biere um schließlich in der von Fackeln beleuchteten emsigen Geschäftigkeit zur Barke zurückzukehren. Dort wollten sie die Nacht verbringen, denn in dieser, von Kaufleuten übervölkerten Stadt fanden sie keine Herberge.

Bent schwirrte der Kopf von all den Eindrücken, guten Düften und weniger guten Gerüchen, wälzte sich in den Laken, hörte das Knarzen und Rumpeln der dümpelnden Schiffe, fand – nicht nur wegen der Hitze in der Kabine – keine Ruhe.

Unruhig ob der dunklen, gefährlichen Nacht in der Fremde, umgeben von Fremden, froh um den aufmerksamen Wachhund, kramte Bent im Schein der Kerze den kleinen Lederbeutel aus der Lade des Tischchens, fühlte beruhigt die gläserne Phiole.

Oh, warum bloß hatte sie Tejes *Djema* nicht aus dem zusammenstürzenden Tempel mitgenommen? Wie töricht war sie gewesen, das zu vergessen! Und sie konnte niemanden fragen, der den Text der Schrift kennen würde. Unzweifelhaft waren es Bann- und Zaubersprüche der heiligen Bücher, wie sie in jenem gefährlichen Augenblick, da sie einen flüchtigen Blick darauf geworfen hatte, feststellen konnte. Doch welche genau niedergeschrieben waren, wußte lediglich Teje selbst. Bent wollte sich höchstpersönlich vom Wohlergehen Tejes überzeugen! Sie konnte nicht tot sein, das hätte man doch gewiß gehört! Aber sollten sich ihre schlimmsten Befürchtungen bewahrheiten, ihre düstere Ahnung sich bestätigen, würde Bent tatsächlich da graben lassen müssen. Sie brauchte den *Djema*, damit der Zauber aufrecht gehalten wurde, sie Sachmet im Bann halten konnte, die Göttin Pharao verschonen würde. Doch dazu brauchte sie die Erlaubnis des Sohnes, des Guten Gottes, und die Hilfe von Bek. Sie setzte sich grübelnd auf, zerrte das dünne Nachgewand von ihrem verschwitzten Leib, vermutete es sei die sechste Stunde der Nacht, die Stunde jener Göttin, deren Name sie wenigstens etwas beruhigte: *Ankunft, die den rechten Weg weist*. Das konnte doch nur Gutes bedeuten, oder ihr Götter? Ach, helft mir doch!

„*Mabjat*! Nein, nein, der Name des Stundentores!", flüsterte sie entgeistert in die Nacht. „Oh! *Seped demut*! Der mit scharfen Messern! *Am Wasserloch der Unterweltlichen ist der Stundenort*, ach Teje, was tust du mir an! Heißt es nicht *Re befährt die Straße, ausgestattet mit seiner Barke, er weist Äcker zu, und auch die Opfer, er gibt Wasser von ihrem Gewässer beim Durchziehen der Duat, Tag für Tag. Der Name des Tores dieser Stätte ist ‚Der mit scharfen Messern'*. Das ist keine gute Stunde um in der Nacht zu grübeln und zu zweifeln... Und in der nächsten Stunde, Vater, wird Apep dich angreifen wollen – gib acht auf dich! Ach, Seth, ich wünsche dir Kraft und Mut, den mächtigen Feind zu besiegen! Noch sechs Stunden, bevor die Stundengöttin *die die Vollkommenheit ihres Herrn schaut*, erscheint und eine weitere, bis Maat, *in der Stunde, die zufriedenstellt, die Schönheit des Re erscheinen läßt*! Wäre es doch schon Morgen, Re seiner Barke entstiegen..."

Etwas kratzte und schabte vernehmlich über das Knarzen der Bohlen hinaus, Bent krallte sich ihr Kissen, tastete in der Lade nach dem eisernen Messer, bereit sich gegen alle Dämonen der nächtlichen Unterwelt zu verteidigen ...

„Bent!", flüsterte es aus der anderen Kabine, „Schläft Ihr, Herrin?"

Ranofer! Schnell öffnete sie den Riegel der Türe, ließ ihn ein, bewunderte ihn, der nackt, schön wie ein Gott, zu ihr trat.

„Pscht, Herrin! Samut und der *Nefu Wija* halten Wache!"

„Ich bin doch ganz still!"

„Ihr murmelt die ganze Zeit vor Euch hin, ich hörte es. Was bedrückt dich, Schönheit?"

„Diese Nacht! Diese Stunde! Diese Hitze!"

Küssend zog er sie zu ihrem Bett, drückte sie nieder, „So empfängt Ihr mich? Mit köstlicher Nacktheit! Nicht einmal die Sterne sollten Euch, meine Göttin, so sehen!", flüsternd, küßte, liebkoste ihre Brüste, ihren Schoß. „Diese Nacht soll dich nicht ängstigen, Herrin. *Ich* bin jetzt da!"

Wie eine mächtige, brutale Urgewalt kam er über sie, riß sie mit in den feurigen Abgrund ihrer Leidenschaften, hinein in die lodernde Glut der heißen, versengenden Liebe. Ihn zwischen ihren Schenkeln zu haben, seinen heißen Schaft tief in ihr drin, das Gewicht seines harten, muskulösen Leibes auf sich zu spüren, kam einer göttlichen Macht gleich! Wie hatte sie ihn vermißt! Wie hatte sie jemals in all den letzten, langen Jahren glauben können, sie könne ohne ihn leben? Keinen Atemzug wollte sie ohne ihn tun, keinen Wimpernschlag, keinen Herzschlag ohne ihn sein! Und doch, es war bloß ein kurzes, geliehenes Glück! Der bittersüße Liebesrausch, die wunderbare, innige Nähe zu ihm nach ein paar geilen Stößen vorbei, nach ein paar heftigen Atemzügen bereits Vergangenheit ...

Den süßen, balsamischen Duft seines Samens genießend, sich zärtlich an seine breite Brust schmiegend, streichelte sie seinen flachen Bauch, seine strammen Schenkel, legte die Hand an seine Wange, küßte ihn, „Ich habe dich vermißt!", flüsternd. „Hast du mich auch vermißt? Was hast du für harte Hände! Was hast du gemacht? Oh, ich wünschte", entschlüpfte ihr sehnsüchtig, „ich wäre deine *Nebet Hay!*"

„Nicht doch, du Geliebte dieser Nacht! Wünscht Euch dies nicht! Ihr wäret nicht glücklich mit mir! Ich bin kein guter Gatte. Nein, nicht! Weint nicht, Herrin!" Zärtlich wischte er ihre Tränen fort, „Ich bin ein grober Mann, rauh und ungebildet. Ich schleppe in meiner Garnison das schwere *Hebeni*... Sieh mich an, Schönheit, bereits Grau im dunklen Haar, Falten um die Augen, das Alter naht, was wollt Ihr mit mir?"

„Wie kannst du nur!", tadelte sie flüsternd, seine Fingerspitzen küssend, „Deine schönen Hände! Du hast doch Männer, die das für dich machen..."

„Man sollte stets mit gutem Vorbild vorangehen!", meinte er mit einem liebevollen Lächeln. „Meinst du, meine Jungs hätten Achtung vor mir, wenn ich nicht hier und da selbst mit anpacke?"

„Hast du in *Swenu* eine Geliebte?"

„Nein, Herrin."

„So bist du alleine – das sollte ein Mann in deiner gehobenen Position nicht sein! Nimm Baket mit in den Süden..."

„Baket ist bei dir im Tempel glücklich, dort soll sie bleiben! Sie ist deine Stütze, deine beste Heilerin! Das kann ich ihr nicht antun."

„Da hast du wohl recht. Es würde ihr das Herz brechen."

Er legte den Arm in seinen Nacken, mit dem anderen zog er sie zu sich, drückte sie nachdenklich an sich.

„Was ist?"

„Nichts!"
„Du willst mir doch was sagen!"
„Ich..."
„Ja?"
„... hab einer Frau ein Kind gemacht, Bent."
Schnaufend rückte sie von ihm weg, setzte sich auf.
„Ich will nichts von ihr, es war Spaß, eine heiße Nacht... sie hat den Knaben ihrem Gatten untergejubelt... will nicht, daß ihr Fremdgehen bekannt wird..."
„Hast du..." Mühsam rang sie nach Worten, versuchte ihren Aufruhr zu unterdrücken. „Hast du ihn gesehen?"
„Sie zeigt ihn mir manchmal und ich gebe ihr hier und da was. Mal Edelsteine, mal ein Schmuckstück, ein Stückchen vom Elfenbein, ein paar *Kitestücke*. Ein schönes Kind! Wohlgestaltet, wohlgeraten, gesund... ist bald drei Jahre..." Er unterbrach sich, Bent meinte gerade er wolle ein Lob deswegen hören, packte sie zärtlich, zog sie wieder in seinen Arm. „In *Swenu* ...", er lachte leise, „... ich war vielleicht neunzehn, vielleicht auch gerade zwanzig ... bin ich mal vor einem wütenden Ehemann am hellichten Tag nackt über die Dachterrasse auf die Straße geflüchtet. Wie ein Äffchen hing ich an den Balken... Samut stand Schmiere, sein Pfiff holte mich im letzten Augenblick von der Schönen runter. Schon damals hat er geunkt, daß mir sowas eines Tages passieren könnte."

Seped demut! Der mit scharfen Messern! Wahrlich! Diese Stunde zerreißt mit scharfen Messern mein blutendes Herz!

Säße ich mit dir in einer Schenke am Schanktisch, wäre ich ein Kerl, vor mir ein Krug Bier, würde ich wohl über deine spaßigen Geschichten herzhaft lachen!

„Was du nicht sagst!"
„Es war der letzte unbeschwerte, unbekümmerte Augenblick in meinem Leben..."
„Was ist dir? Höre ich Schwermut in deiner Stimme?"
„Das ist so lange her... wo ist bloß meine Jugend geblieben, Bent? Danach zog ich in den Krieg und... mir scheint, ich kämpfe immer noch!" Er ließ sie los, setzte sich heftig auf. „Ich bin des Kämpfens müde, Herrin! Doch ohne wird es nicht gehen. Diese Zeit, in der wir da leben... Ich weiß nicht, was da noch auf uns zukommen mag. Ich hoffe, der Herr Eje weiß, was er tut... Bent... wenn es einen Krieg geben würde... würdest du für mich beten?"
„Sag doch sowas nicht! Gegen wen sollten die *Remet en Kemet* denn in den Krieg ziehen wollen?"
„Gegen sich selbst!"
Sie konnte sich schnell genug die Hand vor den Mund schlagen, bevor ihr ein Schreckensschrei entschlüpfte.

„Wie geht es Marya?" Bent schaute am nächsten Morgen, während die Barke weiter nach Norden dümpelte, mißmutig zwischen den Vorhängen hinaus auf den brackigen, träge fließenden Fluß, tunkte ihr Brotstückchen in den Napf mit dem frischen Käse.

„Es geht ihm gut", knurrte Ranofer. „Aber genau wie Ahaneith wird er sich von diesem schweren Verlust des Lebenspartners nicht erholen. Amanikhatashan war seine große Liebe! Shanata… Shankada…"

„Shanakdakheto!", half ihm Bent mit einem Schmunzeln auf die Sprünge.

„Danke, was für ein Name! Shana ist ihm wie immer eine große Stütze. Warum bist du nicht gekommen? Er hätte die Tochter, seine Erstgeborene, an seiner Seite gebraucht! Und du hättest Mehu sehen sollen! Was für ein stolzer, großer Jüngling aus ihm geworden ist! Marya tat gut daran, ihn zu mir in die Garnison zu schicken! So ist aus dem kleinen Wildfang ein verantwortungsvoller junger Mann geworden!"

„Marya hat erwachsene Söhne, Ranofer. Söhne und Töchter von Amanikhatashan. Was sollte ich da. Ich habe Amanikhatashan geschätzt, sein Verlust tut mir unendlich leid. Aber Djehutimes, der mein aufrichtiges Beileid ausrichten sollte, wird ihm Halt gegeben haben. Seine Neferib genauso. Sie hat wahrlich ein großes Herz und wird den Schwiegervater angemessen getröstet haben. In solchen Dingen bin ich nicht besonders gut. Ich hätte wahrscheinlich mehr kaputtgemacht als getröstet. Und es freut mich, daß Mehu ein feiner Kerl ist!"

„Stellt Euer Licht nicht unter einen Scheffel, Herrin! Eine Tochter gehört in solch schweren Augenblicken an die Seite des Vaters!"

Bent schaute zu dem hechelnden Hund hin, der Ranofer geduldig zu Füßen lag.

„Was ist aus Sat geworden?"

„Ich konnte sie nicht mitnehmen, hat Kleine bekommen. Sechs süße, wuselnde…"

„Sag bloß!"

„*Chawit* ist auch ihr Sohn! Lenk nicht ab, ich bin der Meinung, du hättest bei der Beerdigung dabei sein sollen!"

„Oh!", bewunderte Bent mit aufgesetztem Lächeln um von dieser leidigen Sache abzulenken, „Schau!"

Die Männer der Barke hatten gerade mehrere Sandbänke und Inseln passiert, sie vorsichtig umrudert, als eine prächtige Prozessionsstraße am westlichen Ufer auftauchte.

„*Tantarer*! Die Hauptstadt des sechsten Gaus! Die Stadt der Hathor! Dieser Weg führt zu ihrem Heiligtum! Da hinauf! Siehst du, dort oben leuchten seine Mauern!"

„Meretre müßte das sehen!"

„Wer?"

„Die Hohepriesterin der Hathor in unserem allseits geliebten Uaset! Warum flattern keine Fahnen an dem Tempel?"

„In der Tat!" Er kniff die Augen zusammen, betrachtete argwöhnisch die Gegend. „Dort wehen keine Fahnen! Ich denke, wir lassen die Stadt aus und fahren weiter, nutzen die Zeit und das Tageslicht."

„Hast du es eilig?", schnauzte sie auf einmal hitzig aufbrausend. „Ist es dir langweilig mit mir? Willst du es schnell hinter dich bringen, damit du mich los bist und dich alsbald wieder in deine verfluchte Garnison, in dein verfluchtes *Swenu* zum Wildern zurückziehen kannst?"

„Hör auf zu zanken, Weib! Ich habe es nicht eilig. Aber was gibt es da schon zu sehen? Hathor scheint nicht mehr gefragt zu sein! Mir deucht, der Tempel macht einen verlassenen Eindruck. Ich will dir das ersparen! Jetzt sind wir in *Iqer*, dem Krokodilgau! Und *du* bist giftig wie eins!"

Ich liebe dich! *Ich* sollte die sein, die du ansiehst! *Ich* sollte die sein, mit der du Kinder hast! Aber du liebst mich nicht! Fickst mit anderen Weibsbildern! Ist das ein Wunder, daß ich giftig bin! Die alten Wunden reißen wieder auf und bluten ohne Unterlaß! Dieses verfluchte Leben ohne dich! Ich hasse es, ich hasse es, ich ha…

„War ich dir nicht leidenschaftlich genug, letzte Nacht?", grollte er. „Liegt deine schlechte Laune daran? Soll ich es wiederholen? Dann komm mit in die Gluthitze der Kabine! Ich werde dir zeigen, zu was Min fähig ist!"

„Ich will an Land!", trotzte sie. „Sofort! In eine Herberge! Ich ertrage die Enge, das Geschaukel auf dem Schiff nicht mehr! Legt an! Auf der Stelle!"

„Verdammt, Weib!", fluchte Ranofer aufgebracht, stand auf, stampfte ans Bug, zog drei der Ruderer ungestüm am Kragen hoch, „Seht zu, daß ihr eine ordentliche Herberge ausfindig macht! Eilt euch, ohne zu säumen!", und verschwand während des Anlegens in der Kabine am Heck. Heraus trat er gewandet in die Uniform der Armee, warf Samut eine ebensolche vor die Füße. „Zieh das an!" Dabei betrachtete er mißtrauisch die geschäftstüchtig schreienden fliegenden Händler und Gaukler an Land, die ein gutes Geschäft witterten, darauf wartend, daß die große, schöne Barke endlich anlegte.

„Was soll das?", erboste sich Bent.

„Hast du das immer noch nicht verstanden, Weib? Dieses Land ist nicht mehr das Land daß du kennst!" Grob packte er sie bei den Armen. „Bin ich nicht dein Leibwächter? Du bist hier nicht in deinem geliebten Uaset, in dem du wie eine Königin über deine Gäste, dein Haus, deine Leute, deine Bauern, deine Nachbarschaft herrschst! *Ein falsches Wort aus deinem vorlauten Mund könnte dich in schlimmste Bedrängnis bringen! Wenn nicht gar in einen Kerker! Deine tollen Einfälle bringen uns in Schwierigkeiten! Dem will ich vorbeugen! Dem kann ich nur vorbeugen, indem ich mich als das ausgebe, was ich bin: ein getreuer Offizier Pharaos!"*

„In *Gebtiu* hattest du diese Bedenken nicht!", giftete sie ihn an.

„Dort sind wir in dem Gewusel der vielen Leute nicht aufgefallen! Aber hier fallen wir auf! Dies ist eine kleine Stadt, eher ein Dorf, die Leute werden neugierig sein! Du könntest dich verplappern…"

„Verplappern?"

„*Du* bist doch diejenige, die bei jeder Gelegenheit darauf pocht, daß man weiß, daß du die Hohepriesterin der Isis bist…"

„Na und! Das ist schließlich mein Amt!"

„Es gibt keine Isis mehr!", preßte er zischend hervor, zog sie grob aus dem köstlichen Schatten des hölzernen Sonnendachs hinein in das grelle Licht des Tages, drehte sie um, packte mit seinen Pranken ihren Kopf, drückte ihn hoch, damit sie in den strahlenden Aton blicken mußte.

„Es gibt nur noch *das*!"

Mit Tränen in den Augen wegen der gleißenden Kraft des Aton befreite sie sich aus seinem harten Griff, „Das ist Re, mein Vater", flüsternd, „auf dem *Thron des Re!*"

„Das ist nicht Re!", zürnte er. „Nicht seine magische Kraft! Nicht *Re, der in seiner Scheibe ist!* Nicht der Herr des Tages, des Lebens, des Lichtes, nicht der Allvater! Das …", er packte sie am Ellbogen, wies mit der Hand zur Sonne hinauf, „das ist die brutale, gnadenlose Kraft der Sonne! Schau dich um, in diesem vertrockneten, geschändeten Land! *Das* ist es, zu was Aton fähig ist! Das ist es! Diesem gibt der Gute Gott den Vorzug! Dies preist er! Dies betet er an – in seiner neuen Stadt! Dort huldigt er unverhohlen dem Aton, der Sonnenscheibe, leugnet alle anderen Götter!"

„Das weiß ich doch, Ranofer!", seufzte sie, setzte sich mutlos auf ihren Platz im Schatten. „Hast du jemals *Gem pa Aton* [19] gesehen? Seine Glut gespürt, die in seinen Höfen regiert? Zugänglich für jeden, der den Aton anbeten will? *Aton ist gefunden*, pah! Ich habe diese Verhöhnung Amuns gefühlt! Ich war dort, Ranofer. Ich habe es gesehen! Seine, des Königs Gestalt, in unzähligen, mächtigen Statuen ringsum – nicht Fisch, nicht Fleisch – zehn Ellen hoch!

---

[19] *Gem pa Aton* = Aton ist gefunden, ist ein Tempel, den Echnaton zu Ehren Atons in den Tempel von Karnak bauen ließ. In seiner geschätzten Größe von 130x200 Metern befanden sich abgeteilte Höfe, umgeben von 5 Metern hohen Statuenpfeilern Echnatons, bei denen sein Geschlecht nicht eindeutig zu erkennen ist. Der Tempel wurde gänzlich zerstört und die Talatat-Blöcke u.a. zum größten Teil als Füllmaterial für Pharao Haremhabs Pylone genutzt

Kein Mann und erst recht keine Frau! Der *Ipet Sut* entweiht, vom Thron gestoßen! Der Anfang vom Ende! Nein, du hast Recht! Ich... ich will dich nicht in Schwierigkeiten bringen, du bist ein guter Mann! Und wenn es einen Krieg geben würde, Ranofer ... ich bräuchte nicht für dich beten! Ich würde dich einfach nicht hingehen lassen! Fahren wir weiter! Kapitän! Abfahren! *Wedji!*"

„*Chenmet Min* wird deine trüben Gedanken vertreiben!" Ranofer kniff ihr sanft in die Wange, riß Bent aus ihren Grübeleien.

„Meinst du?"

„Ein schönes Fleckchen Erde! Der *Gau der guten Seele*, der *Sepat* des Min ist ein lieblicher Ort und seine Hauptstadt *Chenmet Min* ebenso."

„Nennt man Min hier nicht auch den *Herrn von Ipu, den starken Horus*?"

„*Tju!*"

„Es ist Königin Tejes Heimat!"

„Was du nicht sagst!"

„Ja, ihre Familie entstammt aus *Chenmet Min*. Ich durfte bei der Heirat unseres Guten Gottes Tejes Vater kennenlernen. Ein feiner Mann, der Herr Juja. Nun ist auch er schon so lange ein stilles Herz. Was hat sie geweint, als er starb! Bist du ihm begegnet, dem *Iripat*? Ist der *Semer wati* nicht der *Aufseher der Pferde*?"

„Natürlich kenne ich ihn, den *Gottesvater*, den *Priester des Min*. Er ist, war sogar *Vorsteher der Rinder des Min, des Herren von Chenmet Min*."

„Die Königin bat mich bei der Beerdigung dabei zu sein. Nur das Beste gab sie mit in sein Grab, dort, wo er mit seiner geliebten Tuja wieder vereint ist. Fünfzehn Stufen führen hinab in die Tiefe, darauf folgt ein fast zwanzig Ellen langer, steil abfallender Korridor, weißt du, ein *Setja Netjer*, ein *Gottesgang*, worauf man über weitere siebzehn Stufen hinunter in die *Halle, in der man ruht*, die prächtige Grabkammer, das *Goldhaus*, gelangt. Dort konnte ich, während ich einen Segen gesprochen habe, alle goldenen Schätze sehen, als sie diese in seine *Qereret* brachten."

„Eine dumpfe Gruft", sinnierte Ranofer leise vor sich hin, rieb sich das unrasierte Kinn, die Wange und die Narbe am Hals, „dunkler Schlaf in einem anderen Haus – Westen ist sein Name – und keiner hier auf Erden kennt es! Es ist die *Duat*, die jedes Geheimnis verhüllt, die betreten aber nicht wieder verlassen wird! Ihre Finsternis gleicht der *Keku Semau*, der Urfinsternis. Es ist die schmerzhafte Finsternis der Westbewohner! Osiris der Gebieter der

Finsternis, herrscht über sein düsteres Reich der Endlosigkeit und die Nachtsonne ist dunkelgesichtig!"

„Und *du* wolltest *mich* aufheitern?"

Ranofer gelang ein verlegenes Lächeln. „Entschuldige! Aber man setzt sich doch allmählich hier und da mit dem eigenen Tod auseinander. Er ist mir sooft begegnet, mit all seinen schrecklichen Gesichtern…"

„Du bist schwermütig, Ranofer! Nicht! Komm, trinken wir einen Becher Wein zusammen! Nicht über den Tod nachdenken, nicht über das Sterben sinnieren, nicht über die *Duat* grübeln! Genießen wir das Leben! Willst du mir nicht ein *Hesut* vorsingen, wie du das früher oft get…"

„*Was* hab ich gemacht?"

„Du singst doch gern! Hast eine so schöne tiefe Stimme, hast du kein Lied, daß uns aufheitern könnte?"

„*Die Leiber vergehen, und andere treten an ihre Stelle, seit der Urzeit. Keiner kommt von dort, daß er sage, was sie brauchen. Daß er unsere Herzen beruhige über sie. Bis daß wir auch dahin kommen, wohin sie gegangen sind…*"

„Nein! Nicht das Lied des Harfners! Nicht doch! Singe was aus den *Hesut schemherhjib*!"

„Ich kenne das *Buch der Liebeslieder* nicht. Also gut, wenigstens die vorletzte Strophe: *Begehe den Tag fröhlich. Nimm Salbe und feines Öl für deine Nase. Lege Kränze aus Lotosblüten an den Hals deiner Frau, die du liebst und die neben dir sitzt…*" Er unterbrach sich, schaute Bent tief in die Augen, als suche er in seinen Gedanken, seinen Träumen nach einer verlorenen Erinnerung, „*Die ich liebe und die neben mir sitzt…?*", flüsternd. Mit Inbrunst griff er hitzig ihre Hand, drückte sie an seine Wange: „Ich würde dich ja lieben, wenn es mir bloß gelänge mein Herz zu überlisten…"

„Schweig!"

„Alles würde ich darum geben, selbst mein Leben!"

„*Laß Gesang und Musik um dich sein*", versuchte Bent heiser die letzte Strophe zu singen. „*Wirf alle Sorgen hinter dich und denke daran, dich zu freuen…*"

„*Bis daß der Tag kommt, wo man ankommt, im Lande das die Stille liebt…*"

Mit grimmiger Leidenschaft packte er seinen Becher, trank ihn aus, ergriff ihr Handgelenk. „Ich will dich, Herrin! Halt mich nicht auf! Kommt mit in die Kabine! Laß uns das Leben feiern!"

„Sie werden uns hören, doch nicht so toll, Ranofer! Halt ein!" Sie wand sich unter seinen harten, fordernden Händen, sehnsuchtsvoll ihn empfangend, genüßlich seinen Leib betrachtend, seine heißen Küsse genießend.

„Es ist mir gleich! Sollen sie doch alle davon erfahren! Die Herrin vom Isistempel ist meine Geliebte! Allein mit ihr vergesse ich meine Gattin, mein Heim, meinen Verstand! Bent… Einzig der Gedanke an dich, meine Göttin, hielt mich all die langen Jahre aufrecht… meinst du, ich könnte dich lieben, wie ein Mann eine Frau lieben sollte? Bent… Herrin der Schlacht… ich glaube dich zu lieben, doch mein Verstand sagt mir… hilf mir! Ich… woh!"

Sie hielt ihn fest, umarmte ihn, genoß die Hitze seines Samens in ihr, streichelte ihm den Rücken, klatschte ihm auf den knackigen Hintern, schubste ihn sanft von sich runter.

„Dein Trübsinn ist ja schnell verflogen! Genau wie deine Leidenschaft! Man meint gerade, du wärest ein Jüngling, der sich nicht beherrschen kann! Willst du mich jetzt da liegen lassen?"

„Du weißt, daß ich dir alles schenke, dich niemals unzufrieden zurücklasse! Komm in meinen Arm, *Henut*, und dann erzähl, was du alles in den letzten beiden Jahren, seit wir uns das letzte Mal sahen, getan hast. Bist du glücklich?"

„Nein!", knurrte sie.

„Der Gott, Osiris Amenhotep, wird dir immer noch fehlen! Selbst nach all den langen Jahren."

„Es war keine Liebe, Ranofer. Wie du sah er die Göttin in mir."

„Was für ein weiser Mann!"

„Ich vermisse ihn!"

„Hast du einen Liebhaber, einen *Merutji*?"

„Nein …" Bent rutschte aus Ranofers starkem Arm, setzte sich auf.

„Das lügst du!", brauste er, aus seiner schläfrigen Trägheit erwacht, auf. „Ich kenne dich und deine Ausflüchte! Warst du bei *ihm*? Treibt dich die Sehnsucht zu ihm hin? Machst du deswegen diese Reise?"

„Nein!" Sie schubste ihn grob. „Was geht *dich* mein Leben an! Ich bin eine freie Frau Kemets, kann tun und lassen, was ich will und mit wem ich will! Und selbst wenn es so wäre…"

„*Du* machst mir nichts vor!", zürnte er böse geworden. „Du hast eine Liebschaft mit ihm! Gib es zu! Besorgt er es dir anständig? Kann der feine Herr Bek dir geben, was ich dir gebe?" Brutal drehte er sie auf den Bauch, drückte sie im Nacken wie einen kleinen ungezogenen Hund in die Kissen, zog sie an der Hüfte hoch, stieß wild und gnadenlos zu, fickte sie derb und rücksichtslos durch, daß das Bett wummernd im Takt seiner gnadenlosen Wut gegen die Wand polterte. Bent, schreckensstarr und zu keiner Gegenwehr – die angesichts seiner Kraft sowieso zu nichts führen würde – fähig. Er hielt inne, wurde ihrer Tränen gewahr …

„Verzeih mir!" Schwer atmend ließ er sich auf ihr nieder, drückte ihr mit seinem Gewicht fast die Luft ab.

„Geh von mir runter!", giftete sie. „Schaff auf der Stelle deinen dreckigen Schwanz aus mir! Du hast es versprochen… Hau ab! Hau endlich ab!"

Bis *Sauti* redete sie kein Wort mehr mit ihm, hielt den Riegel ihrer Tür verschlossen, würdigte ihn keines Blickes. Selbst die Vorhänge vor ihrem Tisch band sie zusammen, gab ihm so zu verstehen, wie sehr er sie verletzt hatte.

„Herrin", flüsterte er, als sie anlegten, die Ruderer, der Kapitän und der *Jemi jertji*, der Steuermann, die Barke verließen um die freie Zeit zu genießen. Samut warf unten am Ufer ein paar Stöckchen, Ranofers Hund sprang wild kläffend hinterher.

„Laß mich in Ruh!", keifte sie giftig.

„Tu mir das nicht an! Ich leide wie ein Hund!"

„Nach meinem Herzweh fragt auch keiner!"

„Hat dir irgendein Schwein auf diese Weise weh getan? Sag es mir! Ich schlag ihn tot!"

„Er ist schon tot!", hauchte sie, stand auf, zog den Vorhang beiseite. „*Tju*! Und ich ertrage es nicht, wenn man mich auf diese Weise…"

„Es tut mir leid!"

„Schon gut! Das konntest du nicht wissen."

„Wepu wäre begeistert, wenn er erführe, wo wir sind", versuchte er zu plaudern, von dem unangenehmen Gespräch abzulenken.

„So."

„*Wepwawet*, [20] der Öffner der Wege, wird hier, in der Stadt die wacht, verehrt!"

„Wie geht es dem Bub?"

„Bub ist gut!" Ranofer gelang ein erleichtertes Lachen, schnappte sich lässig einen Stuhl, ließ sich neben ihr nieder, schenkte sich Bier ein. „Du solltest ihn sehen! Was für ein stolzer Kerl! Hat sich in Merets Mädchen verguckt! Ganz verliebt sind die beiden miteinander! Was ist sein *It* stolz auf ihn! Als ich deinem Bruder Djehutimes schrieb, ich bräuchte einen tüchtigen Schreiber für meine Garnison, einen wackeren Soldaten, einen kernigen Jungen, hat er ihn sogleich auf große Fahrt geschickt! Wohl auch deswegen, damit er auf diese Weise ein Auge und ein Ohr auf seinen Vater werfen kann, Wepu ihm Kunde gibt! Wenn die beiden sich das Eheversprechen geben – wovon ich ausgehe, denn Ahaneith wird ihrer Enkelin das Glück nicht versagen wollen und auch

---

[20] *Upuaut* oder *Wepwawet*, in Assiut verehrt, wird entweder als Mann mit dem Kopf eines Schakals oder Wolfs oder ganz als Tier dargestellt, ist ein Kriegs und Totengott; er leitet den königlichen Festzug, schreitet Osiris voran. Seine Attribute sind Bogen und Keule

Djehutimes weiß zu genau, was Liebe für eine Ehe bedeuten kann – dann sind unsere beiden Häuser miteinander verbunden, Bent. Ist das nicht ein schöner Gedanke! Wir sind dann *Mehut*! Eine Familie!"

„Pah!"

„Sei nicht eingeschnappt! Sei doch wieder friedlich mit mir!"

„Familie! *Mehut* ist ein Clan!" Aufgewühlt schenkte sie von dem Bier nach, schaute ihm ins Gesicht.

„*Tju*! Ein großer, starker! Einer mit gewaltig Einfluß! Mir und deinem Vater obliegt ganz *Yabu*! Ein einflußreicher Posten! Djehutimes hat Einblicke in die Verwaltung von Uaset. Dir obliegt der Tempel, bist die Herrin eines Tempels, eine *Imi ra Hat Netjer*, die Erste Dienerin der Isis, die stolze *Hemet Netjer Tepi en Isis*!"

„Sagtest du nicht, es gibt keine Isis mehr!", bemerkte sie spitzfindig.

„Sie wird zurückkommen!", zischte er leise knurrend, wütend wie ein gefangener Kater, „Und wir werden den Göttern ihren angestammten Platz zurückgeben!"

„Du kannst froh sein, daß wir allein auf der *Wija* sind! Wenn dich jemand hört! Bist du denn von Sinnen! Du wirst doch keinen Aufstand anstiften wollen?"

Er schnaubte abfällig, trank seinen Becher leer, knallte ihn auf den Tisch, raunte: „Fiele *Er* mir in die Finger, ich würde ihn *jiri schat*! Niedermetzeln, aufschlitzen würde ich ihn, angebunden an einen *Weseret*, den Marterpfahl! Bei vollem Bewußtsein! Die Eingeweide, die Därme ihm rausreißen; ihn daran am *Weseret* aufhängen, ihn daraufhin losbinden, auf daß er sich selbst darniederstürzend gänzlich ausweidet! Ich weiß, wie man das macht! Ich weiß, wie er leiden, schreien würde! Meine Männer stehen hinter mir!"

Er?

Als stünde sie nackt in einer kalten Nacht im *Peret* im Nordwind, so kalt wurde ihr, wußte sofort, wen er damit meinte! Wenn Ranofer nun erführe, was sie tatsächlich vorhatte! Wenn er herausfinden sollte, daß sie *Sein* Leben schützen wollte... nicht auszudenken!

„Bei allen Göttern! Ranofer! Halt den Mund! Allein der Gedanke ist Hochverrat!" Sie starrte ihm ins Gesicht, in dieses bildschöne, männliche Antlitz voller göttergleicher Anmut... doch hinter dieser Stirn, hinter diesem göttlichen Ebenmaß...

Du bist ein Schächer, ein Mörder!

„Schau mich doch nicht so an! Mit diesem kalten Blick! Da bekommt man ja Angst!"

„Ich habe nicht *ihm* einst geschworen! Ich habe Osiris Amenhotep geschworen! ER ist mein Herr und Sachmet meine Herrin! Und hinter *dir*", er plauderte weiter als sei nichts vorgefallen, als hätte er nicht über Landesverrat spekuliert, „stehen Haremhab und die Männer der Leibgarde

von Osiris Amenhotep! Und obwohl das Gerücht umging, er habe ein Verhältnis mit der Königinmutter gehabt, ehelichte er die Dame Mudjemet!"
„Wer?"
„Haremhab!"
„Wer ist das?"
„Du lerntest ihn kennen, als du damals beim *Imi ra Mescha* vorstellig wurdest, du nach deinem Vater suchtest!"
„Der kleine Junge?"
„Kleiner Junge? Er ist jetzt *Imi ra Mescha*! Er hat neben dem Herrn Eje den wichtigsten Posten des Landes inne! Er ist mein General! Lediglich Pharao steht über ihm!"
„Hast du das schon mal gemacht?", flüsterte Bent ungeachtet seines Plauderns fassungslos.
„*Tju*! Nicht nur einmal! Und ich habe sie nach dem *Cheryt*, dem Massaker, zur Abschreckung liegen lassen, damit ihre dreckigen nubischen Kameraden sie finden... damit sie wissen, was mit ihnen selbst passiert, wenn sie mir begegnen... Niemand soll es wagen, die stolzen Ägypter anzugreifen! Kein Gegner sollte es wagen uns zu reizen..." Unvermittelt verstummte er um dann zu zürnen: „Das ist Kriegshandwerk, Dame, schmutziges, gnadenloses, blutiges Kriegshandwerk! Das ist kein Gespräch, daß man mit einer *Ta Schepsi* führen soll!"
„Es gibt auch gute Nubier!", entrüstete sie sich. „Nicht alle sind unsere Feinde! Ich kenne sie! Kurru, Maiherperi, Shanakdakheto, Amanikhatashan! Was ist mit *ihnen*? Hm? *Was*? Würdest du das auch mit ihnen machen?"
Bent trank hastig ihren Becher leer, schenkte sich nach, wedelte aufgewühlt mit ihrem Fächer, verdrängte die grausame Vorstellung, verdrängte den Gedanken an seine brutale Grausamkeit, die er hinter soviel Ruhe und innerer Stärke geschickt verbergen konnte.
„Wir sollten", krächzte sie, „dieses Gespräch tatsächlich beenden! Samut kommt wieder an Bord! Ich bitte dich, mein Geliebter, tu nichts Unüberlegtes! Sei still und warte ab! Laß mich in der Hauptstadt das tun, weswegen ich auf diese Reise gegangen bin, und dann wollen wir weitersehen. Noch ist nichts verloren! Noch ist der Gute Gott ein guter Gott! Noch haben die Götter ein wohlwollendes Auge auf Kemet, noch stehen wir in ihrer Gunst."
„Doch für wie lange noch, *Henut*, für wie lange..." Er unterbrach sich, faßte langsam aber treffsicher unter dem Tisch an das Heft seines Messers am Gürtel, Schweißperlen tropften ihm von der Stirn.
Nefrus Tochter stand da!
„Was willst du?", blaffte Bent.
„Ich habe mir gedacht, daß die Herrschaften vielleicht... eine kleine Mahlzeit... ich buk einen Kuchen...!"
„Stell den Kuchen hin und verschwinde!"

„Ja, Herrin!"

Zu Tode erschrocken blickte Bent auf Ranofers Hand, die erbarmungslos und zu allem entschlossen, brutal den Griff des Messers umklammerte.

„Ein Glück, daß sie das hinter dem Tisch nicht sehen konnte! Du bist ein Mörder, Ranofer! Ein kaltblütiger Mörder!"

„Ich bin Soldat!", raunte er unter Aufbietung all seiner Kraft, ließ das Messer los. „Mögen die Götter es fügen, daß sie unser Gespräch nicht belauscht hat! Ich habe einen Eid geschworen! Und der beinhaltet nicht, kleine Mädchen zu töten! Und mögen die Götter es fügen, daß ich das auch nie tun muß!"

Drei Tage später schaute sie sprachlos auf die neue Hauptstadt!

Nahezu übergangslos wandelte sich die glühende Deshret zu einem blühenden Garten voller Felder, Dattelpalmen und Feigenbäumen wohin das Auge blickte. Bent machte ausgeklügelte Bewässerungskanäle aus, fleißige Ochsen, die geduldig das Rad drehten, Wasser schöpften, von Bauern mit kräftigem Schwung auf das schwarze Land gegossen. Daraufhin kamen riesige Lagerhallen in Bents Blick. Unzählige gemauerte Kais tauchten zwischen saftig grünen Wiesen, auf denen Vieh weidete, auf – weit hinaus in den Fluß gebaut, daß selbst bei Niedrigwasser das Anlegen möglich war – mit tiefen, breiten, bequemen Treppen die zum Wasserspiegel hinunterführten, belagert von zahllosen Barken, beladen mit Waren, Steinen aus den Steinbrüchen von *An, Toshka* und *Swenu*, mit mächtigen Stämmen der Libanonzeder aus *To Nuter*, ja gar mit riesigen, grünen Bäumen samt Wurzel!

Kleine Boote brachten unentwegt Massen von Ziegeln, drängelten sich an den Anlegern zwischen den großen Barken wie Bienen um ihre Königin. Oben auf den Kais bunt bemalte Säulen, die ein Dach aus Schilfrohrmatten trugen, welches köstlichen Schatten spendete. Darunter wuselte allerlei emsiges Volk, aufgeregtes Vieh, muhende Kühe, grunzende Schweine, gackernde Hühner, meckernde Ziegen, Schafe und Burschen; es stapelten sich Körbe, tönerne Krüge, Gemüse, Ziegel, Farbkübel, Bauholz, Obst, Seile, Werkzeug, Brote, Säcke, Gehölze, Mörtelkübel, alles eiligst von fleißigen Händen davongetragen, davongezerrt, emsig von Schreibern notiert, von Beamten und Hafenmeistern überprüft. Bis auf die Enten, die einem umgekippten Korb entkamen und schleunigst laut schnatternd, flatternd das Weite suchten.

Fahnen wehten wie zur Begrüßung an sämtlichen hohen Gebäuden. Weiter nach Norden reihte sich *Bechenet* an *Bechenet*, so hoch, daß Bent meinte, sie stießen geradewegs in den blauen Himmel, eingefaßt von gewaltigen Mauern, halb verdeckt von Leitern und Baugerüsten mit fleißigen Arbeitern darauf. Auf den breiten, zum Teil mit poliertem roten *Maàtj* aus *Swenu* ausgelegten Wegen tummelten sich Fußgänger, Tragsessel, Sänften, hoch beladene Karren von Ochs und Esel gezogen. Alles gleich einer einzigen riesigen, gewaltigen Baustelle; man meinte gerade, es wimmele geschäftig wie in einem Ameisenhaufen! Doch die neue, glitzernde, schicke, funkelnde Residenz des Gottkönigs der *Beiden Länder* pulsierte wie ein Herz, ihre Farbenpracht luxuriöser als anderswo, das Weiß erstklassiger und reiner, die Gebäude selbst feudaler als des alten Pharaos Palast der leuchtenden Sonne, *Pen Tjehen Aton*.

„Habt ihr eine Warenlieferung?", brüllte einer der Hafenmeister von den Kais herüber.

„Wir besuchen die Stadt!", rief Ranofer laut.

„Hier könnt ihr nicht anlegen! Hier sind die Warenlager! Wein, Bier, Töpfe, Vieh! Nur für Waren, fahrt weiter, macht euch ab!"

„Siehst du Kerl nicht wen du vor dir hast?", donnerte Ranofer barsch. „Einen Befehlshaber aus Pharaos Heer! Wehe ich komme an Land!"

„Haltet den Betrieb nicht auf, Herr Offizier! Da vorne sind Stege für euch frei!"

Tatsächlich driftete ihre Barke bald darauf weiter nördlich zu einem freien Anlegeplatz hin, Bent erspähte eine breite Straße, die den Blick freigab, die nach Osten führte. Und wie gebannt schaute sie zum Horizont hin!

Dort!

Da an jenem magischen Punkt, weit hinten im Gebirge, da der Himmel die Erde berührte, dort vollzog sich jeden Morgen das Wunder von Achet-Aton! Dort war der wahre Horizont der Sonne, dort entstieg Aton der dunklen Unterwelt um seine Fahrt über das Himmelsgewölbe aufzunehmen! Dort, zwischen den beiden Hügeln, die zusammen mit der aufgehenden Sonne das Wort für Horizont in den Himmel schrieben! Dort, an jener magischen Stelle, von *Geb*, dem Gott der Erde geschaffen, wurden die Gottesworte Wahrheit!

Dies war *Achet-Aton*!

Der Horizont der Sonne!

Stoßen auch dort die vier Paviane die Himmelstür des Ostens auf und verkünden der jubelnden Welt das Wiederaufleuchten des Gestirns? Auf, daß der Glanz der vom Sonnengott ausgeht, sich verbreite? Der Himmel Gold sei, das Gewässer Lapislazuli und die Erde mit Türkis bestreut sei? Ob auch hier der Chor der acht Göttinnen das morgentliche Erscheinen des Sonnenkindes preist?

„Welch ein Pomp! Was für ein Protz!", schimpfte Bent leise, schob ihre grüblerischen Gedanken über die tägliche Geburt des Re beiseite, beobachtete das Anlegen, betrachtete mit zugekniffen Augen die funkelnde Stadt. Ranofer verschwand in der Kabine, trat heraus, in Händen sein Tiegelchen mit der Augenfarbe, fuhr mit dem Daumen hinein, schmierte sich das schwarze *Sedemet* um beide Augen. Feurig funkelte sein Blick, seine golden leuchtenden, dunklen Augen unter der düsteren Schminke.

„Das sieht verboten brutal aus!", bemerkte sie.

„Das solltest du auch tun, in dieser Sonnenglut!"

„Danke! Ich bevorzuge Pinsel und einen Spiegel, wenn ich mich schminke!"

„Dann mach! Beeil dich!"

„*Jimji*!" Sie entriß ihm den Tiegel, tat es ihm gleich.

„Jetzt siehst du aus wie einer von den *Nachtu Aa*!", scherzte er gutmütig, reichte ihr seinen Arm, half ihr von der Barke und sie glitt mit den Strohlatschen auf dem glatten Boden beinahe aus. Halt an Ranofer suchend, zog sie sich die Sandalen von den Füßen, hopste stöhnend. Der Boden war glühend heiß. Schnell zog Bent die Schlappen wieder an.

„Und nun?", fragte Ranofer, kramte aus seinem Beutelchen seine trockenen Blätter, steckte ein Kügelchen davon in die Backe, spuckte aus.

„Keine Ahnung!", maulte sie, mürrisch das Getümmel betrachtend, vom Geschrei der vielen Leute beinahe taub.

„Die Dame Titji wird dir doch gewiß gesagt haben, wo du ihren Gatten finden kannst!"

„Bei seinem Sohn!" Bent biß sich auf die Unterlippe. Konnte man tatsächlich so blöde sein und vergessen nach dem Weg zu fragen? „Er ist… was hat sie gesagt? Ja! Er ist der Bildhauer der Königin! Und er heißt Tutmosis, wenn ich mich recht entsinne."

„He!" Ranofer hielt einen der dahineilenden Fußgänger am Arm fest. „Wo finden wir hier das Handwerkerviertel?"

„Sucht ihr Arbeit? Ich kann euch einen vermitteln, der…"

„Das Handwerkerviertel!"

„Das ist ein ordentlicher Fußmarsch. Nicht zu empfehlen bei der Hitze. Nehmt euch einen Träger oder noch besser, mietet euch einen Karren oder fahrt gleich mit einem Fuhrwerk das Baumaterial liefert mit! Ihr müßt die Königsstraße kreuzen. Rechts an dem kleinen Aton-Tempel vorbei. Seht ihr? Da lang! Richtung Osten, Richtung Gebirge. Das sind gut und gerne fünfzig, sechzig *Chet en nuh*."

„Gibt es auch einen großen Tempel?", fragte Bent vorlaut.

„Sicher meine Dame, *Gem pa Aton*! Doch der ist noch nicht ganz fertig, das große Haus des Gottes steht weiter nördlich, im Palastbezirk."

„Ach? Hat er ihn schon wieder gefunden!", lästerte Bent, Ranofer packte sie grob am Arm, zog sie schnell weg.

„*Dwa Netjer ink*, Kamerad!"
„Dafür nicht, Fremder. Möge Atons Segen auf dir ruhen!"
„Sechzig *Chet en nuh*? Wir mieten einen Karren! Soweit laufe ich nicht unter dieser Sonnenglut!", nörgelte sie unwirsch. [21]
„Ich treibe einen auf, warte hier! Samut bleibt auf der Barke und ich nehme den Hund mit!" Ranofer pfiff nach *Chawit*, der auf der Stelle freudig angelaufen kam. „Dann wollen wir mal!"
„Wer nennt denn seinen Hund *Schatten*?"
„Als pummeliger Welpe hatte er verdammte Ähnlichkeit mit..." Ranofer kratzte sich verwirrt am Schädel, kramte nach seinem Kopftuch, zog es über. „Als Welpe fand ich ihn nie, wenn er sich unter Betten oder in dunklen Ecken versteckte, wegen seinem schwarzen Fell. Eigentlich heißt er *Achued*."
„Reich sein? Wärest du wohl gerne!" Sie schmunzelte ihn an. „*Chawit* gefällt mir!"

Bent mißachtete des Fuhrmanns Frage, ob sie denn zum ersten Male in der Stadt seien und Ranofers bejahende Antwort. Sie mußte sich beherrschen, nicht offenen Mundes zu starren!
War sie denn zwölf Jahre? Kam sie etwa zum ersten Mal in die Stadt? Bewunderte sie vielleicht zum ersten Mal Malereien an Tempelwänden? *Das* war der *kleine* Aton-Tempel, da, auf der anderen Straßenseite? Wie prächtig mußte dann erst der *große* Aton-Tempel sein? Jedenfalls prangten auf diesen mächtigen, weiß gekalkten Außenmauern, von kolossalen Pfeilern gestützt, protzig pompöse bunte Bilder und heilige Worte. Sowas hatte sie noch nie gesehen!
Blau, Grün, Gelb, Rot!
Was für eine Farbenpracht!
Doch wo kamen *diese* Farben her? Welche begnadeten Künstler hatten sie angerührt? Das strahlende Blau echtes Lapislazuli! Das leuchtende Grün von gemahlenem Türkis! Und das satte Braun Ocker von den fruchtbaren Äckern. Doch das Gelb – offensichtlich von Aton selbst darüber gegossen – reines schimmerndes Gold! Bilder des Königspaares beim Opfern von...
Blüten?
Beim Anbeten der Sonnenscheibe?
Doch als sie die Gestalt des Guten Gottes genauer betrachtete, blieb ihr tatsächlich der Mund offen stehen! Was, bei allen gütigen Göttern war *das*? Bildete der Herr der Welt sich ein, eine Frau zu sein? Entgeistert musterte sie die schwellenden Hüften, den dicken Hintern, den weichen, hängenden Bauch, der wie bei einem verlebten Weibchen, tief unten über den Gürtel

---

[21] Ein *Chet en nuh* hat 52,4 Meter, die geschätzte Entfernung zum Handwerkerviertel sind somit gute 3 Kilometer

wabbelte, die überschlanke Hüfte Hohn sprach! Sollte der Bauch sich nicht, wie es einem beleibten, gut situierten Herrn zusteht, hoch und drall über dem Gürtel wölben? Voller Entsetzten beäugte sie die dicken, prallen Oberschenkel, die dünnen Waden, ja selbst den kleinen – ihr schauderte beinahe – Busen auf der mageren, eingefallenen Brust und die dünnen, an Spinnenbeine erinnernde Arme! Und erst das Gesicht des Herrn! Länglich, hager, eine lange schmale Nase, schwellende, ja beinahe zugekniffene Augenlider und ein Mund mit dicken, wulstigen Lippen! Nichts an diesem grotesken, häßlichen Gesicht erinnerte an seinen schönen, göttlichen Vater, geschweige denn an die liebliche *Prinzessin aller Frauen*, des Herrschers königliche Mutter!

Wer, bei allen gütigen Göttern, zeigt denn seinen Herrn in all dieser schonungslosen Häßlichkeit? Welch ein Haß muß den Künstler beflügelt haben! Wie konnten solche Abbilder des Königs, für jeden sichtbar, an der Wand des Tempels prangen? War das unverhohlene, geschmacklose Ehrlichkeit oder ein lästerliches Bild der Schmähung? War dies nicht eine abgrundtiefe Beleidigung des Großen Hauses? Und doch ... in der Feinheit ihrer Genauigkeit und Ausführung ließ der Künstler nichts erkennen, was auf eine Frechheit, eine Demütigung hinwies! Das Bildnis Pharaos war mit ebenso künstlerischer Gründlichkeit und Liebe ausgeführt wie das seiner schönen Königin daneben!

Es mußte gewollt sein!

Diese zur Schaustellung allen Grotesken, was die Natur zu bieten hatte, schien gewollt, gewünscht!

Denn kein Künstler, der solches unerlaubt gewagt hätte, hätte dies überlebt! Die Bildnisse wären abgeschlagen worden mitsamt – und ohne Gnade – dem Kopf des Frevlers!

Aton, die Sonnenscheibe strahlte über dem Zerrbild des Guten Gottes und seiner wunderschönen *Hemet Nesut Weret*; und Bent erkannte die Dame Taduchipa ganz genau – als stünde sie selbst da oben, so vortrefflich war sie mit feinen, wehenden Gewändern und Schleifen in den Stein gemeißelt und gezeichnet! Doch was war das jetzt? Nicht nur, daß sie offensichtlich gleich ihrem göttlichen Gemahl die Königswürde innehatte, denn ihr Name stand in der Doppelkartusche, so saß sie auch auf dem Stuhl der *Sema Taui*, trug die Hohe Krone, die *Atef*-Krone; sie war nicht bloß Königin! Sie war sogar Pharao! Und Atons Strahlen reichten bis vor die königlichen Gesichter, endeten dort in kleinen Händchen, hielten je ein Anch vor die göttlichen Nasen!

Gerechter Zorn brodelte in Bent hoch! So wurde nicht nur Re geschmäht! Auch Ptah wurde seine Schöpferkraft aberkannt! Haucht *er* nicht den Menschen, die er auf seiner Töpferscheibe formt, seinen göttlichen Atem ein? Doch hier wurde den Leuten weisgemacht, allein Aton sei für das Leben verantwortlich, allein durch seine Kraft, die er dem Königspaar einhauchte, könne man atmen, leben…

„Pah!", murrte sie laut, als sie, auf dem von zwei Ochsen gezogenen Karren an der mindestens vierhundert Ellen langen Front vorbeizockelten.
Der Fuhrmann hielt unverhofft an, „Ho, ihr zwei, schön stehenbleiben!", drehte sich um, spuckte seinen Grashalm aus, meinte mit knurriger Begeisterung: „Hier! Das müßt ihr gesehen haben! Schaut durch das Tor! Schaut und staunt!"
Bent betrachtete mißtrauisch den von schwer bewaffneten Soldaten bewachten *Bechenet*, erblickte eine breite Straße dahinter.
„Die *Königsstraße*! Seht ihr es?"
„Bent, nimm mal deinen Kopf zur Seite, ich seh nichts!"
„Was ist das da vorne?"
„Wo?"
„Da!"
„So was hab ich im Leben noch nicht gesehen!"
„Wollt ihr schauen?", rief einer der Soldaten.
„*Tju!*"
„So kommt her!"
Bent und Ranofer stiegen von dem Karren, traten in den köstlichen Schatten unter dem *Bechenet*, staunten über das Wunder, das sie da geradeaus in einiger Entfernung erblickten. Und sie erspähten einen gewaltigen Hof, durch den zwei Reihen von Sphingen rechts zum Eingang des kleinen Tempels führten. Einer der Männer stand plötzlich stramm, salutierte vor Ranofer, erkannte seinen Rang.
„Die Brücke, Herr *Tschesu*!", rief er stolz aus. „Wenn ihr Glück habt, könnt ihr den Gott sehen!"
Sprachlos bewunderten sie das sonderbare Bauwerk hoch über der Straße! Dort oben huschten Leute geschäftig hin und her! Über drei gewaltige Tore hinweg verband ein säulengestützter, überdachter Weg in luftiger Höhe die prächtigen Gebäude rechts und links der breiten, mit grünlich schimmerndem, poliertem Diorit ausgelegten *Königsstraße*.
„Aton? Rühr dich!"
„Den *Guten Gott*, Herr Hauptmann! Wenn er von seinem Palast, dem *Haus des Königs*, hinüber in den Thronsaal schreitet! Seht ihr", der Soldat wies mit der Hand stolz auf einen weiteren, schwer bewachten *Bechenet* weiter links über den Hof. „Da hindurch geht es nach einem weiteren prächtigen Hof in den Thronsaal. Und wenn ihr richtig viel Glück habt, seht ihr *Die Schöne, die da kommt* auf der Brücke! Sie hat sich schon ganz oft gezeigt, denn der Gute Gott verteilt von dort das Ehrengold! Oder sie steht da, wirft Blüten und winkt herunter."

„Ich komme von hier auf der Stelle in den *Thronsaal?*"

„Sie steht da und *winkt?*", hauchte Bent konfus. „Auf einer Brücke unter der kein Wasser fließt?"

„Natürlich nicht! Da stehen schon ein paar unserer Männer zwischen Euch und dem Thron!", scherzte der Soldat, Bents fassungslos geflüsterte Einwände gänzlich überhörend. „Ich sehe *Tschesu*, Ihr kommt aus *Swenu*! Wie ist es dort unten? Heiß? Nichts als Wüste, hä? Der geäderte Diorit da kommt aus *Toshka*, von den Nubiern! Ihr haltet die Schwarzen Horden da unten doch schön klein?"

„Verkneif dir deinen kameradschaftlichen Ton, Soldat!"

„*Tju*, Herr Offizier!" Schon salutierte er wieder, stand stramm.

„Wie komme ich von hier bis zu der Brücke da?"

„Über die Straße, Herr Kommandant?" Schwang in seiner gedehnt klingenden Antwort vielleicht Spott? Bent machte sich auf alles gefaßt, doch Ranofer blieb ruhig.

„Ich kann da einfach *hingehen?*"

„*Jeder* kann da hingehen! Jeder darf den Guten Gott sehen! Jeder darf zum *Gem pa Aton* pilgern! Natürlich erst, wenn wir hier die Erlaubnis zum Weitergehen erteilen, und nicht eher, bis wir uns vergewissert haben, daß man unbewaffnet ist. Das gilt natürlich nicht für einen Kommandanten aus Pharaos Heer!", er salutierte schon wieder vorschriftsmäßig. „Da, schaut, da kommen schon wieder welche, die es wagen! Halt! Stehenbleiben!"

„Danke *Senuji!*"

„*Anch Uda Seneb*, Herr *Tschesu en Yabu!*"

Ranofer zog Bent beiseite, flüsterte: „Willst du dir das ansehen?"

„Sie steht da und winkt?", wiederholte sie ungläubig ihre Frage. „Das kann ich nicht glauben! Wie kann die Königin vom Schwarzen Land, die Tochter des ehrwürdigen Herr Eje das tun? Sich dem Pöbel zeigen, ihm zuwinken, Blumen werfen!" Bent schüttelte erbost den Kopf.

„Sie zeigt sogar ihre Kinder!", meinte der Soldat, als er die Leute abgefertigt hatte, hochgemut. „Die Prinzessinnen sind zu niedlich…"

„*Was?*"

„Nur der kleine Prinz ist ein Lümmel! Ihr müßt aufpassen, wenn er da oben steht. Manchmal ist er recht frech und spuckt herunter!"

„Prinz?"

„Ja, ein Prinz!"

„Ich denke, die Königin hat einzig Töchter?"

„Nein, nein, da ist auch ein Prinz. Semenchkare ist der Name seiner königlichen Hoheit. Wollt ihr nun schauen?"

Bent trat wieder unter den Bechenet, betrachtete die pompöse Königsstraße, die Brücke und, rechts davor, eine breite, von einem prächtig verzierten

Geländer eingefaßte Rampe.

„Was ist das? Kommt man von da auf die Brücke?"

„Auf dieser Rampe fährt unsere *Hemet Nesut Weret* mit ihrem Streitwagen bis in das *Haus des Königs*! Geht ruhig vor, seht euch alles an... Das ist doch wohl die Höhe!", brauste er dann auf. Ranofer pfiff nach *Chawit*, der gelassen das Bein an der Ecke des *Bechenet* hob, anscheinend so seine Meinung kundtat.

„Ein ander Mal *Senuji*, wir haben noch was Wichtiges vor. Sag, weißt du, wo im Handwerkerviertel der *Liebling des Guten Gottes, Aufseher der Arbeiten und Bildhauer* [22], der Bildhauer der Königin wohnt?"

„Der hübsche Kerl mit den blauen Augen?"

„Äh..."

„*Tju!*", bekräftigte Bent. „Er hat Augen wie der Himmel!"

„Da seid ihr hier aber ganz verkehrt!" Aufgebracht schöpfte der Soldat einen Becher Wasser aus seinem Krug, kippte ihn schwungvoll über die besudelte Ecke. „Ihr müßt in die Südstadt! Am besten, ihr fahrt da geradeaus, am See vorbei. Wenn ihr auf die zweite breite Straße trefft, fahrt rechts herum und folgt der *Straße der Oberpriester* Richtung Süden, bis ihr zu deren Ende kommt. Dort hat der Herr Bildhauer seine Werkstatt, dort fragt nach seinem Haus!"

„Das da rechts sind die gut gefüllten Magazine des Tempels!", meinte der Fuhrmann, während sie weiterzockelten.

„*Tja!* Was du nicht sagst!"

„Und jetzt könnt ihr den See bewundern! Ist das nicht schön?"

Bent kniff die Augen zusammen, als sie aus dem Schatten der Straße hinaus auf einen freien Platz kamen. Der Wasserspiegel des kleinen Sees glitzerte und glänzte unverhofft in der Sonnenglut, und es dauerte einen Augenblick, bis sie *Semen*, also Nilgänse, Enten, eifrig schwimmende *Wehat*, die niedlichen Bläßhühnchen und anderes Wassergetier, sich im Wind wiegende, rauschende Binsen und Papyrusstauden ausmachen konnte. Arbeiter waren gerade dabei rund um die Ufer große Schößlinge von Dattelpalmen zu pflanzen.

„Traumhaft!", nuschelte sie unwirsch. „Ist es noch weit?"

„Ein Stückchen Weg ist das schon noch. Knapp zwanzig *Chet en nuh*. Wir müssen durch die gesamte Südstadt. Dort kommen wir zu den begnadeten, auserkorenen, besonderen Handwerkern, die die feinen Arbeiten machen. Bald sind wir da."

„Streitwagen!", zischelte sie, daß einzig Ranofer es hören konnte. „Sie fährt einen eigenen Wagen! Immer noch! Oh, was sind das nur für Zeiten!"

---

[22] Titel des Tutmosis

„Sie ist eine moderne junge Frau, Bent! Da wirken wir zwei schon ein bißchen altbacken dagegen."

„Ach pah! Halt doch die Klappe!"

Mit grimmiger Wut verstummte Bent, versank in grüblerischem Schweigen.

Ich muß herausfinden, ob Teje tatsächlich tot ist! Und ich hätte es ahnen müssen, als Taduchipa *Gem pa Aton* im *Ipet Sut* errichtete! Ich war dabei! Ich habe sie gesehen! Auch da kam sie stolz mit ihrem *Wereret* gefahren, die Kinder bei ihr stehend, fuhr sie noch *vor* ihrem Gemahl! Sie hat gesagt, sie widme den Tempel Aton zu Ehren, weil er ihr bei der Geburt der Töchter geholfen habe! Sie haben sie umjubelt wie Isis, als sei *sie* die tatsächliche Göttin! Als sie da stand, mit den niedlichen, blumenbekränzten Mädchen an ihren Rockschößen. Was hat sie gesagt? Ich vergesse niemals! Alles was ich höre oder sehe kann ich mir merken! Sie sagte:

Volk von Uaset, hör mich an! Gem pa Aton ist vollendet. Mein Gatte hat mir meinen Wunsch erfüllt, ihn für mich errichten lassen, weil er mich liebt! Dieses Gotteshaus ist alleine Aton geweiht. Denn der Gott hat mir das schönste Geschenk gemacht, was einer Frau gegeben werden kann. Er hat meine Töchter ins Leben gerufen, in dem Augenblick, als er am Horizont erschien. Daher sind meine Töchter auch seine Töchter. In diesem Hause werden Pharao und ich dem Aton für seine Gnade, die er uns erwiesen hat, huldigen. Und alles Volk, das Aton Ehre erweisen will, darf in diesem Tempel beten. Niemandem, ob Mann, Frau oder Kind wird der Eintritt in sein Haus verwehrt. Jeder ist willkommen, Aton wird sich freuen. Volk von Uaset! Laßt uns den Tempel weihen. Feiert mit mir die Geburt meiner Kinder. Feiert Aton! [23]

„Sie hat gelogen, Ranofer! Schamlos gelogen! Und ich habe mich in ihr getäuscht! *Sie* hat Pharao dazu gebracht, dem Aton zu huldigen! Mit ihrem hübschen Gesicht und den schönen, unschuldigen Augen! *Sie* allein ist an allem schuld! Sie allein beraubte uns aller guten Götter! Sie allein hat alle unsere guten und mächtigen Götter schändlich verraten! Was wird wohl noch alles auf uns zukommen?"

Ein kleiner staubiger Mann öffnete die Pforte, bat sie in den Innenhof, ließ die beiden da stehen, die sich augenblicklich von einer Schar fauchender Gänse umringt sahen, die ihren Hof verteidigten. Erfolglos suchte Bent sie mit ihrer Rute abzuwehren, *Chawit* kläffte sich vergebens seine kleine schlichte Hundeseele aus dem Leib.

---

[23] Aus meinem Roman *Am Horizont der Sonne*

Überall standen bunte Farbkübel herum, irgendwo in den Tiefen des großen Gebäudes klopfte und hämmerte es emsig ohne Unterlaß. Unter den Säulengängen des Hauses, rund um den Hof, wimmelte es von fleißigen, verschwitzten Arbeitern, wurde geflucht, geschimpft, gelacht, gesägt, gehämmert, gebohrt. Eine Kuh samt Kälbchen trottete gemächlich quer über den Hof, ließ einen ordentlichen Fladen auf das ausgelegte Stroh fallen, Wasserträger schöpften am Brunnen in der Mitte des Hofs Wasser, huschten eilig mit den gefüllten Kübeln vorbei, daß das kühle Naß überschwappte. Einer trat unachtsam in den deftigen frischen warmen Fladen, schlug lang hin, saute sich richtig ein, sammelte grummelnd seinen Kübel ein, füllte ihn abermals um ihn sich maulend überzukippen. Bent machte, daß sie den aufgebrachten Gänsen auswich, schaute sich nach einer schattigen Sitzgelegenheit um, doch das war für die Katz, schüttelte ärgerlich den Kopf über soviel Unhöflichkeit.

„Wo sind wir denn hier gelandet?" schnauzte sie, und Ranofers Antwort ging gänzlich in einer saftigen Schimpfrede unter:

„Du bist nichts als ein hundsgemeines, hinterlistiges, dreckiges Arschloch!", hallte es aus einem der offenen Fenster laut und erbost durch den großen Innenhof.

„O-ho!" Ranofer grinste. „Solche Töne von dem feinen Herrn Baumeister!"

Bent machte große Augen, glaubte sich zu verhören, als sie die Antwort vernahm, diese schmeichelnde, wohltönende Stimme hörte.

„Das kannst du doch nicht machen! Sind wir nicht wie Brüder? Haben Satmut und Men uns nicht wie liebende Brüder aufwachsen lassen? Du wirst doch eine Anstellung für mich haben? Vetter! Bek! Laß mich nicht hängen!"

Monstrum! Fatzke!

„Wir waren niemals Brüder!", schimpfte Bek lauthals. „Du hast dich bei jeder sich bietenden Gelegenheit bei Men angebiedert, dich eingeschleimt! Mich bei jeder Gelegenheit bei Men angeschwärzt! Du hast mich bei jeder sich bietenden Gelegenheit blamiert, mich schlechtmacht, herabgewürdigt, erniedrigt! Du bist ein Schwein Amenhotep! Ein mieses Deckschwein! Gehst hin und nimmst dir rücksichtslos was du willst! Hast meine Liebste, meine Freundin vergewaltigt! Denk mal daran, was du dem Mädchen angetan hast! Sie war eine unschuldige *Amat*! Ihr ganzes Leben hast du zerstört! Glaubst du allen Ernstes, das könnte ich vergessen? Und du in deiner verblendeten Überheblichkeit kommst daher und fragst *mich* um Arbeit? Bittest um Friede, glaubst wir seien Brüder? Ich scheiß auf dich! Mach dich ab! Mir ist scheißegal, wie du in deinem verfickten Leben zurechtkommst!"

„Jungfrau!", schnaubte Amenhotep abfällig, „Das war doch nur ein billiges Küchenmäd…"

Es klatschte laut.

„Ich muß dir was sagen, Bek…", tönte Amenhotep weiter, anscheinend unbeeindruckt von Beks saftiger Maulschelle. „Ein Gebäude ist eingestürzt..."

„Hast du wieder geschlampt? Billiges Material verwendet? Hä? So eine Scheiße ist dir doch schon mal passiert! Erinner dich mal! An die Säulen im *Ipet Resit*! Selber schuld! Komm nicht zu mir damit! Komm nicht zu mir um zu jammern! Das hast du dir ganz alleine eingebrockt! Ich weiß wie du arbeitest, pfuschst, wenn du meinst, man kommt dir nicht auf die Schliche!"

„Dieses Gebäude... laß mich doch ausreden!"

„*Du* hast mir überhaupt nichts zu sagen! Behalt deinen Mist für dich! Scher dich raus, du *aajep Aret*! Komm mir nie wieder unter die Augen!"

„Nenn mich nicht arrogantes Arschloch! Du mußt mir helfen..."

„Verschwinde! Bevor ich dir gründlich die Fresse poliere! Hinaus!"

Eine Tür wurde aufgerissen, Amenhotep Sa Hapu stürmte wutentbrannt in den Hof. Im selben Herzschlag von der Meute wild gewordener schnatternder, flatternder Gänse umringt, die sich eben erst beruhigt hatten und ihm jetzt ordentlich ins Bein zwickten. Mit seinem affigen, aus flauschigen Straußenfedern bestehenden Fliegenwedel um sich schlagend, vertrieb er emsig die Vögel, eingehüllt in eine staubige Wolke aus Federn und Stroh, umkreist vom kläffenden *Chawit*, der nicht wußte, was er zuerst machen sollte: ihn oder doch lieber die Gänse vertreiben.

„Das wirst du noch bereuen!", zischend, knallte Amenhotep beinahe mit Ranofer zusammen, blieb abrupt vor ihm stehen, „Entschuldigung Herr Hauptmann!", machte mit großer, weltmännischer Geste einen Bogen um ihn, latschte mit seinen feinen Sandalen in einen dicken saftigen frischen grünen Gänseschiß, schlidderte, fing sich, bemerkte die zitternde Bent nicht, die hinter Ranofer stand, verließ wutschnaubend, Füße scharrend und Türen knallend den Hof.

„Du *bist* längst tot!", flüsterte Bent. „Eine leere, seelenlose Hülle! Sachmets Blut in deinem Gesicht! Sachmets Fluch über dich! *Die Mächtige* hat dich verdammt auf ewig zu wandeln unter Nuts Himmelsgewölbe! Ich verdammte dein verderbtes Herz! *Du*! Pah!" Sie spuckte voller Verachtung auf den Boden, packte ihre Rute fester. „*Du* bist ein Niemand! *Ich* bin Bent! *Ich* bin Sahu-Re! *Ich* bin die Herrin! Verschwinde aus diesem Haus und wage es nicht noch einmal, seine Mauern zu betreten!"

„Was murmelst du denn da?", fragte Ranofer. Sie gab keine Antwort, weil jemand nach ihr rief:

„Bent? Das geht hier ja zu wie in einem Taubenschlag! Husch!", Bek betrat den Hof, wirkte wie ein niedriger Arbeiter, braun gebrannt, mit bunten Farbklecksen am kurzen Schurz, mit freiem Oberkörper, ohne Perücke, Pinsel hinterm Ohr, wedelte mit den Armen nach den Gänsen, scheuchte sie, „Husch! Macht euch ab! Bent, mein Schatz!"

„Bek! Mein liebster Freund!"

Sie fielen sich in die Arme, Bek küßte sie sittsam auf beide Wangen, griff ihre Hände, küßte sie nacheinander.

„Wie schön, dich zu sehen! Gerade dachte ich an dich! Aber was machst du...", er bemerkte Ranofer, knurrte: „Für *dich* bin ich gerade in der richtigen Stimmung!"

„Benehmt euch!", ging Bent dazwischen.

„Der feine Herr Ranofer ... da steht noch was aus!"

„Später mein bunter Freund! Die Dame Sahu-Re hat dir was zu sagen! Meine Faust kann warten!"

„Du blödes Arschloch!"

„Schluß jetzt!" Sie drohte beiden mit ihrer Rute.

„*Was* machst du hier, Bent?", säuselnd, trat Bek, nochmals Bents Hände greifend, einen Schritt rückwärts um die Freundin gebührend zu bewundern, stolperte dabei beinahe über das übermütig herumhopsende Kalb, brüllte „Bind doch mal einer die Kuh an! Wer hat die überhaupt in den Hof gelassen?"

„Ich brauche deine Hilfe, mein Lieber. Aber wie wäre es, wenn du uns erstmal deine Gastfreundschaft erweisen würdest?", maulte sie. „Ein Becher kühles Wasser täte gut, ein schattiger Platz, ein Stuhl! Wir sind seit Stunden unterwegs, irrten durch die Gluthitze dieser chaotischen Baustelle... Stadt! Wo hast du nur deine Gedanken! Man läßt uns wie kümmerliche Bittsteller hier stehen! Inmitten von Vieh! Schämst du dich nicht! Bist du Bauer geworden? Gänsehirte? Jedenfalls hast du Manieren wie einer!"

„Ich brauch die Eier der Gänse... Bist du *ihm* begegnet? Und die Milch der Kuh... für die Farben! Du liebes bißchen, hier geht es drunter und drüber, das sind nicht Amuns... keine heiligen Gänse! Die Farben leuchten nicht... ich muß ihnen was anderes zu fressen geben, so geht es nicht..."

„Sag mal, siehst du mich überhaupt? He! Bek!" Sie schnipste ihm mit den Fingern vor der Nase. „Versuch es mal mit Eiern von Hühnern! Diesen teuren Vögeln... sag mal spinnst du! He! Laß mal jetzt die Kuh und deine dummen Farben! Der Affe stieß beinahe mit Ranofer zusammen. Deshalb bemerkte er mich nicht. Was hat er gewollt?"

„Hm? Arbeit! Wittert ein gutes Geschäft mit dem Sohn des Vetters, Geltungssucht treibt ihn hierher. Lassen wir das! *Wie? Bauer? Gänsehirt?* Was führt *euch* zu mir?"

„*Tja*! Soll ich denn mit der Tür ins Haus fallen? Was sind das bloß für Zeiten? Macht man nicht erst schön Wetter? Plaudert man nicht zuerst über Belangloses, bevor man zur Sache kommt? Hast *du* mir das nicht beigebracht?"

„Verzeih, aber die Geschäftigkeit in diesem Hause... wie gesagt, es geht drunter und drüber. Kaum, daß für irgendwas Zeit bleibt. Bitte, sag was dich herführt, dann wollen wir in Ruhe übers Wetter reden!" Er schaute ihr eindringlich ins Gesicht, zupfte an dem Pinsel hinterm Ohr, anscheinend ging ihm die Tragweite, die Ungewöhnlichkeit ihres Besuches jetzt erst richtig auf, denn sie verließ die schützenden Mauern ihres Tempels äußerst selten.

„Ist etwas passiert? Bei allen Göttern, Bent, was ist passiert? Ist Titji etwas zugestoßen?"

„Nicht doch! Nein! Beruhige dich! Sie ist wohlauf!" Sie zog ihn am Arm dicht zu sich, flüsterte ihm ins Ohr: „Sie schickte mich hierher! Der große Tempel Amenhoteps…", sie schaute sich sicherheitshalber nochmal um, daß auch ja niemand lauschen konnte, „… ist vollkommen eingestürzt. In einem Augenblick war er noch da, im nächsten war er dem Erdboden gleichgemacht!"

In Beks Gesicht machte sich Bestürzung breit. Entgeistert schaute er Ranofer an. „Ein *Newer ta*? Wieviele sind umgekommen? Wie hoch ist der Schaden in der Stadt? Mein Haus? Wollte er mir *das* vielleicht sagen…"

„Niemand ist zu Schaden gekommen, denn dies war ein seltsames Erdbeben; es betraf bloß den Tempel! Ich muß mit dir reden mein Freund! Unter vier Augen!"

„Oh…" Offensichtlich fehlten Bek die Worte, ein paar Herzschläge lang machte er einen noch konfuseren Eindruck als gerade eben.

„Komm, wir gehen in Tutmosis' Werkstatt, dort sind wir ungestört. Die betritt niemand, ohne vorher zu fragen." Er wandte sich an Ranofer: „Du wartest auf sie, Herr Kommandant? Beschützt du sie? Paßt auf sie auf?"

„*Tju!*", raunte der.

„Geh da lang, da kommst du in die Küche. Sagst denen dort, ich hätte dich geschickt und sie sollen dich gut verpflegen. Und sag ihnen, jemand soll mit Essen und Bier in die Werkstatt des Herrn kommen. Wir werden Hunger und Durst haben! Komm mein Liebes!"

Er zog Bent an der Hand durch eine Tür in einen staubigen Raum. Dort stand ein riesiger Tisch vor der Wand mit der großen Fensteröffnung. In den schräg einfallenden Sonnenstrahlen tanzten und glitzerten die Stäubchen wie *Naschut*, Sternenstaub. Auf dem Tisch Werkzeug, Farbtiegel, Töpfe mit Farbpulver, Pinsel, Stechbeitel, Gipstöpfe, verschiedene grobe und feine Lappen und Glasstücke. In der Mitte des Tisches eine geheimnisvolle, verzauberte Büste; strahlend weiß, wie eben mit dem göttlichen Sternenstaub aus dem Himmel gefallen. Ein zauberhaftes, wunderschönes Gesicht, ein edler Kopf, gekrönt mit einer hohen Krone und der königlichen Kobra.

Iaret!

Bent bekam keine Zeit, die wundersame Büste genauer zu betrachten, denn Bek führte sie in eine Ecke des Raumes, wo ein Tisch mit zwei Sesseln in einer Nische stand. Schon betrat eine Bedienstete den Raum, brachte Kuchen, Obst, Brot, Datteln, stellte eine Kanne *Henket* dazu, verschwand wieder.

„Erzähl!", forderte Bek atemlos während er das Bier ausschenkte.

„Weißt du noch?" Bent lächelte ihn angesichts ihrer alten Erinnerungen liebevoll an. „Unser Plätzchen unter dem Geißblatt? Das war genauso kuschelig wie diese Nische. Und was haben wir heimlich Essen aus der Küche geschmuggelt und geschlemmt. Und ..." Es mußte sein! Schluß mit dummem Geplapper und schönem Wetter! Sie mußte ihm ihre Vermutung mitteilen, ihm bedingungslos vertrauen. Liebevoll ergriff sie seine Hand. „.... kannst du dich an unseren ersten Tag erinnern? Weißt du noch, was wir damals gemacht haben?"

„Als wenn ich diesen Tag je vergessen könnte, meine Liebe!"

„Wir haben", fuhr sie fort, „dem Umzug zugesehen. Wir haben gesehen, wie ein kleines, süßes Mädchen den Weg zum Palast genommen hatte. Braut war sie, die Kleine, fünf Jahre war sie. Kannst du dich an dieses Kind erinnern? Sie ist tot, Bek, und sie hat mir ein unheilvolles Erbe hinterlassen!"

„Wer ist tot?" Bek ließ ihre Hand los, schaute sie bestürzt an. „Du redest doch nicht von der Königinmutter? Woher willst du das denn wissen?"

„Du müßtest mich nach all den Jahren gut genug kennen, Bek, um zu verstehen, daß ich manches weiß, was andere lediglich ahnen. Bin *ich* nicht die Hexe von Uaset! Ihr Herzschlag ist verstummt, ich höre sie nicht mehr! Sie fehlt in der Welt!"

„Aber... hier hat man nichts dergleichen gehört. Was bringst du für schlechte Nachrichten? War ich es nicht, dem sie die Ausschmückung ihres Hauses anvertraute? Ich ging in ihren Privatgemächern ein und aus wie ein Freund! Einzig mich und mein *Zesch qedut*, meinen Umrißzeichner, ließ sie an die Bildnisse im *Südlichen Palast*. Was für ein Elend! Das kann nicht wahr sein! Das wäre doch bestimmt bekannt gemacht worden, meinst du nicht auch?" Aufgewühlt trank er von dem Bier.

„Ich weiß nicht, ob solch unheilvolle Neuigkeiten in unserer glorreichen Hauptstadt, dem gesegneten Achet-Aton, dem heiligen Ort des Horizontes der Sonne der Öffentlichkeit preisgegeben werden!", blaffte Bent, konnte und wollte die boshafte Spöttelei nicht unterdrücken, als sie peinlich genau Titjis Worte wiederholte. „Ich muß mich vergewissern, daß mein Traum nicht traurige Wahrheit ist. Und wo, bei allen Göttern, bezieht deine Frau ihren Pfeffer her?", setzte sie zänkisch einen drauf.

„Äh... Pfeffer?", bemerkte Bek nun vollkommen verwirrt. „Was hat der Pfeffer meiner Frau mit Königin Teje zu tun?"

„Pfeffer ist etwas ganz Besonderes, mein Guter, er ist teuer, er ist gesund, er ist gut für manches Zipperlein, er würzt Speisen. Und man kann drin malen", fügte sie rüde hinzu. „Ich wollte", sie griff nach dem Kuchen, zupfte sich ein Stück ab, fuchtelte damit vor seiner Nase, giftete unhöflich „nur hören, wie deine Frau an ihren Pfeffer kommt. Wenn ich ihn brauche, ist er unerschwinglich und sie stellt ihn freigiebig für Gäste auf den Tisch!"

Beks ehrenvoll erarbeitete Falten gruben sich tief in seine Stirn. War er schon wegen Amenhoteps Auftauchen sauer, so kam er jetzt aber richtig in Rage.

„Du altes, zänkisches Weib hast diese weite Reise gemacht um mich ärgern zu wollen? Was hast du bei meiner Frau verloren? Niemals wolltest du ihr begegnen! Bist du gekommen, um mit mir zu streiten? Bist du nicht mehr Herrin deiner Sinne? Habe ich nichts Besseres zu tun, als die Gewürze meiner Frau nachzurechnen? Bei allen guten Vorsätzen und meiner unendlichen Liebe zu dir, aber dies geht zu weit, Bent! Möge Amuns Segen auf dir ruhen, aber entweder sagst du, was dich herführt, oder du gehst!"

„Soso, mein Bester", grinste sie, stopfte sich den Kuchen in den Mund, trank einen großen Schluck von ihrem süßen Bier, nuschelte: „Deine Frau ist eine gute Frau, wir haben zusammen das Morgenmahl eingenommen und ich segnete dein Haus. Und was *deinen* Segen anbelangt: Warum denn nicht gleich?"

„Gleich was?"

„Dein Segenswunsch! *Der Verborgene!*" [24]

„Bist du wohl still?", zischte er, sichtlich beunruhigt. „Die Wände könnten Ohren haben. Warum hast du mich nicht gefragt? Sind wir nicht Freunde?"

„Ich weiß nicht, wem man heutzutags vertrauen kann. Deshalb habe ich nicht gefragt. Aber deine ehrliche Wut gab mir eine ehrliche Antwort. Du glaubst also, daß die ‚Alten' noch da sind?"

„Pscht! Natürlich!"

„*Sie* ist wieder da!", raunte Bent, „*Sechemet!*", faßte sich in den Ausschnitt, gewahrte Beks entsetzten Gesichtsausdruck. „Und ich muß sie aufhalten. Aber das geht nur mit deiner Hilfe."

„Sprich!"

Bent kramte in ihrem Körbchen, entnahm ihm die Phiole, wickelte sie aus dem Lederbeutel und dem Leinen. Entsetzen verbreitend pulsierte das rote, anscheinend kochende Blut in ihr, beschwor Schrecken und Angst, obwohl es sicher hinter dem Glas aufgehoben war. Bek traten Schweißperlen auf die Stirn, ehrfürchtig „Das ist *ihr* Blut! Ich weiß es!", flüsternd.

„Ich fand sie im Tempel, in der Kapelle des Ptah, konnte die Phiole aus den zusammenbrechenden Mauern retten…"

„Du warst *in* dem Tempel als er…?"

„Unwichtig! Aber es lag auch ein *Djema* dabei. Mit Zaubersprüchen, Sachmet zu bannen! Doch ich mußte zusehen, daß ich aus dem Tempel flüchten konnte, bevor ich selbst unter seinen Trümmern begraben wurde. Deshalb ließ ich die Rolle achtlos fallen! Aber ich brauche die Schriftrolle, Bek! Allein mit ihr und dieser Phiole hier kann ich *Die Mächtige* in Bann

---

[24] Der Reichsgott Amun ist *Der Verborgene*

halten! Sonst müßte ich den Flakon ständig mit mir herumtragen. Nur mit beiden Gegenständen zusammen kann ich den Bann aufrechthalten, Kemet vor der wütenden Sachmet beschützen. Du weißt doch: Isis wacht über Uaset! Hilf mir, mein Freund!"

„Was kann ich schon tun, Liebes?", meinte Bek grübelnd. „Wie soll ich dir helfen?"

„*Die Mächtige* hat den Tempel einstürzen lassen!", wisperte Bent. „Teje hat sie mit mächtigen Zaubersprüchen auf jenem *Djema* gebannt. Aber mir träumte, Teje, die Hohepriesterin der Sachmet, sei tot. Wenn dem so ist, kann sie die Göttin nicht mehr aufhalten. Ich brauche eine Erlaubnis aus dem Großen Haus daß ich im Tempel des Gottes Amenhotep nach der Rolle graben darf. Ich muß diese Rolle in meinen Besitz bringen, sonst wird Sachmet Kemet vernichten! Ich muß wissen, ob Teje am Leben ist und ich muß nötigenfalls da graben lassen. Hilf mir, Bek! Ich habe dich noch nie um etwas gebeten, aber jetzt brauch ich deine guten Verbindungen, deine Beziehungen zum Großen Haus! Bitte! *Hasjtji!*"

Bek zog den Pinsel hinter seinem Ohr vor, kratzte sich mit dem Stiel am Schädel. „Ich kann doch keine zornige Göttin aufhalten! Bent, was denkst du dir nur!"

„Aufhalten muß *ich* sie! Willst du mir nun helfen oder nicht?"

„Hast du einen Blick auf die *Sesch ni Medu Netjer* werfen können?"

„Schrift der Gottesworte!", schnaubte sie, „Pah! Ja, kurz. Es reichte um zu erkennen, daß es sich um Sprüche aus dem *Peret Me Herew* handelt."

„Laß mir Zeit zum Überlegen!"

Ungestüm stand Bent auf, trat aufgewühlt zu der Büste auf dem Tisch hin und betrachtete das wunderschöne, makellose Gesicht.

„Dein Sohn hat das gemacht, hm? Die neue Königin! Sie weiß von nichts, betet ahnungslos die glühende Sonnenscheibe an! Opfert Blümchen! Winkt dem Pöbel! Fährt einen eigenen Wagen! Hat keine Ahnung von den gewaltigen Mächten der Natur! Sie ist nicht Teje! Nicht Sachmets Hüterin! Sie ist nicht Sachmet für Pharao! Sie ist ein Nichts unter den Königinnen, trotz all ihrer Schönheit, Klugheit, ihrer Macht und all diesem neumodischen Protz!"

Wütend schlug Bents Faust auf den Tisch, Staub wirbelte hoch, das Werkzeug klirrte und klimperte.

Ich habe deine *Mut* umgebracht! Das würdest du mir nie verzeihen, wenn du das wüßtest!

Bent berührte zaghaft und vorsichtig die unfertige, makellos strahlende Büste, die das klare reine Licht der Sonne widerzuspiegeln schien, dachte an das liebreizende Mädchen Taduchipa und an die Frau, die Königin, die sie jetzt war, strich mit sanften Fingern über die angedeutete Augenbraue, über die sorgfältig glattpolierte Wange, die Lider, das niedliche Ohr mit dem angedeuteten Loch für ein Schmuckstück, bewunderte den schlanken Hals, den sinnlichen Mund mit den vollen Lippen, die allein zum Küssen gemacht waren...

Sie erinnerte sich an das häßliche, abstoßende Abbild Pharaos ...

Und erinnerte sich an die wunderschönen leuchtenden Bildnisse der Königin an den Tempelwänden, dem großen Hof, der Rampe!

Und Bent erblickte vor ihrem geistigen Auge einen kleinen, aufgeweckten, fröhlichen Jungen mit blauen Augen, beim ausgelassenen Spiel in den Matsch gefallen ...

... Warum trägst du einen Schleier vor deinem Gesicht? So häßlich bist du nun auch wieder nicht ...

Ein Mann war aus ihm geworden! Ein begnadeter Künstler! Liebling des Guten Gottes, Aufseher der Arbeiten und Bildhauer!

Der Bildhauer der Königin!

Dieses Gesicht! Diese makellose Feinheit! Dieses Können!

Diese verklärte, vergötterte Schönheit neben der abgrundtiefen Häßlichkeit des Gatten! [25]

Bent spürte wie ihr sämtliches Blut aus den Wangen wich, drehte sich um, mit Tränen in den Augen; kalte, unheimlich prickelnde Gänsehaut kroch ihr den Nacken hoch.

Oh ihr Götter!

Was für ein Verhängnis!

„Er liebt sie ja! Bek! Hast du das denn nicht gesehen? Dein Sohn liebt die Königin!"

„Was redest du denn für einen Unsinn! Wie kommst du bloß auf so einen Unfug!"

---

[25] Die Büste der Nofretete, von Ludwig Borchardt, einem Archäologen der Deutschen Orient-Gesellschaft, 1912 in Tell el Amarna/Planquadrat P47/der Werkstatt des Tutmosis gefunden, ist das wohl berühmteste Kunstwerk dieses Bildhauers. Und eigentlich ist sie überhaupt kein Kunstwerk, sie ist ein Werkstück! Einzig dazu geschaffen, den Kopf als Vorlage für Nofretetes unzählige Statuen und Abbilder zu nutzen. Die Büste hat kein fehlendes linkes Auge, die Königin war weder blind noch ging das Auge verloren – es wurde mit der Absicht Arbeitsvorgänge zu beschreiben/zu verdeutlichen, nie eingesetzt!

Die außergewöhnliche Büste der schönen Königin steht heute im Neuen Museum in Berlin, in einem eigens für sie vorgesehenen, klimatisierten Raum in einer rundum begehbaren Vitrine

„Ich gehe auf die Dachterrasse. Werdet ihr zusammen in meiner Kammer zurechtkommen? Reicht es mit dem zweiten Bettgestell?"

Bent überging Beks süffisantes Grinsen geflissentlich, knallte ihm die Tür vor der Nase zu, „Danke, ja!", blaffend. „Da muß man noch dankbar sein, für die erwiesene Gastfreundschaft! Für diese Abstellkammer da! Dafür, daß man gnädig zum Abendessen, zum *Mesut* eingeladen wurde!"

„Hör mal auf zu schimpfen! Bent!" Ranofer schob mühelos die beiden Betten nebeneinander, „Ist jetzt gut! Er will dir helfen, eine Audienz zu erwirken! Mehr kann er nicht tun!", breitete sein wertvolles Fell darüber, legte sich hin, streckte sich auf dem Bett aus, verschränkte die Arme hinter dem Kopf. „Es ist nicht sein Haus, sondern das des Sohnes. Und es ist eine Werkstatt! Der junge Mann hat bestimmt nicht daran gedacht, daß du eines Tages aufkreuzt und seinen Junggesellenhaushalt durcheinanderwirbelst. *Chawit*, gib Ruhe!" Der Hund legte sich unter das Bett, hörte mit seinem Winseln aber nicht auf.

„Ich geh nochmal ne Runde mit ihm."

„Ach, pah!" Sie sank müde auf das andere Bett, schlief augenblicklich ein, bemerkte irgendwann, daß er zurückgekommen war, wach neben ihr lag.

„Sats Welpen", flüsterte sie in die Dunkelheit, „sind sie wohlgeraten? So groß wie das da?"

„Sie sind klein, pelzig, hilflos und ständig hungrig."

„Würdest du… wenn sie groß geworden sind… würdest du mir einen überlassen? Für mein Haus? Man weiß nicht was kommt und ich merke, ein aufmerksamer Hund ist nicht das verkehrteste."

„Du mußt sie an dich nehmen, solange sie noch Kinder sind, ihnen sagen, was sie tun sollen, was sie nicht dürfen, sie müssen sich an dich gewöhnen, dich als Herrin annehmen, dich liebgewinnen…"

„Spinnst du?"

„Sie sind nicht wie Katzen, Denen kannst du nichts sagen, die machen was sie wollen. Gerne überlasse ich dir einen. Es ist ein Rüde darunter, er scheint ein gutes Gemüt zu haben, paßt auf seine Schwestern auf, ist der Held der Kinderstube!" Sie hörte sein leises Lachen über die drolligen Welpen, spürte seine Freude daran.

„Und die anderen? Was machst du mit den anderen?"

„Ich nehme zwei mit in die Kommandantur, Marya nimmt einen und ein *Senuji* will einen."

„Dann ist noch eins übrig."

„Ich werd's ersäufen. Ist zu schwach. Wenn ich zurück bin und es sich nicht gegen die anderen durchgesetzt hat."

„Du kannst doch das Tierchen nicht ersä…"

„Was soll ich mit den ganzen Hunden? Hä? Ich geb dir den stärksten Rüden, mit ihm hast du keine Sorgen wie mit einer Hündin. Und jetzt gib Ruhe, ich will schlafen!"

Sie konnte nicht mehr einschlafen, wälzte sich unruhig in den Kissen, horchte auf sein leises, schnurrendes Schnarchen, schubste ihn zart, betrachtete ihn mit dem grün funkelnden Licht ihrer Augen, die selbst im Dunkeln sehen konnten. Lag auch er wach? Sie forschte in seinem Gesicht, bewunderte seine unvergleichliche männliche Schönheit, seine markante Kinnlinie, den Bartschatten, seine sinnlichen Lippen, die darauf zu warten schienen, daß sie ihnen einen süßen Kuß aufdrückte. Sie beugte sich zu ihm hin um seinem schönen Mund einen Kuß zu rauben, bemerkte, daß er die Augen öffnete, sie anlächelte, „Ich liebe dich, mein Schatz!", flüsternd. Augenblicklich schossen heiße Tränen in ihre Augen, sehnsuchtstrunken schmiegte sie sich an ihn, er hielt sie fest und sicher im Arm.

Da war er wieder!

Ihr Ranofer!

Ihr Mann! Ihr Gatte!

Sollte er sich erinnern?

Ließ er ihre Liebe nach all den langen Jahren endlich wieder aufleben?

War denn sein Herz geheilt?

„Bent! Mein Herz! Wo warst du nur so lange? Laß mich nie wieder allein! Hörst du! Mach das nie wieder!", flüsterte er liebevoll.

„*Was?*", hauchte sie, schaute ihn an. Doch er blickte kalt und seelenlos wie ein Leichnam irgendwie an ihr vorbei in die nächtliche Dunkelheit des Raumes.

Er träumte!

Mit offenen Augen!

Träumte von ihrer Liebe!

Von ihrem verlorenen Glück!

„Wach auf!", raunzte sie, vom Herzweh überwältigt, schubste ihn nochmal, rutschte schluchzend ein Stückchen von ihm ab. Brummend drehte er sich um, setzte sich auf, stand auf, öffnete die Tür.

„*Chawit!*", flüsterte er. „Wir suchen uns einen anderen Schlafplatz, komm! Wir wollen die Dame nicht bei ihrem genußvollen Schnarchen stören!"

Bent wartete zwei Tage später aufgeregt in einem Raum, der wie in einem Märchen, dazu geschaffen war, Träume wahr werden zu lassen. Ein großer Pavillon, gelegen auf einer Insel inmitten eines gemauerten, mit Lotosblüten überwucherten Teiches, über den zwei zierliche Brücken führten. Doch der Blick zwischen wehenden Vorhängen hinaus in den prächtigen Garten zeigte Bent noch größere, waghalsigere Träume: auf der einen Seite einen gewaltigen See; auf der anderen ausgeklügelte Wasserspiele. Über große, breite Stufen hinunter floß das kühle Naß zu elf gemauerten, ineinander verschachtelten Bassins, in denen das kostbare Wasser plätschernde Kühle versprach. Sie versuchte nicht weiter neugierig umherzuschauen, zwang ihren Blick wieder von dem beeindruckenden Garten hin zu dem Raum.

Zauberhafte Reliefs schmückten die Wände und Treppengeländer die zur Dachterrasse führten, zierliche Säulen stützten die Decke, dazu bezaubernde Bilder der kleinen Prinzessinnen, inmitten von Katzen, Äffchen, Hündchen; Papyrusdolden und Lotosblüten beherrschen obendrein die niedliche Szenerie. Hoch oben an der Decke schmückten gemalte Schmetterlinge, Schwalben und Täubchen den aufgemalten blauen Himmel. Den Boden bedeckten Fliesen aus dunkelgrünem Diorit; in ihm – aus bunten Intarsien gefertigt – blühten die schönsten Blumen.

Sie erkannte Beks Handschrift und doch war alles anders, flotter, moderner – der Stil seines Sohnes! Und der war um einiges besser als Beks. Anerkennend bewunderte sie den herrlichen Raum in dem kleinen Palast, von dem man ihr sagte, er hieße Maru-Aton und der König habe ihn seiner Dame zum Geschenk gemacht als sie die dritte Tochter gebar. [26] Mit Wehmut schaute Bent zu Ranofer hin, der sich damals, als sie einige Monate glücklich zusammensein durften, nichts sehnlicher als ein Kind von ihr gewünscht hatte. Und mit wehem Schmerz im Herz dachte sie an Nefertem... stellte sich vor, sie hätte auch einen großen, schönen Sohn, aufstrebend, erfolgreich...

Ein heftiges Pochen riß Bent aus ihren trübsinnigen Gedanken, Ranofer stand stramm, der Zeremonienmeister der Königin betrat den Saal!

---

[26] *Maru* = Stätte des höfischen Vergnügens, Gartenanlage mit künstlichem See.
Maru-Aton ist ein Gebäudekomplex im Süden von Tell el Amarna mit weitreichenden, wie beschriebenen Wassergärten, den elf T-förmig ineinander verschachtelten Bassins, dem gewaltigen See, Säulengestützten Wandelgängen und Pavillons, dessen Nutzung bis heute unklar ist. Hier und in meinem Roman *Am Horizont der Sonne* ist es Nofretetes eigener Palast, wenn das auch wohl nicht den Tatsachen entspricht

„Die Schöne und Herrliche mit der Federkrone, die große Erbprinzessin im Palast, groß an Freude, man jubelt, wenn man ihre Stimme hört, Herrin der Lieblichkeit, groß an Beliebtheit, die Frau deren Wesen den Herrn der Beiden Länder erfreut, seine geliebte Große Königsgemahlin, die Herrin der Beiden Länder, Geliebte des Glücks, Nefer-Neferu-Aton-Nofretete, Schön ist die Schönheit der Sonne, die Schöne die da kommt, sie lebe ewig!" [27]

Demütig und wie es der Anstand verlangte, sank Bent auf die Knie, legte die Rute neben sich, streckte die Arme vor, starrte auf die steinernen Blüten am Boden; gewahr jeden Augenblick die harten Tritte von Soldatenstiefeln der Leibgarde zu hören, vernahm sie stattdessen aber leise Schritte, Kindergetrappel und die Geräusche von… sie traute ihren Ohren nicht: Spielzeug auf Rädern!
Sie beherrschte sich, nicht vorwitzig hinzusehen, sondern brav zu warten, bis ihr das Aufstehen gewährt wurde. Schmuck klingelte, ein feiner Parfümduft stieg Bent in die Nase und der unverwechselbare Duft kleiner Kinder und frisch gewaschener Wäsche.
„Merit, mein Schatz, bedeute der Dame doch, daß sie sich erheben darf!"
Eine kleine Hand stupste Bent sanft an der Schulter, ein zartes Stimmchen zwitscherte fröhlich: „Du darfst dich erheben, Dame. Mama hat es erlaubt!"
„Bei Aton! *Ii Ti! Ii Ti em Hotep!* Nicht doch! Erhebt Euch, Ehrwürdige Mutter! Merit, hilf ihr! Reich der Dame ihre Rute. Bitte, Dame Sahu-Re! Welch eine Freude Euch nach so langer Zeit wieder zu sehen!"
Bent blickte auf und einem niedlichen, süßen Mädchen ins Gesicht, erhob sich, erblickte die Königin, die, schön wie eine Göttin, mit einem schlafenden Säugling auf dem Schoß auf einem der schicken Sessel saß, mit der Hand zu einem anderen neben sich hinwies.
„Bitte, keine Scheu! Nehmt doch Platz!"
Drei Mädchen – das Größte, welches sie freundlich gestupst hatte, war dem Anschein nach fünf – die anderen beiden bestimmt drei und zwei Jahre alt, spielten friedlich und wie unzertrennbar mit einem vielleicht vier Jahre alten niedlichen Jungen.
„Bei allen gütigen Göttern", rief Bent voller ehrlicher Begeisterung, „was sind das wohlerzogene, wunderschöne Kinder… Oh, verzeiht mein vorlautes Mundwerk, *Nesut!*"
„Sie sind mein ganzes Glück! Ich freue mich ja so, Euch zu treffen! Anchesenpaaton, nimm den Daumen aus dem Mund! Ihr müßt mir alles erzählen, was es in Uaset Neues gibt, selbst den dümmsten Tratsch! Ehrwürdige Mutter Sahu-Re, welch eine Freude!"
„Ihr braucht mich nicht so zu nennen, Majestät…"

---

[27] Offizielle Titel Nofretetes

Dann fühle ich mich so... alt!

„Ich nenne Euch mit Freude so, denn es gehört sich. Sollten wir nicht die Weisheit und Erfahrung der Alten achten? Wo kämen wir hin, wenn wir alle das tun würden, was uns gerade in den Sinn kommt? Ohne die Ermahnungen und Ratschläge der Weisen. Ich bin ohne Mutter aufgewachsen und mir fehlen mütterliche Ratschläge. Ich hatte bloß Senmut, und der war mehr ein Zuchtmeister als eine *Mut!*"

„Ihr beliebt zu scherzen, Herrin!" Bent gelang ein Schmunzeln. Denn Senmut, das wußte sie, war Taduchipa ein guter väterlicher Freund und die große Stütze in Ejes Haushalt. Und allmählich wurde es Zeit, mit dem schön-Wetter-Geschwätz aufzuhören. Gerade tobten und kreischten die Mädchen ein bißchen lauter und übermütiger, Nofretete hob lediglich den Zeigefinger; mahnte noch einmal leise das Daumenlutschen an, „Ihr seid *Ta Schepsi!*", das genügte um wieder Ruhe einkehren zu lassen. Lächelnd wandte sie sich Bent zu: „Ihr wolltet mit mir über den *Hati a en Niut Resit* Ptahmose sprechen? Was habt Ihr denn mit dem Bürgermeister von Uaset zu schaffen?"

„Unter anderem muß ich über den Bürgermeister reden, *tju!* Verzeiht meine unverblümte Art, aber der Herr Ptahmose ist im Laufe der Jahre ein alter, mürrischer, sabbernder Tattergreis geworden. Stur, uneinsichtig, altersstarrsinnig. Sein Sohn fiel vor Jahren einem heimtückischen Mordanschlag zum Opfer, deshalb machte Ptahmose meinen Bruder, meinen *Sen nehen*, der sich vom bescheidenen Schreiber hin zum *Imi ra Schenuti en Amun*, zum *Scheunenvorsteher des Amun* hocharbeiten konnte, an Sohnes statt zu seinem Stellvertreter. Doch Djehutimes verzweifelt an dem Starrsinn des alten Mannes, der seinen Posten ihm nicht überlassen will. Hält an den alten Vorstellungen fest, läßt keine Neuerungen zu, begeht ständig Fehler bei der Steuerberechnung. Das führt zu großem Unmut unter der Bevölkerung von Uaset. Und bei meinem Bruder, denn er weiht seinen Stellvertreter nicht ein. Ist nicht bereit, sich aufs Altenteil zurückzuziehen. Er läßt die Steuern falsch berechnen, verlangt unsinnig hohe Abgaben vom einfachen Volk, die Bürger Uasets stöhnen unter der Knechtschaft des alten Mannes. Herrin, der Hunger breitet sich stetig weiter aus und mit ihm Krankheiten. Mein Haus schafft es kaum noch, alle richtig zu versorgen, seit der *Ipet Sut*... Majestät, seid Ihr befugt, Posten zu vergeben? Wenn ja, bitte ich Euch inständig, Djehutimes in den Rang des *Hati a en Niut Resit* zu erheben, damit die Bürger von Uaset wieder zu ihrem Recht kommen. Wie schon der Weise Ipuwer im Alten Reich sagte, *es ist doch so: Die Räte hungern und leiden Not, sagen: ‚wüßte ich wo der Gott wäre, würde ich ihm opfern'!* Und sagt Ipuwer nicht auch, *es ist doch so: Man nährt sich von Kräutern und trinkt Wasser, man findet keine Früchte und raubt Abfälle aus dem Maule des Schweines, ohne wie früher zu sagen: ‚das ist besser für dich als für mich', weil man so hungrig ist!* [28] Man soll nicht irgendwann sagen müssen: *jwu Schmawu re der mwutu en heqer, se neb her wenem chreduef!* Ich weiß wo der Gott ist, Majestät, und ich bitte ihn inständig um Hilfe!"

„*Wahrlich, ganz Oberägypten starb an Hunger, und jedermann fraß seine Kinder allmählich auf* … Nein, Dame, soweit wird es nicht kommen! Niemand wird das sagen müssen! In Uaset kursiert der Hunger? Ohne Not? Sind die Getreidespeicher voll?"

Bent nickte zustimmend.

„Das kann ich nicht dulden! Uaset ist meine Heimat! Selbstverständlich bin ich befugt! Sitze ich nicht auf dem Stuhl der *Sema Taui*! Mein Gemahl hat mich zu Pharao gemacht! Ich werde einen offiziellen Brief an Ptahmose und an deinen Bruder Djehutimes senden, in dem ich meine Befehle gebe! Der Herr Djehutimes soll umgehend Ptahmoses Nachfolge antreten! Sei unbesorgt, ich kümmere mich."

„Ich danke Euch von ganzem Herzen, Herrin, aber…"

„Nicht nötig", unterbrach die Königin, „Ihr wolltet aber doch auch meinen Herrn um die Erlaubnis bitten, in dem eingestürzten Tempel von Osiris Amenhotep nach einem wichtigen Schriftstück graben zu lassen, wie ich ebenfalls aus Eurem Schreiben lesen konnte. Wie gut, daß Ihr den *It* von meinem Bildhauer kennt, deshalb gelangte Euer Brief ohne großen Umweg zu mir", plauderte die Königin, schenkte eigenhändig Wein aus, „Er ist aus meinem eigenen Wingert!", reichte Bent den bunten gläsernen Becher. „Mein Bildhauer Djehutimes…", sie schmunzelte, „welch ein Zufall… ist hier und da noch mit einigen Arbeiten in diesem wunderschönen Haus betraut, so konnte er ihn mir höchstpersönlich überreichen. Ich habe also meinen Herrn, den Guten Gott gefragt, nach dem, was Ihr da tun wollt. Es wühlte ihn sehr auf, als er hören mußte, daß die *Festung der Ewigkeit* eingestürzt und restlos zerstört ist. Schließlich ist die *Festung der Ewigkeit* seines Vaters Totentempel. Doch ich fürchte, da habe ich keine guten Nachrichten, Dame Sahu-Re. Es tut mir leid, der Gute Gott sagt, daß Aton das gewollt hat, alles unangetastet bleiben muß, niemand seines Vaters Tempel, niemand seines Vater Andenken anrühren darf. Augenblicklich gab er den Befehl, Wachen um das gesamte Gelände zu postieren, damit sein Gebot eingehalten wird. Diesbezüglich kann ich leider nichts für dich tun, Dame."

„Es ist ein wirklich wichtiges Schriftstück, meine Königin! Von Eurer geliebten Tante!"

„Es tut mir leid!"

Bent schnaufte, probierte den vorzüglichen süßen roten Wein, versuchte den Becher abzustellen, verfehlte ein ums ander Mal tastend den kleinen Tisch. Die Königin faßte Bent sanft am Arm, der Becher landete sicher auf

---

[28] Aus dem Klagelied des Weisen Ipuwer, Altes Reich

dem Tisch.

„Entschuldigt, aber meine Augen!", brachte Bent mühsam hervor, hielt listig für ein paar Herzschläge wie wohlwollend dankend der Königin Hand.

Ihr Herz!

Der Königin Herz!

Schwer wie Blei!

Voller ungeweinter Tränen!

Krank vor Sorge, krank vor Kummer und Leid!

Das schöne königliche Antlitz dagegen voller in sich ruhender, strahlender Heiterkeit!

„Er wird gut auf die Dame Sahu-Re achtgeben?" Das ging an Ranofer, der abseits an der Tür stand. Er salutierte zackig, schlug die rechte Faust auf sein Herz: „Wie auf meinen Augapfel, Majestät!"

„Daß mir keine Klagen kommen, Herr Offizier!"

„Niemals, Herrin!"

Taduchipas Hand loslassend flüsterte Bent: „Ihr seid unglücklich, *Nesut Bity*. Was ist geschehen?"

„In diesem Hause wohnt die Liebe und die Wonne, überstrahlt von Atons wohlwollendem Segen! Wie sollte ich da unglücklich sein, Dame Sahu-Re! Seht Ihr das denn nicht?"

Was für eine scharmante, dahingehauchte Lüge!

Was für eine Frau!

Da hat der feine Herr Eje aber ganze Arbeit geleistet!

… Mit welchem Recht?

Mit jedem Recht! Ich bin das Familienoberhaupt! …

Kühl, unnahbar, pflichtbewußt, verzweifelt, die Altvorderen achtend, keinen Widerspruch wagend! Keine freie Frau Kemets! Bent bemerkte ihren Irrtum während glühendes, aufrichtiges Mitleid für Tejes Nichte in ihr keimte!

Taduchipa war gar nicht schuld!

Denn die da gehörte sich nicht! Kein freies Leben. Kein wildes, freies ungebundenes Leben! Die da gehörte ganz und gar ihrem Gatten, ihren Kindern, ihrem Vater! Eine wohlerzogene, loyale, treuergebene, gut gezogene, abgerichtete, winkende…

Bent! Dummes Gör! Tochter!

Königin!

„Ich sehe nicht mehr gut, *Nesut*!" Schnaufend lehnte Bent sich zurück, suchte mit Bedacht passende Worte, betrachtete den schlafenden Säugling, betrachtete der Königin Gesicht, erinnerte sich an das längliche, mürrische Gesicht Amenhoteps, welcher sich jetzt Achanjati nannte. Noch einmal blickte sie zu den bezaubernden Mädchen hin – sie glichen ihren Eltern. Nicht wie der Junge, der erinnerte sie mit seinem lieben, runden Gesicht entfernt an

Teje. Genau wie das Wickelkind auf der Königin Schoß! Mutig versuchte Bent ein letztes Mal ihr Glück, nickte zu dem Neugeborenen hin, unkte bedeutungsschwanger:

„Das ist nicht *Euer* Kind, *Nesut*! Ich habe es gesehen! In meinem Allerheiligsten! Die Göttin, die dort wohnt hat es mir gezeigt! Als dieses Kind geboren wurde und seine Mutter starb – in der gleichen Nacht fielen die Mauern des Tempels ... *Wer* ist der Vater dieses Kindes?"

Nofretete wich sämtliches Blut aus den rosigen Wangen! Doch ihre Konfusion dauerte bloß ein zwei Herzschläge lang, schon hatte sie sich wieder in der Gewalt. Sich zu den Kindern, die ihr auf wertvollen, weichen Decken und bunten Kissen zu Füßen saßen, hinunterbeugend meinte sie im launischen Plauderton: „Ihr seid viel zu still, meine Süßen. Ihr habt meine Erlaubnis, ein wenig herumzutoben." Das ließen sich die Kleinen natürlich nicht zweimal sagen. Fröhlich juchzend hüpften sie mit ihren Holztierchen, den Rasseln, den Püppchen, den Bällen übermütig durch den Raum. Der kleine Junge pustete übermütig in eine kleine silberne Trompete, daß es nur so schallte.

„Maket!", rief sie den Kindern nach. „Was habe ich euch gesagt?"

Die kleine Prinzessin hopste zurück, sagte artig: „Immer schön dem Teich fernbleiben!"

„Du bist mein braves Mädchen!" Die Königin strich ihrer süßen Tochter übers Haar, zupfte ein wenig ihr bezauberndes Kleidchen zurecht. „Und nun lauf!" Mit einem liebreizenden Lächeln wandte Nofretete sich wieder Bent zu.

„Es geht doch nichts über fröhlichen Kinderlärm."

„Welch eine *binaret Merut*, süße Anmut! Es ist die schönste Zeit in unser aller Leben, jene, in der wir alle glücklich waren!", entgegnete Bent gelassen, verbarg ihren Verdruß. „Lassen wir ihnen ihr Spiel!", unkte sie finster, sammelte sich, faßte an das Amulett ihrer Kette, schaffte es Isis zu beschwören. Ließ die mächtige Zauberkraft der göttlichen Mutter in sich aufsteigen. Schon spürte Bent wie ihre Augäpfel sich nach oben drehten, wußte genau, wie unheimlich das blau schimmernde, milchige Weiß ihrer leuchtenden Augen wirkte ...

Ein unheilvolles Keuchen entrang sich ihrer Brust und mit Worten die wie Donnerhall in den Herzen dröhnten, zischte sie:

„Laßt endlich die Maske fallen, Herrin! *Ich bin da! Mutter der Natur, Herrin aller Elemente, Geisterfürstin, Totengöttin, Himmelsherrin, Mutter aller Götter! Die Zauberreiche, die den Dämon mit den Worten ihrer Lippen vertreibt!* Sagt mir, was mit Teje geschehen ist, bei allen gütigen Göttern! Sie ist meine Freundin!"

Entgeistert starrte Nofretete die mächtige Hexe von Uaset an, „Ihr führt Euren Titel nicht umsonst!", hauchend.

„*Gebt* mir eine Antwort!"

Heftig mit sich ringend ließ Nofretete sich dazu hinreißen „Meine

Schwiegermutter, meine geliebte Tante, die mir wie eine Mutter war, ist tot!", zu flüstern.

„Nein! Sagt, daß das nicht wahr ist!"

„Es ist die traurige Wahrheit! Vor knapp zwanzig Tagen, von eigener Hand!"

„Von eige…" Das mußte Bent erst schlucken.

„Also doch! Als der Tempel fiel, als ich ihren Tod träumte! Ihr müßt mir alles sagen! Herrin! Ich flehe Euch an!" Bent vergewisserte sich, daß die Kinder weit genug weg herumtollten und genügend Krach veranstalteten. Nofretete dagegen zwickte den Säugling in ihren Armen. Dermaßen in seiner Ruhe gestört, erfolgte sogleich erbärmliches Geschrei. Mit Tränen in den Augen flüsterte die Königin:

„Jemand trat der Königinmutter zu nahe, hat sie vergewaltigt und geschwängert!"

Den aufkeimenden Schreckensschrei konnte Bent mit einem gekünstelten Hustenanfall unterdrücken, sich wegen dem ohrenbetäubenden Gekreisch nicht sicher, was sie da außerdem an Ungeheuerlichkeiten hörte:

„Und der Gott kam daraufhin auf den Gedanken, seine *Mut* zu ehelichen!"

Bent packte erschüttert den Becher Wein, räusperte sich, trank ihn aus, versuchte das Gehörte zu verstehen, zu verdauen. Die eigene Mutter geheiratet! Welch eine Sittenlosigkeit! Was hatte Teje da durchgemacht! Warum hatte sie nicht geschrieben? Bent nicht um Hilfe gerufen, um Beistand gebeten?

„Der Gott…", Taduchipa schniefte, wischte die Tränen aus den Augenwinkeln, „… der Gott hat versucht *Der Prinzessin aller Frauen, Der Herrin des Südens und des Nordens, Mut Nesut*, die Königinmutter, seine Mutter, seine eigene Mutter … mit dieser Heirat von ihrer Schmach zu befreien! Vergebens… Man kann nicht seine *Mut* ehelichen! Auch diese Schmach, wenn auch gutgemeint, verkraftete sie nicht, konnte all das Schlimme, das ihr angetan wurde nicht vergessen…"

Vorbei war es mit der unglaublichen Beherrschung, der königlichen Vornehmheit; Nofretete schneuzte sich kummervoll in ein Tuch, trank einen Schluck aus ihrem Becher, faßte sich. „Sie verfiel immer mehr der Schwermut, wollte sich umbringen! Doch zuvor brachte sie ihren Sohn zur Welt! Und dieses… Kind der Schande, dieser unbegreiflichen Schande", die Königin hob den kreischenden Säugling ein wenig hoch, „gab man in meine Obhut, auf, daß ich das Kind liebe und hätschele, wie es sich für ein Neugeborenes gehört! Ich liebe ihn und ich hätschele ihn, er ist ein ganz und gar liebenswertes Kind, Herrin… Isis… Teje dagegen nahm gleich nach der Geburt den Giftbecher, den ihr Arzt ihr reichte… Sie wollte nicht mehr leben… Diese Beschämung nicht weiter erdulden… Sie wollte lieber als Selbstmörderin im dunkelsten *Hetemit* vernichtet werden, als weiterhin als

Gattin des eigenen Sohnes zu gelten… Nun wird sie die erste sein, die oben im Gebirge in den Königsgräbern bestattet wird…"

„Wurde der Frevler gefaßt?"

„Nein!" Laut schluchzend drückte Nofretete den schreienden Säugling an sich, tröstete ihn, streichelte ihn, beruhigte ihn, wischte fürsorglich seine Tränchen fort, fand anscheinend Trost beim Gedanken, daß es Tejes Kind sei.

„Wie kann ein Sohn seine *Mut*…"

„Der Gott ist meist nicht Herr seiner Sinne! Aton hat ihn geblendet, wenn Ihr versteht!", flüsterte Nofretete beherrscht, schien sich wieder gefaßt zu haben und auch das Kleine beruhigte sich unter ihren fürsorglichen, liebevollen Händen. „Ich werde Euch eine Nachricht zukommen lassen, wenn sie beigesetzt wird… Und für den Moment sollten wir dieses Gespräch beenden, denn ich kann das arme Kerlchen schlecht noch einmal piesacken!" Sie herzte das Kind, wiegte es, küßte seine letzten Tränchen fort.

„Ja, wenn das so ist", sagte Bent laut, wie weinselig, trank aus, stand entschlossen auf, kramte in ihrer ledernen Börse am Gürtel, „dann danke ich Euch herzlichst für Euer Angebot und die Gnade der Audienz die Ihr mir gewährt habt. Ich bin sicher, mit Eurem Pfeffer, Majestät, werden meine Kranken bald genesen. Ich denke zwanzig *Schenati* [29] sind ausreichend!"

Grummelnd bückte sich Bent nach ihrer Rute, die ihr ungeschickt aus der Hand gefallen und unter den Tisch gerollt war, nuschelte am Boden kriechend, stöhnend wie ein altes Weib, das sich nicht mehr aufrichten kann:

„Wenn Ihr je meine Hilfe benötigt; ich bin immer für Euch da! Wie ich es für Teje war. Schickt einen Boten dem Ihr vertraut, niemand aus dem Palast!" Sich ächzend am Tisch abstützend kam sie endlich wieder umständlich auf die Füße.

Entgeistert blickte Nofretete in Bents Gesicht, auf die kleinen Silberbarren auf dem Tisch, dann ging ihr die List auf. Niemand sollte Verdacht schöpfen, niemand, weder die Kinder noch der geringste Knecht, die niedrigste Magd hätten ihr intimes Gespräch belauschen können. Und wenn, konnten eventuelle Spitzel lediglich vom Amt des Bürgermeisters und dem Kauf des teuren Pfeffers berichten.

„Ich werde ihn heute noch losschicken! Gehabt Euch wohl, Ehrwürdige Mutter! Es tat gut, ein bekanntes Gesicht zu treffen. Habt eine gute Heimreise und grüßt mir Uaset, meine geliebte Heimat!"

Aufgewühlt verließ Bent den schicken Pavillon, huschte über die Brücke, durchquerte den *Bechenet*, ließ sich von Nofretetes Wachen das Portal öffnen, eilte mit flottem Schritt an dem glitzernden See vorbei, durch den wundervollen Park, hinüber zu der großen Halle. Dort öffneten die Wachen

---

[29] Gewichtseinheit zu 7,6 Gramm Silber

ihr ehrerbietig die Doppelflügel des großen Tores.

Als sie draußen auf der Treppe unter den schattenspendenden Palmen stand, beugte sie sich über die Rampe des Geländers, kotzte sich sämtliche Seelen aus dem Leib.

Ermattet sank sie auf eine der Stufen, hielt den Kopf in Händen, stöhnend als fühle sie heftigen Schmerz. Einer der Wachhabenden trat rasch zu dem Wasserkrug auf dem hölzernen Ständer, schöpfte mit einem Becher das kühle Naß, reichte ihn Ranofer.

„Geht's wieder?", fragte der, nahm ihr den leeren Becher ab.

„*Tju!*"

„Ist dir schlecht geworden? Vom guten Wein der Herrin? Oder hast du Beks Abendessen gestern nicht vertragen?"

„*Tju!*"

„Wirst du den Rückweg schaffen?"

„*Tju!*"

„Bei allen Göttern! Hör mit deinem *tju* auf! Sag, was ich tun soll!"

„Hol den Karren, wir fahren zurück!"

Nur zu schmerzhaft spürte sie boshafte Hitze in sich aufwallen! Die *Medu Netjer* auf ihrer Brust juckten und brannten, loderndes Feuer, das Feuer der Vergeltung, der heißen süß schmeckenden Rache, stieg ihr die Kehle hoch … bahnte sich den Weg … *Ich bin Hathor-Sachmet … an meiner Seite Sia und Schai…* „Halt die Klappe!"

Wie eine Verdurstende kippte sie sich einen weiteren Becher Wasser in den Hals, als könne der lächerliche Tropfen Sachmets gerechtes Wüten aufhalten!

Die Mutter heiraten!

Hat er sie auch beschlafen?

Bent schüttelte sich bei diesem grauenvollen Gedanken.

Die Phiole in der Ledertasche an ihrem Gürtel pulsierte glühend heiß! Sie bräuchte bloß hier sitzen und zu warten! Irgendwann würde *Er* kommen, seine Frau, seine *Nebet* besuchen, und in diesem unbedachten Augenblick könnte sie Pharao töten! Und der Vergewaltiger? Sachmet würde auch ihn finden!

Die grell brennende Lohe stand ihr bis zum Mund, sie bräuchte ihn nur wie zum Schrei öffnen, die Phiole öffnen, zerschmettern, Sachmet den Weg freigeben, die *Medu Netjer* bluten lassen, den heißen Wind und die eklen Heuschrecken beschwören … Keine zwei Herzschläge war sie davon entfernt, schon griff ihre Hand nach dem Lederbeutel …

„Komm schon, *Henut*! Steig auf! Oder soll ich dir helfen?"

Ranofer!

Er hatte den Eselskarren aus dem Schatten geholt, damit sie in die wirkliche Welt zurückfahren konnten! In Beks Kammer, in Tutmosis' Werkstatt, in die Stadt des Aton, auf ihre Barke, zurück nach Uaset …

Denn das war der rechte Weg!

Mit weichen Knien und klarem Kopf stand Bent von den Stufen auf, richtete sich das Kleid, dankte dem Leibgardisten für das Wasser, bestieg den Karren und vergaß für den Augenblick, daß sie einmal Sachmet war.

„Sie hat gelogen!", fauchte Bent gereizt, „Sie hat mir nicht die Wahrheit gesagt!"

Als würde er nicht dazugehören, saß Ranofer mit Bek und Bent am gleichen Abend an dem Tisch in Tutmosis' Wohnstube. Schüttelte zornig den Kopf, als Bent Bek: „Mein Traum hat sich bewahrheitet!", zuflüsterte. Woraufhin Bek aufgewühlt noch mehr von dem kühlen Bier bringen ließ. Es floß in Strömen, ganz nüchtern waren die drei längst nicht mehr.

Bek erklärte während des Essens dem Sohn, daß sie alleine zu bleiben wünschten, sie eine wichtige Besprechung führen müßten und deshalb verschwand Tutmosis kurz darauf mit ein paar Kameraden zu einem ausgiebigen, feuchtfröhlichen Saufgelage in die Stadt.

Bent hatte Beks Sohn beim Essen ausgiebig gemustert, über seine jugendliche, frische Unbekümmertheit geschmunzelt, sein Draufgängertum, seinen waghalsigen künstlerischen Übermut gelobt, sein hübsches Gesicht, das so sehr seinem Vater glich, bewundert und sich über seine strahlend blauen Augen gewundert. Die leuchteten wie schwarz umrandete Kornblumen auf dem Felde, umrahmt von dichten schwarzen Wimpern. Wäre sie ein junges Mädchen, würde sie beim Blick in dieses schöne Gesicht, in diese schönen Augen augenblicklich in kindische Schwärmerei verfallen.

„Und nun?", fragte Bek gerade, schaute nach der Magd, die schnell einen Teller voller Obst und eine frische Kanne *Henket* brachte, daß die ja die Tür ordentlich hinter sich zuzog.

„Ich weiß es nicht!", seufzte Bent. „Ich darf da nicht graben. Täte ich es dennoch, wäre ich wohl des Todes."

„Und wenn ich mitkäme?", fragte Ranofer und stocherte mit seinem Messer genüßlich das Mark aus einigen Knöchelchen, bevor er sich in der Schale die Hände wusch und seine Mahlzeit beendete.

„Nein, Ranofer, du könntest auch nichts ausrichten. Sein, des Königs Befehl ist eindeutig. Ich muß eine andere Lösung finden."

„Was hat es mit diesem Ding auf sich? Warum mußt du das unbedingt bei dir tragen?"

„Das geht dich nichts an, Ranofer!"

„Ach? Ich bin also nur der blöde Trottel, der auf dich aufpassen kann?"

„Ich kann und darf es dir nicht erzählen!"

„Pah!", fluchte er aufgebracht, säuberte sein Messer, steckte es in die Scheide, „Bin ich ein Esel? Wenn es Arbeit gibt, wird der Esel geholt, wenn es Essen gibt, wird der Ochse geholt! Wenn es Bier gibt, suchst du mich nicht, aber wenn es Arbeit gibt, suchst du mich!" [30]

„Sei doch mal still!

„Du *mußt* eine Lösung finden, Bent, denn du kannst nicht ständig dieses gläserne Ding mit dir führen, darauf achtgeben, als sei es dein eigenes Herz!", meinte Bek, „Ein gläsernes Herz", schmunzelnd um im gleichen Augenblick todernst zu wirken. „Stell dir bloß mal vor, du würdest stolpern und hinfallen! Nicht auszudenken! Es müßte dich nochmal geben, jedoch ohne Herz, dann könntest du deinem anderen *Ich* das Glasherz anvertrauen", raunte er grübelnd.

„Du spinnst doch, Baumeister!", brummte Ranofer gutmütig. „Nicht nochmal! Wünsch dir sowas nicht! Eine Zweite von der Sorte halt ich nicht aus!" Dafür bekam er von Bent eine ins Genick gelangt.

„He!"

„Selber He! Ihr seid mir vielleicht Helden! Wollt ihr so die Welt, unser Schwarzes Land retten? Grübelnd über einem Becher Bier? Grantig, weil ihr zusammen an einem Tisch sitzt! Brummig weil ihr dieselbe Frau liebt!" Am liebsten hätte Bent sich für diesen bierseligen Ausrutscher auf die Lippen gebissen, doch Ranofer kam ihr zuvor:

„Ich liebe dich nicht, Herrin!"

„Aber zum Ficken ist sie gut genug oder was!", brauste Bek zornig auf, schlug mit der Faust auf die Tischplatte. „Komm mit vor die Tür, du haariger Affe, und ich sag dir, was ich von dir halte!"

„Ich kann dir auch hier drin auf die Fresse schlagen, Baumeister!"

Platsch!

Bent kippte beiden schwungvoll je ihren Becher Bier über.

„Ist jetzt Ruhe?"

„Ich geh schlafen! Gute Nacht!" Ranofer stand auf, feuerte seinen Stuhl polternd beiseite, knallte die Tür hinter sich zu.

„Ich kann nicht glauben, daß sie tot ist!" Bek kippte etwas Öl in die Lampe, wusch sich Gesicht, Hals und Hände in der Waschschüssel, schnappte seinen leeren Becher, füllte ihn, rutschte mit seinem Stuhl neben Bent, streichelte ihre Wange.

---

[30] Dieser lockere Spruch aus dem Arbeiterdorf Der el Medine, *Set Maat*, ist uns in einem Brief des Malers Parahotep an seinen Chef Qenherchepechef überliefert

„Ich will mich nicht über sie unterhalten! Sie war mir eine Freundin, wenn nicht sogar meine liebste Freundin. Es schmerzt zu sehr! Wir dürfen nicht darüber reden, niemand weiß davon! Behalte es für dich! Schenk mir nach, wir wollen auf sie trinken!" Bent schob Ranofers Stuhl fürsorglich an seinen Platz zurück, hielt Bek ihren Becher hin.

„Was findest du nur an dem?", grummelte Bek.

„Er beschützt mich, ist ein tapferer, mutiger Krieger. Du bist ein begnadeter Baumeister. Siehst schick aus mit dem kurzen Schurz und dem fußlangen dünnen, durchsichtigen Hemd darüber!" Sie wuschelte durch sein Haar, zupfte ihn am Kinn, „Und erst dieses entzückende kleine Kinnbärtchen! Seit wann frönst du dem modischen Firlefanz? Gib mal deinen nassen Lappen, da ist noch von dem Bier. Ach mein schöner Freund, ihr seid beide meine Liebsten. Ich brauche euch beide!" Sie rubbelte ihm über die Brust, warf den Lappen in die Ecke. „Aber *ihn* liebe ich bis zur Verzweiflung!", schluchzte sie unverhofft, trank von ihrem Bier.

„Nicht doch, Blütenmädchen! Nicht weinen, komm, schneuz dich, da, nimm das Mundtuch. Aber *er* liebt dich nicht! Hör auf ihm nachzulaufen! Oder hat er ganz besondere Begabungen, wenn er bei dir liegt?"

Oh! Das kann ich dir doch nicht sagen! Nach all den Schicksalsschlägen in meinen Leben ist er derjenige, der mir Halt gibt, bei dem ich Ruhe finde. Er ist die Erfüllung für mich! Er macht all meine Träume wahr! Er ist mein Licht, mein Leben! Er ist nicht wie du!

Sie schaute ihn an, streichelte seine Hand: „Und dich liebe ich auch, das weißt du doch!"

„Und doch hast du mich weggeschickt! Weggeschubst! Du warst die einzige Frau, nach der ich mich im Leben sehnte, doch du hast mich nicht gewollt... und so..." Er hielt nachdenklich inne, trank seinen Becher aus, füllte ihn noch einmal, leerte ihn noch einmal, beherrschte seinen offensichtlichen Aufruhr.

„Und so? Hör mal mit dem Saufen auf!"

„Du säufst doch selbst! Schon haben wir einen Rausch! Und den ungeheuerlichen Gedanken ertrage ich nur im Rausch! Genau wie das, was ich dir jetzt sage!" Er packte sie grimmig an beiden Oberarmen. „Und so, Bent! Und so lege ich dir mein Herz offen: Und so ging ich in meinem Schmerz hin und machte ein *Abbild* von dir! Ein *Shesep Ankh*! [31] *Es gibt* dich ein zweites Mal! Bent! Ich habe eine Statue von dir gemacht!"

„*Was* sagst du da?"

Aber ja!

---

[31] *Shesep Ankh* = Lebendes Abbild. Die alten Ägypter glaubten daran, daß ein Abbild, eine Statue, ein Gemälde, beseelt von der jeweiligen Person sei. Zerschlug man ein Bild, eine Statue oder einen Namen, so „starb" die Person tatsächlich

Die Statue!
Was für ein abenteuerlicher Gedanke reifte da in ihr!
„Sie steht im *Set Maat*! Oberhalb des *Ortes der Weltordnung*! In den Felsenhöhlen dort!"
„Ich erinnere mich, vergesse niemals…"
Abermals hätte sie sich am liebsten die Zunge abgebissen. Verflixtes Bier!
„Wie kannst *du* dich daran erinnern? Du warst nie dort, weißt nichts von der Statue!"
„Ich träumte es…"
Er ließ sie los, meinte sinnierend: „Als ich dir das *Benben* machte, wir bei der Beerdigung beisammen saßen…"
„Da warst du besoffen!"
„Wie kannst du davon wissen? Kein Wort verlor ich je darüber! Niemand weiß von der Höhle und der Statue! Wie kannst *du* mein Herz sehen? Meinen abgrundtiefen Schmerz? Meine angeschlagene, tief verletzte Mannesehre? So liegt denn mein bloßes, geschundenes, blutendes Herz schonungslos offen vor deinem gnadenlosen Blick!"
Liebevoll griff sie wieder nach seiner Hand, drückte sie an ihre Wange, küßte sie.
„Ich wünschte, unser beider Leben wäre anders verlaufen!"
„Ich liebe dich, Bent! Ich kann nicht ohne dich leben! Stürze mich Tag für Tag in meine Arbeit, doch sobald ich Ruhe hab, alleine bin, sehe ich dich vor mir, reißen alle meine vernarbten Wunden wieder von neuem auf!"
Standen da Tränen in seinen sanften, dunklen Augen? Zärtlich streichelte sie abermals durch sein kurzes Haar, über seinen Kopf, er jedoch packte sie ungestüm, zog sie zu Tutmosis' Bett in der Ecke, drückte sie küssend in die Kissen nieder!
Verfluchte Wollust! Dieser verfluchte Tag! Nichts als vergessen wollte sie ihn! Und Bek kam ihr gerade recht! Schon erwiderte sie seine heißen, verzweifelten Küsse, zog kopflos das Kleid über ihre Hüften, legte sich breitbeinig hin, bereit ihm alles zu gewähren.
„Was kümmert dich mein Trübsinn?", hauchte er sehnsüchtig in ihr Ohr.
„Ich kann dich ihn vergessen lassen!"
„Und wie willst du das anstellen?"
„Dieses Hemd und der Schurz stören dabei", schnurrte sie, zerrte an seinem feschen, durchsichtigen Hemd und eine längst vergessene, schmerzhafte Erinnerung suchte sie heim:
„Mach das weg, und du wirst sehen, deine Schwermut löst sich in Wohlgefallen auf." Voller Geilheit schaute sie ihm zu wie er sich eilig auszog, zu ihr legte, sie anfaßte, ihr das Kleid abstreifte, überall küßte, liebkoste …
Du siehst aus wie dein *It* damals! Bist jetzt selbst in jenem Alter! Deine Küsse schmecken wie seine! Du riechst genauso gut! Deine warmen Hände

kenne ich! Nein! Es *sind* deine liebevollen Hände! Deine sanften Lippen! Heute erfüllt sich der sehnsüchtige Traum, den ich damals träumte! Oh, hör auf! Nimm die Hände von meinem Busen! Und dort haben sie auch nichts zu suchen... doch das gefällt dir! Es stachelt dich immer weiter an! Meine zarte Haut dort, glitschig und heiß von deinen warmen, sanften, suchenden Händen. Nimm den Finger aus meinem süßen, heißen Geheimnis... ich will was ganz anderes von dir... oh, mein Körper bebt, meine Sinne schwinden!

Stöhnend wand sie sich unter ihm, fühlte seinen harten, geilen Schwanz in sich, glühende Hitze im Leib, gierige Lust, heißes, unersättliches Verlangen nach Erlösung... heißer, brennender Erlösung! Es kochte ihr hoch, brachte sie schier um den Verstand, sie wollte mehr davon, würde er doch schneller, härter zustoßen...

Sie schnappte sich das Kissen, hielt es vors Gesicht, gleich würde sie vor Wollust schreien! Atemlos schleuderte sie das Kissen zu Boden, krallte lustvoll alle Nägel in seinen Rücken, schlitzte ihm die Haut auf, biß ihn in den Hals, roch sein Blut, schmeckte sein Blut... Mach weiter, hör nicht auf! Tiefer! Fester! Süße Glückseligkeit! Gleich! Gleich...

Mit einem leisen Schrei bäumte sich ihr hitziger Leib auf, jene Erlösung findend, nach der er strebte. Welch eine Wohltat! Was für ein berauschendes Gefühl!

Mach es nochmal...

„Hör auf mir wehzutun!"

„Mach weiter! Ich will es nochmal! Dieses heiße Kitzeln! Du in mir!" Wie eine rollige Katze rieb sie sich an ihm, ihre Hand fordernd um sein warmes, zartes Glied, rammte sich seinen steifen Schaft tief in ihren gierigen Leib, heißes loderndes Feuer zwischen ihren Schenkeln, hitzige Begehrlichkeit nach seinem harten, festen Fleisch. Bek! Ihr Liebling! Sie träumte in seinen Armen von einem anderen Leben während er sie nahm; voller Begehrlichkeit, mit der Kraft und Besonnenheit und Ausdauer eines erwachsenen Mannes. Vor Lust bebend lag sie unter ihm, sein hübsches Gesicht betrachtend. Und noch einmal schaffte er es, sie gänzlich um den Verstand zu bringen, ihrer lechzenden, brennenden, fordernden Gier prickelnde, erregende Erlösung zu verschaffen.

„Du fickst wie dein Vater!", stöhnte sie atemlos, von dummen Erinnerungen übermannt, bar jeglichen Verstandes.

„*Was*?", jaulte er auf.

Vorbei seine Lust! Empört rutschte er von ihr ab, voller Entsetzen ihr ins Gesicht starrend, „Ist es denn noch nicht genug!", zürnend. „Reicht dir mein blutendes, schmerzendes Herz nicht? Mußt du es denn gänzlich zerstören, vernichten, mit deinen schonungslosen Worten! Deiner bissigen Zunge! Es verschlingen wie Ammit eine verderbte Seele verschlingt? Wie kannst du mir solche Worte sagen? Wie kannst du mit meinem Vater vögeln?"

„*Hasj tj!*", hauchte sie, gänzlich zu sich gekommen, gänzlich entsetzt über ihre unbedachten Worte. „Verzeih, es ist mir grad so rausgerutscht." Was eigentlich als Kompliment gemeint war, nämlich daß Men, genau wie sein Sohn, ihr freundlich, liebevoll und mit Achtung begegnet war, ihre junge Seele nicht verdorben hatte, kehrte sich auf Grund ihrer vorlauten Dummheit ins völlige Gegenteil!

Er setzte sich, nackt wie er war, schweigend an den Tisch, trank einen weiteren Becher von dem Bier, fegte bitterböse den kupfernen Teller voller Obst vom Tisch, „Ich wünschte, ich wäre dir nie begegnet", stöhnend.

„Ich wohnte im Tempel der liebreizenden Bastet", flüsterte Bent ernüchtert. „Und ich sollte eine Hure werden. Man sagte mir, ein feiner Herr käme und ich sollte ihm zur Gesellschaft dienen. Ein Herr, der für die Ehe seines Sohnes Bastets Segen erbitten wollte. Eines Sohnes, der mir geschworen hatte, selbst *Hehe em renput*, Millionen Jahre auf mich zu warten, bis ich eine vornehme Dame geworden wäre, er mich ehelichen könnte." Mit boshafter Wut warf sie das Kissen nach Bek. „Eines Sohnes, der an diesem Tag eine andere genommen hat! Eines Sohnes, der nicht einmal ein paar Monate sein heuchlerisches Verspechen eingehalten hat!", brüllend. „*Dein* Vater war mein erster Freier! *Dein* Vater hat mich zu dem gemacht, was ich heute bin! *Er* hat die Wildheit in mir geweckt! Ausschweifende, brünstige Wollust treibt mich! Zügellose, hemmungslose, brutale Leidenschaft! Das ist es, was mich mit Ranofer verbindet! Unkeusche, schamlose, lasterhafte, gierige Geilheit! Und nicht die hehre, reine Liebe, den züchtigen, braven Beischlaf den du mit deiner ehrbaren Gattin vollziehst! Weißt du, wie es in den Hurenhäusern zugeht? Welche ausschweifenden, unzüchtigen, triebhaften Sitten dort herrschen? Nein, das kannst *du* nicht wissen! *Du* bist ja ein feiner Herr! Deiner Gattin stets treu! Ich war eine Hure, Bek! Und dazu bedurfte es nicht viel!" Sie lachte spöttisch, bitterböse. „*Tja*! Drei Männer einer einzigen Familie haben mich dazu gemacht! Du, dein Vater und dein schmieriger Vetter! *Ich* hätte guten Grund zu sagen, ich wünschte, ich wäre dir nie begegnet!"

Schweigend saß er saufend am Tisch, gab ihr mit nichts zu erkennen, ob er überhaupt verstanden hatte, was sie ihm da an den Kopf warf. Viele schmerzende Herzschläge lang saßen sie still in der Kammer. Schließlich sagte er leise: „Ich habe sie nicht geliebt!"

„Als wenn mir das geholfen hätte!", schnaubte sie. „Du bist mir über deine Ehe keine Rechenschaft schuldig. Genausowenig wie ich mich für meine Beziehung zu Ranofer rechtfertigen muß. Und heute liebst du deine Gattin! Verzeih mir. Ich hätte das alles nicht sagen dürfen. Doch es ist nun mal so. Ich bin nichts als ein armseliges, dummes, sittenloses, vorlautes Weibsbild!"

„Sag doch sowas nicht!"

„Es ist die bittere Wahrheit, Bek. Ich kann wohl nicht gegen meine lasterhafte Natur. Und augenblicklich bin ich nichts als eine verzweifelte

Frau, die eine treue Freundin verloren hat und die deine Hilfe benötigt."

„Ich bin nicht für die Heirat gewesen! Glaube mir! Mein Vater hat es mit Djehuti, meinem Schwiegervater, ausgehandelt. Ich konnte nichts daran ändern!"

„Das weiß ich doch. Du mußtest gehorchen. Eine abgemachte Ehe ist eine Selbstverständlichkeit und niemand stellt das in Frage. Und das mit Men war nur ein einziges Mal..."

„Oh, Bent, bitte, ich will das nicht hören!"

„*Chnemes*, hör mir zu", sie stand auf, setzte sich zu ihm, legte die Hand auf seinen Arm. Er schüttelte sie ab.

„Nenn mich nicht Freund, denn ich war dir kein rechter. Ich habe dich mit dieser Heirat im Stich gelassen anstatt für dich einzutreten!"

„Ja, damals glaubte ich das auch. Ich war so wütend, so alleine, so verletzt. Monate lag ich im Tempel der Bastet und wartete auf meine Genesung. Wenn ich geahnt hätte, welche Schmerzen und Pein die Abtreibung verursacht, hätte ich das Kind deines dreckigen Vetters ausgetragen und im Nil ersäuft!"

„Na!"

„Es bestand kaum Aussicht meine Schulden zu bezahlen. Ich hielt mich mühselig mit Stopf- und Näharbeiten über Wasser, machte die ergebene Dienerin für die Frauen. Und ich beneidete all die feinen Mädchen die da herumliefen. Stark, mit beiden Beinen fest im Leben stehend. Sie traten schick auf, lässig, abgeklärt, unabhängig und bildhübsch. Sie stellten was dar und waren allem Anschein nach reich. So wollte ich auch sein! Genauso! Dazugehören wollte ich, mich jeden Tag ordentlich satt essen, mich ebenso schick anziehen, frech die Welt erobern und endlich einen Namen haben! Ich war doch bloß ein junges, dummes Mädchen, das etwas erreichen wollte. Und dann kam der Tag, da die Oberpriesterin mich zu sich bat. Ach, wie machte sie mir alles schmackhaft; daß ich in kürzester Zeit meine Schulden los sei, daß ich ihr verpflichtet wäre, und noch viel mehr dummes Zeug. Dabei hatte sie nur eines im Sinn: noch eine Dumme, die den Reichtum ihres Tempels mehren würde. Was saß ich da, zitternd und bebend auf meinen ersten Freier wartend. Meine Angst kannst du dir kaum vorstellen. Die Furcht, die ich vor Männern hatte! Die Angst, die das ekelhafte Monstrum mir mit jedem harten, schmerzhaften Stoß seines dreckigen Schwanzes auf dem verschissenen Scheißhaus in meinen Bauch hineingerammt hat! Und dann kam er. Der feine Herr, der mir angekündigt wurde. Der kommen wollte, um ein Opfer zu bringen, damit die Ehe seines Sohnes gesegnet werde. Es dauerte bloß ein paar Augenblicke, bis ich ihn erkannte. Den Göttern sei Dank, daß er mich nicht erkannte. Und in diesem kurzen Augenblick schwor ich mir, mein Leben zu ändern. Ich legte mich also hin und..."

„Hör auf! Ich will nicht hören, wie du mit meinem Vater gevögelt hast!"

„... ich wußte, daß ich im Tempel bleiben würde. Nicht um niedere Dienste zu verrichten, sondern um, wie die anderen auch, mir ein Stück des süßen Kuchens abzuschneiden! Du hast Titji genommen, ich nahm die Freier! Nahm, was mir zustand! Und dein *It* hat den Brautpreis gezahlt!" Sie angelte nach ihrem Becher, hielt ihn ihm hin.

„Schenk mir ein. Auch ich kann nur im Rausch ertragen, was ich soeben unbedachter Weise dir offenbarte. Mein Herz, mein Liebling, mein Freund, verzeih mir bitte!"

„Ihr habt ja ordentlich gesoffen gestern!" Ranofer gab dem *Nefu Wija* das Zeichen zur Abfahrt, winkte, pfiff, „He! Hörst du! Setz die Segel! Laß unsere schöne *Auf Imachyts Schwingen* den köstlichen Nordwind schmecken! *Radji wedji*! *Ichnetj*! Südwärts!", setzte sich zu den beiden bleichgesichtigen Saufnasen an den Tisch, grinste anzüglich.

„Hast du noch einen hochgekriegt? Hm, Bent? Hat er's noch gebracht?"

„Ich schlag dir aufs Maul!" Augenblicklich sprang Bek hoch, Ranofer an die Gurgel, ungeachtet seines offensichtlichen Brummschädels. Und während die Segel gesetzt wurden, *Imachyt*, der gesegnete Nordwind, knatternd in sie hineinfuhr, Bents schöne Barke die glorreiche Hauptstadt, das gesegnete *Achet-Aton*, den heiligen Ort des *Horizontes der Sonne* verließ, um erhaben gen Uaset zu segeln, war im Nu die schönste Keilerei im Gange.

„Herrin, laßt mich dazwischengehen!" Samut sprang auf, wollte die beiden heißblütigen Raufbolde auseinanderreißen, wehrte die Männer der Mannschaft ab, die ebenso dazwischen gehen wollten.

„Laß sie!"

„Sie schlagen sich noch gegenseitig die Schädel ein!"

„Nein!"

„Ich kenne Ranofer! Schon gewinnt er Oberhand! Herrin! Er wird ihn..."

„Er wird ihm nichts tun! Das kann er *mir* nicht antun!"

„Ihm steht die reine Mordlust in den Augen! Das wollte ich nie wieder an ihm sehen! *Ich* kenne ihn auch! Ihr wißt nicht, zu was er fähig ist!"

„Das weiß ich sehr wohl!" Bent schaute den beiden zu, die sich gegenseitig brutal und gnadenlos nahezu halbtot prügelten, stand auf, holte ihre Rute aus der Kabine, ließ sie dicht vor ihnen knallen.

„Hört sofort auf! Oder ihr werdet am eigenen Leib spüren, *wer* die Herrin auf diesem Schiff ist!"

„Sie hören dich nicht, Herrin! Sind bereits in Raserei verfallen! Wir nennen es *Schat*, Blutrausch! Geht da weg, bevor sie Euch übersehen!"

„So soll es denn sein, auch wenn ich das niemals mehr tun wollte! Laß meine Hand los, Samut!" Bent holte aus, es knallte zweimal laut und die beiden hitzköpfigen Draufgänger ließen augenblicklich voneinander ab.

„Nie wieder in meiner Gegenwart! Habt ihr verstanden?", zischte sie böse, entgeistert das auf den Boden tropfende Blut betrachtend. Ranofer drückte sich böse schnaufend die Hand auf den Oberarm, Blut quoll zwischen seinen Fingern hindurch; Bek verschwand wortlos in der Kabine am Heck.

„Laß sehen!"

„Laß mich in Ruhe!"

„Nimm die Hand da weg, bevor ich nochmal zuschlage!"

Widerwillig gehorchte er, gab den Blick auf die mindestens eine Handbreit große klaffende Wunde frei, die Bents gnadenlos gebrauchte Rute ihm geschlagen hatte.

„Das muß genäht werden! Mädchen!", rief Bent nach Nefrus Tochter, „bring Reisig und Feuerholz, nein keine Holzkohle, das dauert zu lang, die blecherne Pfanne, einen kupfernen Tiegel, eine Schüssel und frisches Trinkwasser! Und einen Krug Wein!"

„Du kannst doch auf der Barke kein Feuer machen!"

„Ach? Aber du kannst auf der Barke eine Schlägerei machen!", giftete sie zurück.

„*Ich* hab doch nicht damit angefangen!"

„Am besten, du bist jetzt ganz still!", drohte sie ihm mit dem Griff der Rute. „Ich will bis Uaset nichts mehr von euch hören! Verstanden?"

Nefrus Tochter schleppte das Gewünschte an, Bent befahl, ein kleines Feuer in der Pfanne zu machen und das Wasser in dem Tiegel darin zu erhitzen. Aus ihrer Kabine holte Bent derweil ihren Arzneikasten, packte allerlei Gläschen und Döschen, Binden und ihre Waage aus, wickelte ein bronzenes Besteck aus seinem Lederetui …

Scharfe Messer blitzten wie pures Gold in der Sonne, gebogene Zangen, Pinzetten, spitze Haken und Krallen mit gebogenen Zinken, mehrere scharfkantige Löffel, eine Säge, unzählige dicke und dünne gebogene Nadeln auf die bereits Fäden gezogen waren. Dazu ein Bolzen mit einem Knauf und ein Hammer neben kleinen Bohrern und Scheren. Obendrein legte Bent ein Stückchen Seife auf den Tisch.

Ranofer schaute wie gebannt auf Bents Handwerkszeug, Schweißperlen auf der Stirn, als erinnere er sich an alle möglichen Grausamkeiten, die man mit solchen Instrumenten anstellen konnte.

„Mit dem Bolzen und dem Hammer kann man einen Schädel öffnen!", raunte er. „Ich kenne das! Hab oft genug gesehen, wie man das bei Kameraden machte. Die wenigsten haben das überlebt."

„Bei mir haben das noch *alle* überlebt! Solche Stümper! Pharao sollte seine

Militärärzte... Still, ich muß nachdenken!"

Bent wog sorgfältig Arzneien ab, rührte in einem Becher das *Pechret* an, füllte es mit Wein auf.

„Hier, trink das! Scherjt, bring mir reine Tücher aus meiner Truhe! Und anschließend wischst du das Blut am Boden auf." Bent kramte nach den getrockneten Minzblättern, suchte sich die dünnsten Nadeln aus, warf alles in das kochende, frisch duftende Wasser, holte es gleich drauf mit einer großen Zange heraus, legte es auf einem Tuch ab, schüttete etwas von dem Wasser in die Schüssel, kippte kaltes Wasser in den verbliebenen Rest, wusch sich gründlich die Hände. Tunkte den Zipfel eines frischen Tuches in das Wasser in der Schüssel, danach in den Wein, wusch vorsichtig die große, klaffende Wunde auf Ranofers Oberarm aus. Zähneknirschend schaute er ihr zu.

„Du sollst das trinken!"

„Ich hab schon Schlimmeres durchgestanden!"

„Hör auf, mir den starken Mann vorzuspielen! Trink!"

Artig wie ein kleiner Junge folgte er, stierte bald darauf wie übermüdet vor sich hin.

„Das wird trotzdem wehtun! Bist du bereit?"

„Mach!"

Kaum schaffte sie es, die spitze *Seret* in sein Fleisch zu rammen, ihm noch mehr weh zu tun als sie es ohnehin schon getan hatte, doch es mußte sein.

„Solch schöne Ziernähte hat mir bisher keiner verpaßt!", versuchte er grinsend seinen Schmerz zu überspielen.

„Ich bin gut im Nähen!", spaßte sie zurück, auch um ihn abzulenken, tupfte vorsichtig das Blut ab. „Konnte ich schon als kleines Mädchen! Mußte immer meine Kittel selbst stopfen." Sie drückte ihm einen schnellen Kuß auf die Stirn, „Es tut mir leid!", hauchend.

„Schon gut, Lady... ledi... lediglich ein Kratzer mehr auf meiner geschundenen Haut, Herrin!" Wie ein verlegener, verliebter Jüngling strahlte er sie an, die andere Hand an der Narbe am Hals:

„Ich liebe dich, Bent! Auch nach all den Jahren unserer guten Ehe bekomme ich immer noch Herzklopfen, wenn du bei mir bist!"

„*Was?*"

Die Nadel fiel aus ihrer Hand, sämtliches Blut wich ihr aus dem Gesicht, das Herz schlug ihr in einem rasenden, wilden Takt zum Halse raus. Umständlich griff er nach einem der Tücher, wischte sich Schweiß von der Stirn, schüttelte den Kopf.

„Was... was habt Ihr mir da verabreicht... mir ist ganz flau! Als hätte ich gesoffen! Macht voran, Herrin, ich will es hinter mich bringen!"

„Gleich mein Herz! Ich bin gleich fertig, mein Schatz!"

Mit zitternder Hand angelte sie nach der herunterbaumelnden Nadel, wischte die Tränen aus den Augen. Riß sich zusammen, nähte flink sein klaffendes Fleisch zusammen, wusch geschickt die Wunde und seinen Arm mit Wein ab, schmierte von dem Milchsaft der Sykomore auf die Naht, „Das heilt sogar fast abgeschnittene Ohren", schmunzelnd, verband ihm sorgfältig den Arm, tätschelte seine Wange.

„Du legst dich jetzt in meiner Kabine hin! Nein, keine Widerrede! Los, hoch! Mach die Tür hinter dir zu! Und ich geh nachsehen, was dein Spielkamerad außer dem blauen Auge noch alles abgekriegt hat! Ich hoffe, Scherjt hat ein Stück kühlendes Fleisch, daß er drauflegen kann!"

Auf der weiteren Rückfahrt hielten sie sich nirgends groß auf. Legten tags drauf am Abend an einem Dorf an, zu dem ein etwas abseits gelegener, einsamer Anlegesteg an einer sandigen, von ein bißchen Gestrüpp überwucherten Böschung gehörte.

Am frühen Morgen – Bent genoß die angenehme Kühle – schaute sie durch die Luke in der Kabine, bemerkte Bek, der anscheinend bereits in *Iterus* Fluten gebadet hatte, nackt in der Morgensonne auf einem großen, flachen Stein am Ufer sitzend, mit *achaq* beschäftigt. Und Ranofer, mit einem Tuch um Hals und Schultern, in der Hand ein bißchen Krempel, verließ gerade die Barke, anscheinend ebenfalls mit dem Wunsch zu baden. Gerade legte er seinen Kram neben Bek ab. Bent, auf alles gefaßt, behielt die beiden genau im Auge, bewunderte die zwei wunderschönen und doch so unterschiedlichen Männer die ihr Leben bestimmten.

„Jetzt weiß ich, was sie an dir findet!", brummte Bek verächtlich, legte sein *Machaqt*, das Rasiermesser weg, musterte Ranofer, der seine Leibwäsche ablegte, das Dreieckstuch auf den Stein warf, sich nackt breitbeinig, die Unterarme auf die Oberschenkel gestützt, neben Bek setzte.

„Es kommt nicht auf die Größe eines Werkzeugs an, sondern auf die Geschicklichkeit mit der man es handhabt, auf das, was man damit anstellen kann! Das mußt du doch wissen, Baumeister!", knurrte Ranofer grinsend, klopfe Bek wohlwollend auf die Schultern, lachte, meinte begeistert: „Zeig mal dein blaues Auge! Oh! Das ist schön geworden! Welch eine schillernde Farbenpracht!"

„Arschloch!" Böse grinsend griff Bek nach dem Krug neben sich. „Was macht deine Ziernaht?"

„Spannt n' bißchen. Hast'n da?"

„*Henket*!"

„Mit Datteln?"

„Nein, bitter. Mit Gerste."

„Genau mein Geschmack!"

Bek schaute Ranofer an, betrachtete ihn nochmals, bemerkte seine vielen Narben von den unzähligen Kämpfen mit den Nubiern.

„Das Leben hat dir wohl einiges abverlangt?"

„Ich bin *Wer en Mescha*, zuvor war ich *Rametsch Mescha*. Offizier und Soldat, Baumeister! Wie alle Männer meiner Familie. Wegen mir und meinen tapferen Kameraden könnt ihr alle in diesem unseren schönen Schwarzen Land des nachts beruhigt schlafen!"

„*Mein* Vater ist ein Gärtner!" schnaubte Bek, als wäre seine Laufbahn dadurch etwas weniger Wertvolles.

„Nicht jeder ist für das Kriegshandwerk geboren. Deswegen brauchst du kein schlechtes Gewissen haben!" Nochmals landete Ranofers Pranke auf Beks Schultern. „Ihr seid feine Leute, wie ich weiß. Dein Vater hat gewiß gute Beziehungen, damit du nicht zur Armee mußtest. Und... dein Junge... ein feiner Kerl! Meine Fresse, *der* kann was! Hat er von dir? Was?" Mit einer lässigen Handbewegung verpaßte Ranofer Bek gutmütig einen angedeuteten Kinnhaken, Bek gelang ein schiefes Grienen, hielt unvermutet Ranofer den Bierkrug hin: „Auch 'n Schluck?"

„*Tju*!" Ranofer trank einen tiefen Schluck, stellte den Krug ab, „Doch bevor ich mich dem süßen, frühen Rausch hingebe, sollte ich wohl erst mal ins Wasser! Den brünstigen Duft der heißen Nacht abspülen."

„Ein bißchen Rücksicht könnte man schon nehmen!", maulte Bek, „Ich lag wegen deiner heißen Nacht die halbe Nacht wach!"

„Ich doch auch!" Mit einem frechen Schmunzeln zog Ranofer sich das Tuch von den Schultern. „Und wir *nahmen* Rücksicht!"

Mit Entsetzen gewahrte Bek auf Ranofers breitem Kreuz blutige Stiemen, tiefe Kratzer und Spuren von blauen Flecken und Bissen an seinem Hals. Er sah aus, als habe er mit einem blutgierigen Raubtier gekämpft.

„Bei allen Göttern! War *ich* das?"

„Nein, mein Junge! *Das* war die Herrin der Schlacht!"

„*Wer*?"

„Die Dame, die *du* glaubst zu lieben und zu kennen!"

„Was hast du mit ihr gemacht! Ich schlag dir nochmal die Fresse blutig!"

„Siehst du nicht, was sie mit *mir* gemacht hat? Wie ein verliebter Kater hol ich mir beim Liebesspiel mit der wilden Katze jedesmal eine blutige Nase. *Ich* liebe die Gefahr! Macht sie das auch mit dir? Ich glaube nicht! Dafür hat sie dich zu lieb! Aber *ich* bin der einzige, der die *Dame des roten Tuches* zähmen kann! *Sie* ist meine Göttin! Ihr allein habe ich mein Leben geweiht! *Ink si!*"

Aufgewühlt trank Bek einen Schluck aus dem Krug, reichte ihn Ranofer, meinte leise, daß Bent kaum seine Worte verstand: „Sie gehört dir *nicht*! Denn du liebst Bent überhaupt nicht! Du liebst nur die gefährliche Göttin in ihr! Dreh sie auf den Bauch, wenn du bei ihr liegst."

„Das läßt sie sich nicht gefallen!"

„Nein!" Bek lachte bitter. „Und ich weiß auch warum."

„Sie hat ihre Gründe! Das sind keine Launen!"

„Bei Ptah! Ich hasse dieses Schwein!", brauste Bek auf.

„Wer hat ihr wehgetan?"

„Keine Ahnung!", raunzte Bek, stand auf, schnappte seinen Krug, sammelte seinen Kram ein.

„Warte, Baumeister!"

„Was denn?"

„Wenn wir in Uaset angekommen sind... ich... meine Gattin..."

„Keine Sorge, ich halte die Klappe! Werd' dich schon nicht verpfeifen."

„Das mein ich nicht! Sowie auch deine Gemahlin niemals von mir... Ich verbringe noch ein zwei Tage mit meiner Baket, dann werde ich wieder nach *Swenu* abreisen...", Ranofer stand ebenfalls auf, hielt Bek ungestüm am Handgelenk fest, „Bek...", schaute ihm tief in die Augen.

„Ja?"

„Paß auf sie auf, mein Freund!"

„*Tju!*"

Unerwartet heftig zog Ranofer Bek an sich, der knallte unsanft an seinen nackten Leib.

„Spinnst du? Laß mich sofort los!"

„Geh an Bord!", knurrte Ranofer, auf etwas hinter Bek starrend. „Langsam! Mach! Macht die Leinen los!", brüllte er zum Schiff hin, „Bent! Hör auf zu kreischen!"

Nur mit Mühe gelang es Bent ihren Schrecken zu unterdrücken, starrte mit aufgerissenen Augen atemlos auf das riesige Krokodil, welches sich wohl nach der im Wasser verbrachten Nacht in der Morgensonne aufgewärmt hatte und nun zielstrebig, eher neugierig denn hungrig, aus dem Gestrüpp am Ufer auf die beiden Männer zugekrochen kam! Die Mannschaft, nicht faul, machte eiligst die Leinen los, die Kerle packten die Ruder, vor allem die beiden großen Steuerruder am Heck, stakten die Barke schnell ein Stück vom Steg weg. Ranofer vergewisserte sich mit einem schnellen Blick daß Bek bereits an Bord war, betrat langsam und rückwärts gehend, das Krokodil nicht aus den Augen lassend, den Steg, verfehlte mit einem kühnen Sprung knapp die Bohlen der Barke, hielt sich gerade so am Rand fest, Samut packte ihn geistesgegenwärtig am Arm.

Sobeks Inkarnation auf Erden schien genug Sonne abgekriegt zu haben! Flink als sei es eine kleine Eidechse, huschte das gefährliche Ungeheuer donnernd über den sich unter seinem Gewicht durchbiegenden, ächzenden knarrenden Steg, sich siegessicher gewiß ein unachtsames, leichtsinniges, quiekendes Morgenmahl einnehmen zu können! Allerdings verfehlte sein Schnappen die Barke und Ranofers Beine nur um ein paar Fingerbreit! Die Echse platschte am Ende des Steges mit einem lauten Klatscher in den Nil, rollte sich wild, im Glauben sichere Beute gemacht zu haben nach Art der Krokodile. *Iterus* brodelnde Fluten schienen zu kochen, unter Wasser stieß das wütende Ungetüm mehrmals mit der Barke zusammen, die dadurch ordentlich ins Wanken geriet.

„Zieht die Ruder ein!", brüllte der *Jemi jertji*, „Setzt die Segel!"

„Der hätte gern seinen Spaß mit uns gehabt! Was Baumeister!" Laut lachend hievte Ranofer sich mit Samuts Hilfe hoch, nahm Bek in den Schwitzkasten, rubbelte ihm übermütig über den Schädel.

„Ihr Affen!", schimpfte Bent unter Tränen. „Wie konntet ihr so unachtsam sein!"

„Na komm her, mein Mädchen!" Ranofer zog sie tröstend in seinen Arm. „Ist ja nichts passiert! Nicht weinen! Hat mal einer Kamm, Schminke und Rasierzeug? Mein Kram hat jetzt das Krokodil! Und meine schöne Unterwäsche ist auch flöten!"

„Die Sache mit dem Krokodil werde ich so schnell nicht vergessen!", schnaufte Bek, als sie fünf Tage später am frühen Morgen mit Raneb auf dessen Ochsenkarren hinauf ins Gebirge fuhren.

„Wohin, Herr? Ins *Set Maat*? Soll ich euch hier… Die Wächter wollen mich schon aufhalten!"

„Nein, fahr weiter, wir müssen ein Stück höher hinauf. Ich sag dir Bescheid, wenn du anhalten sollst." Und dem eifrigen Wächter nickte Bek einen freundlichen Gruß zu: „*Seneb ti*, Pacharu!"

„*Seneb ti*, Herr Baumeister!"

„Nun Raneb", fragte Bent freundlich. „wie ist es dir ergangen in letzter Zeit!"

„Mir geht's gut, Herrin! Dank Euch hab' ich mit meinen drei Söhnen einen stattlichen Fuhrpark. Fahren feine Leute hin und her! Fünf Ochsen und ein Eselchen ziehen meine Karren! Ich selbst brauch nich mehr arbeiten, nur für Euch fahr ich noch!"

„Das freut mich zu hören!" Und zu Bek gewandt raunte sie jammernd, entgegen ihrer burschikosen Art: „Hör auf! An das Krokodil will ich überhaupt nicht erinnert werden!"

„*Tju*! Ich auch nicht! Hierher in die Stadt trauen sie sich nicht, aber außerhalb, auf dem Land, ist das Leben nicht so sorglos. Ich hörte, daß in einem Dorf weiter südwärts Nilpferde eine ganze Fam…"

„Bist du wohl still!"

„Sie haben ihre Rinder auf eine Weide nahe dem Ufer treiben wollen…" Bent schubste ihn grob. „… und die grasenden Nilpferde aufgestöbert…"

„Ich will das nicht hören! Wie furchtbar! Sind wir bald da? Was sind das für

Leute, Bek?" Mißmutig betrachtete sie die gemächlich dahintrottenden Arbeiter, von denen jeder ein paar Steine, Werkzeug, Säcke oder Wasser in Bälgen auf seiner Schulter schleppte.

„Meine Arbeiter. Ich werde, wenn wir fertig sind, die Tür herausreißen, den Eingang zumauern. Das geht niemanden was an! Das ist meine ganz persönliche Sache!", meinte Bek knurrig. „Und den Schlag mit der Rute vergesse ich erst recht nicht!"

„Es tut mir leid!"

„Echt jetzt?"

„Sei doch nicht so giftig!"

Der rumpelnde Karren holperte über einen Stein, Bent rutschte unsanft in Beks Arme, er schubste sie weg, „Ich kann nicht mein Leben lang hinter einem Traum herlaufen", nuschelnd. „He! Raneb! Hier kannst du anhalten!"

„Ich will es wieder gut machen!", flüsterte sie, damit Raneb nichts verstehen konnte. „Laß mich dein wehes Herz heilen, mein Liebling!"

„So viele Ziernähte kannst du gar nicht setzen, wie dafür nötig wären, Bent! Komm, nimm meine Hand, steig aus, wir sind da."

Ringsum nichts als Einsamkeit, steile Felsen, Sand und Geröll, blauer Himmel, in dem ein Falke schwebte und seine heiseren Rufe hören ließ. Ein Stück unterhalb warteten die Arbeiter auf Beks Befehle, wirkten in diesem rauhen, wilden, in der heißen Luft flirrenden Gebirge wie wabernde Trugbilder. Tief unter ihr *Set Maat*, jenes Dorf der Arbeiter und Künstler, die im Geheimen an den königlichen Gräbern und den Gräbern der Adeligen arbeiteten. Weiter weg, noch tiefer lag *Imentet Niut*, *Die westliche Stadt*...

Schnaufend stellte sie ihre beiden schweren Körbe ab, setzte sich für ein paar Atemzüge neben der hölzernen Tür, im Schatten des Felsvorsprungs auf den Boden, lehnte den Kopf an den Fels, starrte hinauf in den klaren Himmel, wischte den Schweiß ab, öffnete den Krug, trank einen tiefen Schluck des mit Honig gesüßten Wassers. Jeden Augenblick gewahr – wie schon einmal vor einigen Jahren – aus dem Inneren der kleinen Kammer verzweifelte, in Todesangst ausgestoßene Schreie zu hören ...

Abwartend schaute sie Bek zu, wie er seinen Leuten Anweisungen gab, sie ihrer Wege schickte, anschließend sein Handwerkszeug, einen kurzen Stock, dazu einen großen dicken Sack, einen kleineren, mehrere Decken und einen Balg Wasser aus Ranebs Karren hievte. Dem braven Ochsen auf die Kruppe klopfend sagte er wohlwollend:

„Du brauchst nicht warten, Raneb. Unten, vor dem Dorf ist eine Schenke, da kannst du einkehren und uns am Nachmittag hier wieder abholen."

„Wie der Herr wünscht!", Raneb schnalzte seinem Ochsen, „Na komm, mein Dicker, sei lieb! Mach voran!"

Während Bent zuschaute, wie der Ochse vor dem Gespann den steilen Weg hinabtrottete, faßte ihre Hand ins Geröll am Boden und sie glaubte geradewegs die Kälte der dunkelsten Duat zu spüren! Die Kälte eines Leichnams, eines Toten … Gleichzeitig spürte sie eine gewaltige, grauenvolle, boshafte Macht, die ihr nach dem Leben trachtete! Schaudernd sprang sie hoch, krallte sich in Beks Arm, der gerade dabei war, die unheimliche Felsenkammer zu betreten.

„Laß mich nicht allein!" Fast klang ihr erbärmliches Flehen wie ein Schrei, als sie diese kurze Unsicherheit, Schwäche, verspürte.

„Ach Bent!", er tätschelte liebevoll ihren Arm, „Als wenn ich das jemals könnte!"

Erschaudernd und mit einem Frösteln betrachtete Bent den kleinen, düsteren Vorraum, den Sand am Boden, die grob aus dem Felsen gehauene Decke, die beiden Türflügel mit ihren bunten *Medu Netjer*, die auf den ersten Blick freundlich einladend wirkten.

Dahinter stand die Statue!

Hinter dieser Wand, die er vor Jahren zugemauert hatte! Dahinter lag sein Herz begraben. Entschlossen setzte Bek den Meißel an um sein Herz aus der Dunkelheit zu holen, um die alten Wunden wieder aufzureißen, um der großen Liebe seines Lebens zu helfen!

Da standen sie!

Dauerhaft, in alle Ewigkeit! Auf der Scheintür aus *Janar Kem*, dem schwarzen Granit!

Bent trat näher, legte die Hand auf die heiligen Schriftzeichen, auf ihren Namen, auf Beks Namen, auf Pharaos und Königin Tejes Namen …

Nefer Netjer Amenhotep Neb Maat Re Djet Anch imi renpi Anch Uda Seneb …
Hemet Nesut Weret Teje Sat Nesut Henut Sat Nesut Resit chena Machty Anch Uda Seneb …
Ink Sa Men Bek …

Medu Netjer!
Gottesworte!
Noch grauenvoller, als der Schwur den sie selbst einst geleistet hatte!
Jene grauenvolle Worte, die sie einmal in einem Tagtraum gesehen hatte!
Jene grauenvolle Worte, vor denen sie schon einmal gestanden hatte!
Jener grauenvolle Fluch, der Amenhoteps Schuld offenbarte!
Da stand es geschrieben!
Und somit wurde es Wahrheit!
Sesch ni Medu Netjer!
Die Schrift der Gottesworte!

Unser guter Gott Amenhotep-Neb-Maat-Re, möge er ewig leben und jung bleiben, Leben, Heil, Gesundheit. Und seiner großen königlichen Gemahlin Teje, Die Prinzessin aller Frauen, Die Herrin des Südens und des Nordens, auch ihr Leben, Heil, Gesundheit. Ich, Sohn des Men, Oberster der Gärtner, Bek, Baumeister, Bildhauer, im Amt des Herrn, der mich berufen hat und mich zu dem gemacht, was ich heute bin, habe diesen Raum geschaffen. Der Baumeister Amenhotep, der Vetter, den ich verachte, hat schändlichen Verrat begangen. An mir und meiner Liebe. Ich klage ihn an! Ich hasse ihn! Er hat sie mir genommen! Amenhotep, Sohn des Hapu, für alle Zeiten verfluche ich dich! Du bist schuld an meinem Elend! Möge dein Geist niemals Ruhe finden! Millionen von Jahren sollst du umherirren. Keinen Frieden sollst du finden. Denn du hast zerstört, was eben erst gewachsen ist. Dies hier habe ich für sie gemacht, für die, der der Gott sich nähert. Für die Tochter der Blüten. Es ist das Grab meiner Liebe, der Ort meiner Schmerzen und meiner nicht enden wollenden Qual

„Du solltest das nicht lesen!", raunte Bek von Gefühlen übermannt. „Dies ist meine verborgene Stätte, mein *Jemnet*, es sind *meine* Worte! Sie sind nicht für dich bestimmt! Sie sollten dir nicht sagen, wie sehr ich liebe! Aber sie schämen sich nicht, offenbaren dir schonungslos mein wundes Herz!"

„Ich hätte zurückkommen sollen!", flüsterte sie mit Tränen in den Augen, tastete nach seiner Hand. „Ich hätte dich nicht allein lassen sollen! Aber in meinem verbohrten, vernagelten, verletzten Stolz wollte und konnte ich das Haus des Men nicht mehr betreten!"

„Ist schon gut, Mädchen! Komm, hier, nimm das Tuch, schneuz dich und dann… bei dem guten Gott Ptah, was hab ich da für einen miserablen Mörtel angerührt? Siehst du das? Er fällt ohne irgendeine Bindung aus dem Schlitz der Türflügel, zerbröselt wenn man ihn bloß anschaut. Ich fege das schnell weg und dann können wir tun, weswegen wir herkamen… nicht doch, hör auf zu weinen!"

Mit einem Stechbeitel fuhr Bek in den kaum sichtbaren Schlitz zwischen den beiden Türflügeln und in der Fuge am Boden entlang, woraufhin die Flügel lautlos aufschwangen; Staub tanzte in der Luft, das grelle Licht des Sommertages vertrieb die Dunkelheit aus der geheimen Kammer…

Bent war sich sicher hier auf eine ausgetrocknete Leiche zu treffen. Eingefallene Augenhöhlen würde sie gnadenlos mustern, der heruntergeklappte Unterkiefer sie verhöhnen, die knochigen Hände nach ihr greifen, die ledrige vertrocknete Haut über den darunter sichtbaren Knochen einer Mumie gleich…

… Ich kriege dich! Immer und überall! …

Doch das helle, gnadenreiche Licht Gottvaters erleuchtete nur die wunderschöne, strahlende Statue!

Sie stand da, still und stumm, mit geneigtem Kopf, den angewinkelten, vorgestreckten Armen, den erhobenen Händen mit den nach oben gedrehten Handflächen, als wolle sie Bent ermuntern.

Und so begegnen wir uns endlich

Komm her

Nein!

Was sie sah war eine vornehme junge Dame!

Das lange Haar, glänzend, schwarz, sanft gewellt, fiel ihr lose über den Rücken. Gewandet in ein edles, weißes Kleid, geziert mit teurem, blinkendem Schmuck. Vollendet schön und stolz wie eine *Ta Schepsi* … Das Gesicht der vertraute Dämon mit schwarzer Augenschminke und feuchten, blutroten Lippen, glatt und jugendlich. Eine Frau, blühend, schön und frisch wie ein junger Morgen …

Vergebens suchte sich Bent in dem Bild, in dem *Tut n Shesep Ankh*. Denn da stand jenes junge Mädchen, das einst in die Stadt des Königs kam um sie zu erobern! Jenes glückliche, ausgelassene Mädchen welches voller Neugier darauf wartete, daß Bek in den Garten kam, zu ihr unter den köstlichen Schatten des Geißblatts huschte. Wo war sie geblieben in all den vergangenen Jahren? Wo das jugendliche Glück? Hörte sie da von Weitem ihr fröhliches, silberhelles, ausgelassenes Lachen? Schaute sie sich nicht in die glutvollen, wunderschönen dunklen Augen? Wie lange hatte sie dieses Bild vermißt! Wie lange hatte sie sich nicht gesehen! Da war sie wieder! Bent! Jung und schön! Bevor sie verbrannte! Bevor sie starb, bevor sie Amenhotep begegnete! Bevor sie Hure wurde!

Da stand sie:

Bent Wenemet, die unschuldige Tochter der Blüten!

Bek schaute Bent tief in die bleichen, leuchtenden Augen unter der schwarzen Farbe des *Sedemet*. Doch sie wußte: ihr bleicher Blick wirkte selbst in diesem erhabenen Augenblick geradewegs wie aus der dunkelsten, tiefsten Duat. Der Blick eines Dämons! Einer Totenfürstin, einer Hexe gleich! Längst erloschen das lodernde, jugendliche Feuer, verblaßt jeglicher lebensfrohe Glanz …

Seine Hand legte sich sanft um ihre Hüfte, als er flüsterte:

„Ich habe einen gewaltigen Fehler gemacht…"

„Sei still!"

„Ich kann dich nicht vergessen…"

„Hör auf, bitte!"

„Verdammt, ich liebe dich!"

„Ich liebe dich auch, aber wir haben das vor langer Zeit beendet."

„Was ist das für eine Scheiße!", grollte er aufgewühlt, riß sie stürmisch in seinen Arm.

„Das ist das Leben, mein Lieber!"

... Gib es doch zu! Mein wildes Mädchen! Du vermißt all meine Zärtlichkeiten! Du vermißt mich doch auch! Ich würde dich am liebsten jetzt küssen... Komm zu mir, Anna!

... Ein bequemes Bett in einer großen geschmackvollen Kammer, darauf ein Morgenmahl, ein kleines Kind zwischen ihnen beiden, scheinbares Glück ...

Bent schüttelte den Kopf, fuhr sich über die Augen ...

Hexe von Uaset

„Schwarz ist meine Farbe!", brach Bent den unheimlichen Bann, schob Bek sanft von sich, und „Das bin ich nicht!", maulend, schneuzte sie sich lautstark, betrachtete entgeistert die lebensgroße Statue, dieses gemalte, schöne, glatte Gesicht ...

„Nie im Leben sah *ich* so aus!"

„*Du* sahst so aus, Bent, glaube mir! Und du siehst heute noch so aus, wenn man sich die grauen Haare und die paar Fältchen wegdenkt. Du bist so schlank wie damals und auch genauso groß. Komm, hilf mir mal sie von ihrem hohen Sockel zu holen."

„Ich bin ein alter Kinderschreck! Ich höre doch wie sie mir in der Stadt ‚alte Hexe' hinterherrufen!" Mit heiliger Scheu umfaßte Bent von hinten ihr Ebenbild, schaute zu Bek hin, der die Statue vorsichtig bei den Fußgelenken anfaßte.

„Wohl eher, weil der alte Isistempel geheimnisvoll ist", schnaufte er mit einem Lachen, „nicht wegen deiner Erscheinung. Achtung! Hoch mit dir! Vorsichtig! Nicht, daß wir dir einen Arm abbrechen. Paß auf, der Sockel!" Bek trippelte behutsam ein paar Schritte rückwärts, dann betteten sie die Statue vorsichtig in der kleinen Vorkammer auf den Boden, wo er zuvor eine Decke ausgebreitet hatte. Umsichtig stopfte er zu Rollen gewickelte weitere Decken unter die Schultern und ausgebreiteten Arme der Statue, hämmerte sodann an ihrer Unterseite vorsichtig den dünnen Gips weg.

Bent war innen hohl!

Die lebendige Bent räusperte sich, klatschte ihm eine in den Nacken: „So sieht mein Innenleben aus, Freundchen? Ein hohler Baumstumpf? Und ich dachte, mein Inneres sei dir besonders wertvoll!"

„Ich fand kein geeignetes Material welches deinem Inneren nur annähernd gerecht geworden wäre, deshalb!"

„Pah! Nennst du das Liebe? Findest du das vielleicht poetisch? Stellst mich da hin mit einem Hohlkopf!"

Bek erhob sich umständlich, irgendwo knackte es laut in seinem Gebein, nuschelte: „Verflucht! Diese morschen Knochen!", humpelte stöhnend, die

Hand an der Hüfte, hinaus, kam mit dem dicken Sack zurück.

„Was ist das?"

Er zog an der Schnur, mit welcher der Sack zugebunden war.

„Stroh?", maulte Bent aufgebracht, „Wie bei einer Mumie? Geht's noch? Was hast du da an der Hüfte?"

„Ich hab mein Leben lang schwer gearbeitet, Bent."

„Du solltest mal zu mir in den Tempel kommen! Uadja wird dir wegen deiner Hüfte…"

„Ich hab für sowas keine Zeit, Liebes. Hilf mir mal mit dem Stroh!"

„Ich will kein Stroh in mir!", trotzte sie.

„Wie soll denn die Phiole sonst in der Höhe des Herzens halten? Jetzt hör mal auf zu zanken! Wir streiten schon wie ein altes Ehepaar!" Grinsend über seinen faulen Witz, stopfte er – am Boden liegend, mit dem Arm fast ganz in der Statue verschwunden – das Stroh in die Figur, preßte es, vorsichtig mit seinem *Medu* stochernd, weiter hinauf. Bent schaute verdrießlich zu.

„Trotzdem! Wie bei einer Mumie!", nörgelte sie, schaufelte mehr von dem Stroh aus dem Sack. „Brauchst du noch lang? Mach mal voran!"

„Der Kopf ist schon voll!"

„Ach pah!"

Gelangweilt kramte sie zwischendurch vorwitzig in Beks Werkzeugkasten, fand eine kleine, fingergroße Statue des Ptah, beäugte sie, drehte sie hin und her. „Dem traust du also!", säuselnd, hielt sie ihm den Beweis seiner Frömmigkeit dicht vor die Nase.

„Er ist immerhin der Schutzgott der Handwerker! Er ist *mein* Gott!"

„Stopf ihn mit rein!"

„Noch so was!"

„Mach! Er ist der *Herr der Maat*! Seine gestaltete Weltordnung darf auch im Jenseits nicht ihre Gültigkeit verlieren! Sie ist die Richtschnur der Welt! Die *Beiden Maat* gilt hier im Diesseits genau wie im jenseitigen Land. Die Phiole lag unter einer Statue des Ptah! Wer sonst könnte Sachmet besänftigen, wenn nicht ihr Gatte! Außerdem könntest du neuerdings in große Schwierigkeiten kommen, würde man sie bei dir finden…"

„*It* hat ihn mir geschenkt! Das ist Elfenbein! Ich kann doch meinen Schutzgo…"

„Steck ihn da rein oder ich werde ärgerlich!"

„Bei allen Göttern, Bent, bei dir wird man…"

„Was?"

„Nichts!" Er steckte fast mit dem Kopf in der Statue, während er widerwillig aber gehorsam seinen Gott opferte, „… zum Trottel degradiert!", dumpf nuschelnd, „Zu einem folgsamen *Hay*, der, damit er bloß seine Ruhe hat, schön brav macht, was die Gattin verlangt!"

„Was murmelst du da nur?"

„Ich bin soweit, reich mir den Flakon."

Bent reichte ihm die in eine dicke Schicht Leinen eingewickelte Phiole. Vorsichtig, als könne er sie zerbrechen, schob er sie an Stelle des Herzens in Bents *Lebendes Abbild*. Beide hielten ein paar Herzschläge lang aufgeregt die Luft an, als warteten sie darauf, daß die Statue zu leben anfing, zu atmen...

„Ich habe eine Schriftrolle", krächzte Bent schließlich aufgewühlt in die Stille. „Ich habe mir Mühe gegeben, Bannsprüche aufzuschreiben, die wahrscheinlich Tejes Zaubersprüchen nahekommen. Aus dem *Scha en at Jemnet*, der *Schrift des Verborgenen Raumes*."

„Aus dem *Amduat*? Ich kenne alle grausigen Bilder davon, habe sie oft genug gemalt. Geköpfte Sünder! Sünder, denen anstelle eines Kopfes loderndes Feuer aus dem gepeinigten Leib schlägt! Gefesselte Nackte, Gepfählte! Gequälte! Im *Buch von der Nacht* wird den Verdammten gesagt *Ihr sollt euren Gott nicht sehen*. Den Sündern bleiben alle Wohltaten verwehrt, die Atemluft ist ihnen abgeschnitten, sie leben vom *Abscheu ihrer Herzen*, also ihrem eigenen Kot, nackt und in völliger Wehrlosigkeit. Ich wünschte, mein Vetter würde einst dort schmoren...! Die dunkle Duat, voller grausamer Dämonen und feuerspeienden Schlangen, ist ein grauenhafter, entsetzlicher Ort! Wohl dem, der rechtschaffen gelebt hat! Hast *du* solche Zaubersprüche aufgeschrieben? Hast *du* Kenntnis von diesen grauenvollen Dingen?"

„Das geht dich nichts an, Bek. Ich bin *Hemet Netjer, Hemet Netjer Tepi en Isis*, die Hohepriesterin der Isis, ich habe Kenntnis von vielen Dingen!"

„Dann reich mir die Rolle her! Aber vorsichtig! Was schleppst du da in dem Korb an? Willst du etwa noch etwas da rein tun? Was mutest du dir, meinem *Seshep Ankh* noch alles zu?"

„Dies hier!" Sie reichte Bek nacheinander Büschel von getrockneten Kräutern und kleine Leinensäckchen. „Blätter vom Sodomsapfel und seine Früchte. In diesem Säckchen der eingedickte Milchsaft; in diesem Leinensäckchen Kerne vom Granatapfel, dies sind Blüten der Hakenlilie und da drin sind *Peret Uan*, die wertvollen Beeren des Wacholder."

„Tochter der Blüten", meinte Bek grinsend, „soll dir dieses Grünzeug vielleicht als Wegzehrung oder Würze dienen? Ich hab diese Beeren schon in meiner Suppe gefunden. Sie schmecken einfach scheußlich!"

„Mir scheint, dir geht der Ernst der Sache nicht tief genug in deinen *Henetep*! Du darfst ruhig ein bißchen mehr Ehrfurcht an den Tag legen! Hier! Nimm mal! Diese kleinen Zweige der Kemitakazien [32] mußt du mit hineintun,

---

[32] Mit dem Rauch vom brennenden Holz der Seyal-Akazie (Gummiakazie) werden Insekten und Läuse vergast; man verwendete ihr Holz als duftendes Feuerholz, machte Holzkohle daraus, nutzte es zum Bau von Pharaonensärgen. Außerdem kann man mit Hilfe der Rinde etwas rot einfärben.

ebenso diese Stückchen ihres Gummis und…"

„Willst du dich in der Gegenwelt etwa entlausen? Oder was einfärben, kleben?"

„Was? Ach, Dummschwätzer! Es sind jene Pflanzen, wie sie in Osiris Amenhoteps *Millionen-Jahr-Haus*, seiner *Festung der Ewigkeit* um die Kapelle des Ptah wuchsen. Wahrscheinlich hat Teje das anpflanzen lassen. Und je mehr ich Tejes Zauber imitieren kann, um so besser."

„Hast du noch etwas?"

„Nein, das ist alles."

„Dann stopf ich sie jetzt endgültig mit dem Stroh voll, wenn du einverstanden bist."

„*Tju*! *Tja*! Tu was du nicht lassen kannst!"

„Und nun?", fragte Bek, während er den frisch angerührten *Qued* vorsichtig auf die Unterseite schmierte, das große Loch unter den Füßen der Statue zustopfte. „Wir sind fertig. Nur noch warten bis der Gips angetrocknet ist, sonst fällt er wieder raus, wenn wir dich anheben. Sag mal, was treibst du denn da draußen? Was machst du mit der Feuerschale? Und dem Brot? Kuchen? Datteln? Dem Bier? Noch mehr Feuerholz? Willst du kochen? Du wirst doch kein Fleisch braten wollen?"

„*Ich* bin *nicht* fertig! Meinst du, was wir hier tun, wäre eine Kleinigkeit? Im Handumdrehen erledigt? Immerhin will ich eine Göttin, ja sogar Sachmet bannen! Meinst du wirklich, das ginge ohne das nötige Brimborium vonstatten? Nein ich brate kein Fleisch! Dies überlasse ich den Trotteln im *Ipet Sut*. Die Priester dort braten jeden Morgen Fleisch für Amun! Wahrscheinlich sehnt sich *Der Verborgene* hier und da schon mal nach einem Stückchen Fisch oder Gemüse. Das Verbrennen von Weihrauch und Myrrhe wird genügen."

„Gegen ein schönes Stück hätte *ich* nichts einzuwenden. Allmählich knurrt mir der Magen! Hast du wirklich nichts dabei?"

„Männer!", grummelte Bent kopfschüttelnd, richtete weiter ihre Kleinodien, errichtete auf dem Boden einen kleinen Altar mit weißen Decken, legte einen Isisknoten, ein Udjat-Auge und einen Djetpfeiler dazu, stellte kleine Krüge mit Bier, mit Milch, mit Wein daneben, entzündete das duftende Feuerholz von der Akazie und den Weihrauch in der Schale und schließlich die Kerzen auf der Decke.

„Können wir sie aufstellen? Bist du soweit?"

„Augenblick. Ich schütte gerade den restlichen Gips in das Loch für den Zapfen. Das wird ihr zusätzlich Halt auf dem Sockel geben. So, fertig. Na dann: hoch mit dir!"

Einige Atemzüge lang betrachteten sie stumm das aufrecht stehende Standbild; dann streifte Bent unvermittelt ihren Kittel ab, so daß sie nackt vor ihm stand.

„Was machst du denn?", empörte Bek sich. „Wenn du auch eine sehr sinnliche Frau bist, aber das geht doch wohl zu weit..."

„Still mein Lieber!" Bent legte ihm zärtlich den Finger auf die Lippen. „Bin ich nicht die Herrin vom Isistempel? Bin ich nicht die Hexe von Uaset? Bin ich nicht die Zauberin, die den Dämon mit Worten vertreibt? Ich habe vor, *Heka Achu* zu machen, mein Freund! Einen heiligen Zauber! Halt mal bitte den Balg, ich will mich waschen."

„*Jiri Heka*? Zaubern?" Bek blieb entgeistert der Mund offenstehen, hielt ihr vorsichtig den Ziegenbalg mit dem Wasser über die Hände.

„Tju! Einen *Heka Isis*! Und ein heiliges *Jarut*. Wir sind an einer *Stätte der Maat*. Ich muß mit dem Ritual Maat lenken, richten, den Dingen eine Richtung geben. Isfet darf keine Gelegenheit bekommen! Ich muß die Maat darbringen und ihr opfern."

„Maat?" [33]

„Du kannst mir getrost vertrauen!"

Sie tätschelte ihm liebevoll die Wange, wusch sich, entnahm ihrem Korb ein Tiegelchen mit *Kyphi*, salbte sich damit sorgfältig. Trat andächtig zu ihrem Abbild hin, ergriff die kalten, starren zierlichen Hände, die den ihren so ähnlich waren, verstrich auch dort das wertvolle *Kyphi*. Holte daraufhin aus dem Korb ein feines weißes Kleid, schlüpfte hinein, legte sich einen Umhang um Schultern und Kopf. Zauberte ein klingendes *Sechem*, die Krone der Isis und ihr goldenes Amulett aus den Tiefen des Korbes, legte sich die schwere Kette um den Hals, setzte feierlich die Krone auf, schüttelte das Sistrum. Ehrfürchtig auf die Knie sinkend, sich auf die Unterschenkel setzend, in Händen zwei goldene Schälchen mit duftender, schwelender Myrrhe, begann Bent schließlich leise und andächtig zu beten:

„O Himmelskönigin, Mutter der Natur, Herrin aller Elemente, erstgeborenes Kind der Zeit, Höchste der Gottheiten, Königin der Toten, Erste der Himmlischen, die alle Götter und Göttinnen in einer Erscheinung vereinigt. Du Schutzherrin, Bewacherin und Betreuerin aller die leiden und in großer Sorge sind. Du bist Isis, der magische *Ach*, und besitzt mehr Weisheit als jeder andere Gott. Herrin der Schiffahrt, Isis, du segelst die Sonnenbarke mit gutem Wind, in diesem, deinem Namen Maat.

O Neferet, erhabene Tochter des Re, Auge des Re, Herrin des Himmels, Königin der Erde, Herrin des Nordwindes, Herrin des Westens und Königin

---

[33] MaAt ist die Göttin der Weltordnung. Ihre Feder symbolisiert das empfindliche Gleichgewicht zwischen Ordnung und Chaos. MaAt ist ein Charakterfundament, schwer zu definieren und eher ein Prinzip; sie ist weder Gottheit noch Religion, sondern die Verkörperung moralischen Rechts und sittlichen Anstandes. Sie allein ist zuständig für die Ordnung in der Welt. Das Herz als Sitz des Verstandes beherbergt die MaAt. Ihr Gegenstück ist Isfet; Unrecht und Gewalt.

aller Götter und Göttinnen! Maat, du Große, welche ihre Feinde gebunden hat, Königin der Weiber, von liebenswürdiger Anmut, du hast gefesselt deine Gegner! Hast als Hathor-Sachmet dich deiner Feinde bemächtigt. Du Starke, Sachmet, welche sich des Frevlers Seth bemächtigt, du verzehrendes Feuer! Du bist Maat-Hathor-Sachmet, unter dir ist das Böse verschwunden, das Übel vergangen, das Land ist unter deinen Händen in Frieden. Man hat dem Chaos den Rücken gekehrt, weil du die verheerenden Mächte, die schlachtenden Begleiter der Sachmet, welche Gemetzel anstiften und Chaos erschaffen, befriedigst.

O Sachmet, die Große, o Maat du bist gekommen Isfet zu vertreiben und die Maat zu befestigen. An deiner Seite *Heka*, der göttliche Machtspruch. Du bist die in der Urzeit vom Himmel herabgestiegene, die Urkraft aller Dinge! Dein Blut gehört dir, Isis, deine Zaubermacht gehört dir, Isis, du, die von dem Throne des Königs. Erhöre deine Magd Sahu-Re, die flehentlich deine Hilfe erbittet. Stell mich unter deinen besonderen Schutz, Herrin des Himmels, die du alle Dämonen mit deiner Zauberkraft abwehrst. Unter deinen segensreichen Armen, deinen heiligen Flügeln besänftige deine machtvolle Schwester, daß sie ihre Wut vergißt, ihre Rache, sie keinerlei Vergeltung sucht. Isis, Herrin der Welt, allein mit einem Wink gebietest du über des Himmels lichte Gewölbe, des Meeres heilsame Lüfte und der Unterwelt vielbeweinte Stille. Gebiete nun auch über deine mächtige Schwester Sachmet!"

Bent stellte die Räucherschälchen ab, schüttelte abermals feierlich das Sistrum, kam auf die Füße, heizte die Glut des Feuers in der Schale zusätzlich mit ihrem Fächer an, räucherte nochmal kräftig mit dem *Antiu*, besprengte das *Lebende Abbild* mit der Milch. Öffnete den Weinkrug, setzte sich auf den Boden, richtete drei Teller mit Brot, Datteln und süßem Gebäck, zog Bek neben sich, reichte ihm einen der Teller, stellte den anderen vor die Statue.

„Was ist? Iß! Ich denke, du hast Hunger!"

Er schaute ihr bewundernd ins Gesicht, betrachtete sie andächtig, „Das war sehr erhaben!", flüsternd. „Sowas Wundervolles habe ich noch nie gesehen! An deiner Seite zu sein, dir dabei zuzuschauen, macht mich ehrfürchtig! Nein, du bist augenblicklich nicht die Tochter der Blüten! Du bist Sahu Re, die, der Gottvater nahe ist! Du wirktest rein und weiß, erhaben wie ein göttlicher *Benu*!"

„Die Mysterien der Isis werden schließlich nicht ohne Grund im Geheimen vollzogen. Denn das geht niemanden etwas an. Du darfst dich glücklich schätzen!"

„Dieses schöne Erlebnis vergesse ich mein Leben lang nicht! Isis, die Göttermutter hat dich erhört, dessen bin ich mir sicher!"

Zärtlich streichelte sie seine Wange.

„Du magst ein gestandenes Mannsbild geworden sein, aber in deinen

Augen sehe ich immer noch den freundlichen, liebenswerten Jungen von damals, der sich für alles begeistern konnte. Nimm von dem Wein, den haben wir uns redlich verdient! Und... Bek?"

„Hm?"

„Sie ist wunderschön!"

„Sie ist das, was du tief in deinem Herzen bist: Mein liebes, frohes, wildes Mädchen!"

Bent schluckte, versuchte sich auf ihre Würde als Isispriesterin zu besinnen, versuchte die Erinnerungen an einen blühenden Garten, an kurzes Glück, an ein frohes wildes Mädchen und den liebenswerten, fröhlichen Jungen zu vergessen, tröpfelte den Wein in die Glut der Feuerschale, meinte heiser: „Der *Irep* wird Sachmet besänftigen! Selbst der Allvater hat sie damit in die sanfte Hathor zurückverwandeln können. Glaub mir!", bröselte das Brot und den Kuchen von dem Teller der Statue in das Feuer, überließ selbst die Datteln der knisternden Glut. Schließlich heizte sie die Flammen nochmals mit ihrem *Behet*, dem Fächer an, löschte die lodernde, qualmende Flamme schließlich mit dem Bier, schüttelte abermals das *Sechem*.

Das Opfer war dargebracht.

Heka Achu war vollendet.

„Ich hoffe", flüsterte sie demütig, „dieser verwegene Einfall hält, was wir uns davon versprechen!"

„Du bist ja auch noch da!"

„Ich lebe nicht ewig, Bek!"

Er wird auch gehen! Wie Ranofer schon gegangen ist! Wie müde du aussiehst, mein Lieber. Wie schwer du geschuftet hast. Wenn ich dir auch geholfen habe, den Eingang zuzumauern und zu verputzen, so hast du doch das meiste allein gemacht. Niemand wird sie je wieder finden, hinter diesem täuschend echten Putz, der aussieht wie gewachsener Fels – sie ist jetzt tatsächlich für alle Zeit entschwunden – *Bent Wenemet*, die Tochter der Blüten. In alle Ewigkeit wird sie dort stehen und über Sachmet wachen! Du wirst zurück zu deiner Frau gehen, in dein gewohntes, bequemes Leben. Und ich werde wieder mal alleine zurückbleiben in den dunklen, einsamen Hallen meines Hauses...

„Hau ab mit deiner Geiß!", maulte Bent aus ihren trüben Gedanken gerissen, schubste die Ziege weg, die seelenruhig an ihrem Korb knabberte, haute ihrem unachtsamen Besitzer neben ihr auf der Bank unwirsch ein paarmal den Stiel der Rute über.

Bek stand auf, half Raneb, der sich fertig machte mit seinem Ochsenkarren das große *Mechenet*, das Fährboot zu verlassen. Viel zu schnell legte die Fähre am großen Anleger gegenüber des *Ipet Resit* an. Zeit sich zu verabschieden.

„Wann fährst du wieder nach Achet-Aton?", fragte sie, während er höflich ihre Hand hielt, sie sicher durch das lebhafte Gedränge über die Bohlen an Land geleitete. „Oder bleibst du bei Titji für eine Weile?"

„Titji hat ihr Haus gut im Griff. Ich hatte vor, spätestens übermorgen wieder nach Achet-Aton zurückzufahren."

„So bald schon? Ach Bek, bleib doch noch! Raneb, warte!" Der Alte kam zurück, sie kramte aus ihrem Beutel ein paar Deben. „Meine Sachen kannst du am Tempel abladen. Danke, mein Bester! Auf dich ist Verlaß!"

„Das iss doch nich notwendig, Herrin, *dwa Netjer ink*, Dame! Immer zu Diensten! Herr Bek!"

„Wiedersehen Raneb!"

„Begleitest du mich?", schmeichelte sie, hängte sich in Beks Arm, nahm ihm den Korb mit seinen Sachen ab, legte ihren *Madjam*, ihren Schleier, um den Kopf. „Ich würde dich gern zu einem ausschweifenden *Mesut* einladen. Das hast du dir redlich verdient."

„Ich bin müde, Bent. Gib mir doch den Korb!"

„Bitte!" Sie tat schelmisch als wolle sie seinen Korb hinter dem Rücken verstecken, schmeichelte. „Ich will mich bedanken, für deine Treue, deine Besonnenheit! Dafür, daß du mir die Audienz bei der Königin vermittelt hast! Für… deine Freundschaft, deine Tatkraft, deine Herzenswärme, deine Verschwiegenheit und für deine unendliche Liebe zu mir!"

„Das solltest du mir nicht sagen! Schon gar nicht hier im Gedränge der Straße! Wie kann ich deine Gastfreundschaft ablehnen? Aber, mein Herz, ich bin unendlich müde, verschwitzt, dreckig…"

„In meinem Haus kannst du dich umziehen, du hast doch da alles in deinem Korb. Es gibt einen behaglichen Baderaum und ein bequemes Bett…" Bent überkam das Gefühl, wie ein junges Mädchen bis unter die Haarwurzeln rot zu werden, weil sie ihm unmißverständlich klar machte, er solle über Nacht bleiben und ihn somit zum Beischlaf aufforderte. „Willst du mir den Gefallen tun?"

„Hast du Bier im Haus?" Er gönnte sich einen wehmütigen Blick zu seinem eigenen Haus hin.

„Kühl und schäumend! Und auch Schminke kann ich auftreiben! Aber ich möchte dir *Irep Maa* anbieten! Laß uns ein bißchen feiern! Bitte! Nur das Beste sollst du bekommen! Meine Peset (die Köchin) ließ gestern eins unserer Rinder schlachten, davon bekommst du das zarteste, beste Stück! Von ganz tief aus dem Rücken! Es sind frische Gurken im Haus, die kann man wunderbar mit saurem *Chemedsch* und Dill…"

„*Bendet*? Halt ein!", lachte er, „bei Gurken mit einem Hauch Essig kann ich nicht nein sagen. Mir knurrt ja schon der Magen!"
„Raneb!", plärrte sie laut über die Köpfe der Leute. „Warte! Wir fahren doch ein Stück mit!"

„Aber bevor du in den entspannenden Fluten meines Badebeckens versinkst, muß ich dir was zeigen!" Bent klopfte energisch an die Luke unter dem *Bechenet* des Isistempels, „Pesechet, mach auf!", bat Bek durch die Tür, „Warte mal kurz!", grüßte Pesechet, gab den Auftrag den abgeladenen Kram hineinzubringen, verschwand für einen Augenblick in ihrer Schreibkammer. Aus dem Lotosteich schöpfte sie gleich darauf fix eine Handvoll Wasser, träufelte es mit großer Geste über sich und ihn.
„Komm mit, Bek!"
In dem großen Schlüsselbund kramend, fischte sie flink den richtigen heraus, öffnete die Tür zum Allerheiligsten, versprengte mit gewaltigem Brimborium und Unverständliches nuschelnd noch ein bißchen Wasser, zog Bek am Arm hinein, schloß hinter ihnen die Tür, schubste ihn zu dem weißen, schimmernden Thron hin.
„Wenn du dich da hinsetzt", flunkerte sie, tippte mit dem Finger auf die Wand, achtete nicht auf seine Einwände, „und genau da dieses Bild der Göttin betrachtest... nein, du siehst es nur, wenn du da sitzt... siehst du es? Sie ist nicht da, keine Angst! Ich hab sie um Erlaubnis gebeten, daß du hier sein darfst. Schließlich hast du den Raum gestaltet. *Du* darfst hier sein."
„Ich seh nichts, es ist doch fast stockdunkel hier drin!"
„Oh, entschuldige, bleib sitzen, ich geh schnell eine *Tekau* holen!" Flink wie ein Mäuschen huschte sie hinaus, spazierte gemütlich zu der riesigen Küche, gab dort umständlich den Auftrag später das Essen und den Wein zu bringen, stöberte gemächlich in einem der Regale an der Wand nach Gurken und einer kleinen Funzel, füllte Öl hinein, entzündete sie, trödelte gemächlich zur Kapelle der Isis zurück, betrat, „Scheinbar unmöglich im Haus eine Kerze aufzutreiben!", schwindelnd wieder das Allerheiligste.
„Da! Siehst du? Dieser Fleck?"
„Ich seh nichts Bent! Ich bin beinahe eingeschlafen, es ist wunderbar still hier drin, wo warst du bloß?"
„Eine Lampe holen!"
„Ich sehe immer noch nichts?"
„Rutsch mal, laß mich mal neben dich! Sollte ich mir das einbilden?"
„Wahrscheinlich! Das ist kein Fleck, das gehört zu der aufgemalten Blume!"
„Ach... das tut mir jetzt echt leid! Es ist wirklich schön still hier. Wollen wir das eine kleine Weile genießen? Das versprochene Bad kannst du später nehmen!"

Als Bent kurz drauf erfrischt in ihrer Kammer stand, schalt sie sich selbst. Was war nur in sie gefahren? Wie ein vernarrter Backfisch hatte sie sich benommen! Ihn angeschmachtet, gegurrt wie ein Täubchen, einen Frevel begangen und ihn auf den Thron gesetzt, darauf vertrauend, daß der Schmerz an seiner Hüfte nachließ. Sie wollte ihn nicht gehen lassen, es tat gut, ihn an ihrer Seite zu haben. Fast wie früher, in der frischen Unschuld ihrer jungen Tage, als sie Abenteuer erlebten, durch die Stadt spazierten oder im Nil schwammen. Er war so ruhig, so besonnen. Ihr treuester Freund.

Aber jetzt sollte sie sich sputen, damit sie fertig wurde bevor er aus dem Bade trat. Bent blickte an sich herab: das schlichte ungebleichte Kleid zerknittert und staubig, voller Bröckchen des getrockneten Verputzes, die Füße und Hände schmutzig. Während Bent ihren eigenen Baderaum betrat, zog sie die Haarnadeln aus ihrer Frisur, schüttelte den Kopf, daß der lange, graumelierte, geflochtene Zopf, der ihr fast bis zu den Pobacken reichte, sich aus seinem Knoten löste. Wie eine listige Schlange wand sich das dicke Haar um ihren Hals.

„Nein!", flüsterte sie, „so soll er mich nicht sehen müssen!"

Sie ließ Wasser in das Badebecken, kippte herrlich duftendes *Jedet*, das Parfüm, *Hemait* und Seife hinein, streckte sich in dem warmen Wasser aus, genoß für einen Augenblick die Ruhe und Behaglichkeit. Nachdem sie sich gründlichst das lange Haar gewaschen hatte, schrubbte sie an ihren Fingernägeln. Und entgegen ihrer Art, alles gelassen und von den Göttern gegeben hinzunehmen, kamen ihr nun beim Anblick ihrer faltigen Hände unverhofft die Tränen. Und der Rest von ihr - wie sie mit einem schnellen, prüfenden Blick bemerkte - war eigentlich auch nicht mehr taufrisch.

Umständlich kletterte sie aus dem Badebecken, suchte widerwillig den alten, fast blinden Spiegel in der Schublade. Entschlossen wurde er in das warme Wasser getunkt und gründlich abgeschrubbt, mit dem Tuch poliert. Als er richtig glänzte hob sie den Anch mutig hoch zu ihrem Gesicht, betrachtete die Falten darin.

„Wenn man das Ganze mit Vernunft betrachtet", sagte sie mit ihrer Rabenstimme zu dem Spiegelbild, „dann bin ich in Laufe der Jahre noch gut dabei weggekommen! Wenn man es aber mit dem Herzen einer Frau betrachtet, ist es eine Katastrophe!"

Aus der Lade zauberte sie nun *Sedemet*, gemahlenen Malachit, Rötel und Pinsel, stellte den Spiegel auf dem Tisch gegen die Wand, schob die Kerze daneben, huschte um das Becken herum, griff nach der Karaffe mit dem *Hemait*, hoffte auf seine segensreiche Wirkung *redschet ped her*, faltenfrei zu werden, grummelte: „Wie lange habe ich das nicht mehr getan! Das muß eine Ewigkeit her sein!", schmierte sich ein paar Tropfen des wertvollen Öls ins Gesicht, malte ihr Gesicht! Schüttete sich von dem *Geheimnis der Isis* großzügig an den Hals und ins feuchte Haar, zog sich einen Mittelscheitel, kämmte das Haar glatt und streng. Trat daraufhin hinaus in den Innenhof, stibitzte aus dem Teich eine Lotosblüte. Drinnen schob sie ihr Bett ein Stück zur Seite, schubste mit dem Fuß das Leopardenfell beiseite, angelte mit dem Schürhaken die Kachel aus dem Boden und hob unter Ächzen ihre schwere Truhe aus dem Loch.

Die Fußkettchen mit den goldenen Muscheln an die Fußgelenke, klingelnde Armreifen an die Handgelenke, ihre Schlangenarmbänder um die Oberarme, ein Diadem ins Haar, dahinein die Lotosblüte. Den Ring mit dem schönen Chepre aus Karneol an den linken Zeigefinger, den mit dem türkisenen Skarabäus an den rechten Mittelfinger, den mit ihrem goldenen Siegel an den Daumen, die goldene Kette mit den glänzenden, schwarzen Onyx-Blüten um den Hals. Aus ihrer Kleidertruhe fischte sie ein schwarzes, durchscheinendes Kleid, edel und vornehm, band es mit einem schicken Gürtel. Das Bild in ihrem Spiegel düster und geheimnisvoll, das Schattenbild einer *Ta Schepsi*! Das Gegenteil eines weißen *Benu*, das Gegenstück einer ehrbaren Frau! Gattin! Dies Bildnis war ein Traum! Dies gemalte Bildnis versprach verruchte Verheißung, Verführung, Versuchung ...

Sie schnappte sich das Parfümfläschchen, betrat ihre Räume, entzündete dort eine Lampe. Noch als sie diese in Händen hielt, betrat Bek ihre Kammern.

„Bek, mein Schatz! Setz dich doch. *Irep Maa?*"

„Gerne!" Wie im Traum schaute er sie an, bewundernd, gleichzeitig ablehnend, sprachlos. Zog sich den Sessel bei, setzte sich, murmelte: „Das habe ich schon einmal gesehen…"

„Hm? Auf dein Wohl! Und nimm meinen aufrichtigen Dank entgegen! Was hätte ich die letzten Tage bloß ohne dich gemacht!"

„Unsinn!", meinte er schmunzelnd.

„Siehst schick aus! Und wie deine Siegelringe im Licht der Lampen blitzen! Sehr vornehm! Oh wie das duftet!" Bent schaute der Magd zu, die umsichtig die Tische eindeckte, das Essen auftischte, die Löffel dazulegte, Körbchen mit frischem Brot abstellte. „Danke, Kleines. Mach die Tür hinter dir zu! Laß es dir schmecken, Bek. Das ist das erste Mal, daß wir traut bei einem Mahl beisammen sitzen. Das Fleisch ist ein besonderer Gaumenkitzel! Peset weiß genau wie man es hinbekommt, daß es ein kleinwenig blutig aber dennoch ganz zart ist."

„Und dieser Salat aus Gurken! Sehr pikant!"

„Mit den Stückchen von dem frischen Schafskäse! Raffiniert, nicht?", strahlte sie ihn an, klemmte sich das Haar hinter die Ohren, rückte die kleine Lampe auf ihrem Tisch hin und her.

„Stell sie bitte woanders hin, in ihrem Schein wirkt dein Gesicht seltsam fremd."

„Noch von dem Fleisch?"
„Gern!"
„Wie geht's deiner Hüfte?"
„Ausgezeichnet, danke! Ich sage mir immer, redliche, ehrliche Arbeit treibt alle Schmerzen aus dem Leib! Und es hat sich mal wieder bewahrheitet. Außerdem wirkte das warme Bad wahre Wunder! Ich fühle mich wie neugeboren!"

„Bist du satt? Ja? Gib deinen Teller her." Sie schaute ihn an, forschte in seinen schönen dunklen Augen, schaute ihm tief in sein Herz, rückte ihren Stuhl dicht zu ihm, schenkte die wertvollen, bunten Gläser voll mit dem süßen roten Wein.
„Ich will dich lieben!", flüsterte er zärtlich.
„Tust du das nicht schon?"
„*Paj gereh, ji Jimji ib!* Die Nacht, die mir gehört!"
Liebevoll strich er ihr das lange Haar in den Nacken, hauchte einen sanften Kuß auf ihre Lippen, ihr heiße Schauer bereitend, faßte sie um die Hüfte, zog sie vom Stuhl hoch, schob sie zu dem Bett hin. „Du bist wunderschön, Mäuschen! Mein wildes Mädchen!" Schon fühlte sie seine liebevollen Küsse an ihrem Hals, seine warme, zärtliche Hand fordernd auf ihren Brüsten, ihrem Bauch, ihrer Scham.
„Gib mir zum Abschied einen Kuß, mein Liebling!"
Heiße, wehmütige, schwermütige Sehnsucht kroch ihr im Herzen hoch; er war so vertraut und doch weit weg, merkwürdig fremd und gleichzeitig viel zu nah. Fest drückte er sie an sich, sein harter *Henen* pochte verlangend gegen ihren Bauch.
„Komm zu mir zurück, Bent!"
Die zügellose, unzüchtige Kraft genießend, mit der ihre eigene brutale Hitze hochkochte, das wohlig flammende Gefühl des lodernden Blutes, das prickelnd mit süßer Wucht ihre Scham beherrschte, der Zauber und die heiße, feurig brennende Macht die sie über ihn hatte, ließ sie alles umher vergessen. Die sehnsüchtige gierige Glut der Liebe, der glühende, leidenschaftliche Taumel riß sie in jenen dunklen blutgierigen tiefen Abgrund in ihrem düsteren Selbst. Fordernd griff ihre Hand um sein warmes, pralles, geiles Leben; bereit ihm alles abzuverlangen, gierig nach einem glühenden, erlösenden *Mansa*, zog sie ihn wie eine unersättliche beutegierige Raubkatze zu sich, an sich, in sich.
„Mach fester! Schneller!"
„Dich zu spüren! Was für ein Gefühl! Dich bei mir zu haben, das gefällt dir doch! Gib es zu! Mein wildes Mädchen! Du vermißt all meine Zärtlichkeiten! Du vermißt mich doch auch!"
„Ich vermisse keine Zärtlichkeiten!", keuchte sie, schlug ihm im Blutrausch

gnadenlos die Krallen in sein Fleisch, zerfetzte ihm den Rücken, stachelte ihn immer weiter an ... „Du bist ein erfolgreicher Mann! Gebietest über viele! *Diesen* Kerl will ich! Nicht den zärtlichen Jüngling von einst!"

„Hör auf, Bent! Du tust mir weh!"

„Mach weiter!"

„Du sollst damit aufhören!"

„Bist du eine Memme? Pack zu! Du bist ein Mann! Laß das zärtliche Kosen!"

„Das mach ich nicht!"

„Dann verlaß mein Bett!"

„Nein!" Brutal faßte er ihre Handgelenke, hielt sie fest, starrte ihr ins Gesicht.

„Ich bin nicht Titji!", zischte sie aufgebracht, entwand sich seinem Griff, verpaßte ihm eine Backpfeife die er für den Rest seines Lebens nicht mehr vergessen sollte.

„Und ich bin nicht Ranofer!", raunte er böse geworden, packte abermals ihre Hände, kam wie ein Sturmwind über sie, hart, grob, ungeachtet seiner Liebe zu ihr rammte er gnadenlos sein hartes Fleisch in ihren Schoß, fickte sie derb und rücksichtslos, voller brennender leidenschaftlicher Begierde ...

Inmitten des größten Liebesrausches nahm er die Sache selbst in die Hand.

„Bist du toll?", keuchte sie, „Mach weiter!"

„Ich will dir kein Kind machen!"

„Diese Zeiten sind längst vorbei! Komm gefälligst wieder her!"

Schweigend lagen sie eine Weile nebeneinander, jeder in seine Gedanken versunken. Zärtlich drückte er sie an sich, zog die Decke über sie beide.

„Warum hast du bloß den einen Sohn, Bek?"

„Tutmosis ist mein Licht! Mein ein und alles! Meine Zukunft, mein ganzer Stolz, mein ganzes Glück! Ihr sind drei Kinder gestorben. Zwei hat sie während der Schwangerschaften verloren, eins starb bereits in seinem ersten Jahr. Ich wollte Titji nicht noch mehr Schmerz zufügen", stöhnte er, offensichtlich von trauriger Erinnerung übermannt.

„Und in diesen schweren Zeiten hast du mich, die Freundin nicht gebraucht? Warum hast du denn nie etwas gesagt?"

„Du warst verbrannt, verletzt, Bent, hattest genug mit dir selbst zu tun. Und später warst du die Herrin dieses Hauses. Sollte ich dich da mit meinen kleinen Sorgen belästigen?"

„Es ist an der Zeit, daß ich dir etwas sage!", flüsterte Bent in die Stille der Nacht.

„Oh, bitte, Bent, nicht jetzt!"

„Wir gehören nicht zusammen, hast du es jetzt gemerkt? Du kannst nicht bei mir bleiben! Auch wenn dein Herz sich danach sehnt! Geh zu deiner

Frau!"

„*Jetzt* willst du mich wegschicken? Hinaus in die Dunkelheit?"

„Titji wartet!"

„Titji weiß überhaupt nicht, daß ich da bin!", schnaubte er.

„Wirst du sie verlassen und bei mir bleiben? Dich scheiden? Dann sag es mir! Jetzt und hier: sag mir ins Gesicht, daß du sie verläßt! Alles vergißt, was ihr gemeinsam durchlebt habt!"

„Was verlangst du da?" Und als Bent keine Antwort gab, flüsterte er, sie küssend: „Ich habe sie nicht geliebt. Das mußt du mir glauben. Aber mit den Jahren wurde sie mir vertraut, fehlte mir, wenn sie nicht da war, wurde meine Gefährtin in guten wie in schweren Zeiten. Sie wurde mir zur Freundin, wie du eine bist. Mein Leben lang bin ich zwischen zwei Frauen hin und hergerissen, die eine wurde mir geschenkt und die andere wurde mir genommen…"

„Hör auf dir was vorzumachen!" Sie drückte ihn sanft weg. „Niemals würdest du Titji verlassen! Du hast in deinem Leben alles erreicht, was man sich wünschen kann, Bek. Eine wunderbare Gattin, einen stolzen, schönen, klugen Sohn. Eine gehobene Stellung! Das alles hätte ich dir *nicht* bieten können…"

„Sag doch sowas nicht!"

„Gemeinsames Glück war uns nie beschieden! Was hätte ich dir geben können?"

„Alles, Bent! Du bist auch mein ein und alles!"

„Du belügst dich doch selbst, und das weißt du! Es ist ein Traum, Bek, ein Traum, den du von mir träumst! So wie du mich gerne hättest, dieses Bild liebst du. Mich, die echte Bent, kennst du gar nicht! Du kennst nur mein *Shesep Ankh*! Das Mädchen deiner Träume. Geh zu Titji, sie wird schon sehnsüchtig auf dich warten. Ich kann dir weder Gattin noch *Jeret*, Gefährtin sein. Aber ich will deine Freundin bleiben; wirst du mein liebster Freund bleiben und kommen, wenn ich dich brauche? Willst du mein Freund bleiben wenn wir frohe Feste feiern? Wenn wir uns… "

„Ich liebe dich!"

„Du liebst mich nicht! Du liebst einzig das Bild, daß du dir von mir machst!"

„Ich kann dich nicht wie Ranofer… Dafür achte ich die Frauen zu sehr!"

„Er hat es mir an Achtung nie fehlen lassen! Und Ranofer gehört jetzt nicht in dieses Bett!", zürnte sie.

„Und trotzdem ist es, als würde er zwischen uns liegen! Und du hast mich dazu gebracht, dich ungehobelt und rücksichtslos wie ein *Kat tahut*, schamloses Weibsbild, zu vög…" Er verstummte grimmig, setzte sich auf.

„Es hat dir doch gefallen, gutgetan! Konntest mal alles rauslassen, vergessen! War es schön, so wild zu sein?"

„Sei still!"

„Deine Werkstatt!" Bent räusperte sich. „Drüben! Ich hab es heute gesehen! Hunderte Männer hast du unter dir! Du bist ein erfolgreicher, angesehener Baumeister! Ein *Schepsi*! Befehligst! Nichts mußt du entbehren! Du brauchst mich nur, damit du in deinem tadellosen Leben etwas hast, woran du zweifeln kannst, damit du hier und da mal einen Grund zum Jammern hast, du Grund für Ausflüchte hast! Du kannst, willst nicht glauben, annehmen, daß dein Leben von Glück, Erfolg und Wohlstand geprägt ist, wie gesegnet du bist! Du machst dich verantwortlich für Dinge, die du nicht verursacht hast, die du nicht ändern kannst! Du liebst Titji und willst es dir nicht eingestehen! Und du hast Angst, daß ich dir *das* zum Vorwurf mache!"

Er legte zärtlich seinen Arm um sie, griff in ihr langes Haar, barg sein Gesicht darin.

„Du brauchst gar nicht so tun, als wolltest du das nicht hören! Du brauchst mal einen ordentlichen Klaps auf deinen süßen kleinen strammen Hintern! Jemand der dich aus deinen bequemen Träumen schubst!"

„Sollte sie recht gehabt haben?", flüsterte er niedergeschlagen, bettete seinen Kopf an ihren vollen Brüsten, küßte sie, liebkoste sie.

„Hm?"

„Mein Vater schickte mich einst in den Tempel der Katzen. Dort, unter den Huren wohne eine Seherin, die ihm einmal geholfen hätte, sagte er. Und ich, in den verzweifelten Tagen meiner jungen Ehe auf Hilfe hoffend, betrat das Hurenhaus. Sie war ein Dämon, Bent! Düster und unheimlich. Ein gemaltes Gesicht mit blutroten Lippen, bleich wie der Tod, gekleidet in dunkelstes Schwarz, geziert mit Schmuck, rot wie Blut. Ich bin niemals solch verruchten Damen begegnet. Sie war eine Hexe, eine Zauberin! Ich hatte richtig Angst vor ihr! *Du kannst nicht dein ganzes Leben lang hinter einem Traum herlaufen* hat sie zu mir gesagt. Unheimlich flackerndes, knisterndes Feuer und blauer Rauch stieg auf, während sie mich böse verfluchte und mir allerhand Frechheiten an den Kopf warf. Nie habe ich vergessen was sie zu mir sagte: *Sie ist auch in Zukunft unerreichbar für dich. Nie wirst du sie wiederfinden. Sie ist unwiederbringlich verloren! Das Geißblatt ist entschwunden! Mit ihm die Tochter der Blüten. Für alle Ewigkeit ...* Es war ein unerfreuliches, gruseliges Erlebnis. Aber ich wollte weder die Götter noch die Dämonen noch sonst irgendwelche Geister verärgern und darum tat ich, was die unheimliche Seherin verlangte. Ich ging zu Titji zurück und versuchte das Beste daraus zu machen."

„Dein Vater hat dich geschickt!", raunte Bent. „Bist du nicht Manns genug, dir deine Hure selbst auszusuchen? Fragst du immer erst deinen Vater um Rat? Wie alt warst du? Zwölf? So mager wie du daherkamst. Hattest du nicht genug zu essen?"

„*Was*?"

„Doch du warst siebzehn und mit einer Frau verheiratet, die du nicht liebtest. Deshalb hattet ihr keine Kinder! Du hast mir einfach leid getan!"

Bek ließ die duftende Haarpracht fahren, hob den Kopf von ihrem Busen.

„Was redest du da?"

Bent beugte sich vor, griff nach dem Parfümfläschchen, kippte einen Tropfen davon in die Lampe, auf, daß eine kleine Flamme emporschoß, gefolgt von dichtem blauem Rauch.

„Soll ich dir sagen, was sie dir außerdem an den Kopf geworfen hat? *Ich sage dir: gehe zu deinem Weib zurück! Ehre und achte sie! Gib ihr gefälligst die Hochachtung, die ihr zusteht. Sonst werde ich dich für alle Zeiten verfluchen! Und jetzt verschwinde, bevor ich mich vergesse!*"

„Bent!" Geschockt sprang er vom Bett hoch.

„*Ich* habe die Hand über dich gehalten! *Ich* war es, die dich hinauswarf! *Ich* habe dich zu deiner Frau zurückgeschickt! Ich hätte bloß hinter der Lampe hervortreten müssen, die Hand nach dir ausstrecken brauchen, mein Liebling, und du wärest in meine Arme gesunken! Das konnte ich dir nicht antun! Du warst mein Prinz! Mein Held! Ich wollte dir nicht im Wege stehen, denn ich liebe dich! Was hatte *ich* in *deinem* Leben verloren? Ich war ein Nichts! Schwanger von einem anderen Mann. Du standest zwei Schritte vor mir und hast mich nicht erkannt, nicht erkennen wollen! Genauso, wie du dies Bild von mir eben nicht erkennen wolltest. Wie du nicht sehen willst, daß wir niemals einander gehören. Ich würde dich zerstören, verderben! Du würdest an meiner brutalen Liebe zugrunde gehen! Du würdest dich für den Rest deines Lebens verstellen müssen, damit du mir gerecht werden kannst! *Du weißt ganz genau wer ich bin, Bek! Ich* bin die Frau im schwarzen Kleid! *Ich* bin die Frau *hinter* dem Spiegel! Ich bin das, was die ehrbare Titji niemals sein kann! *Sie* ist eine hehre, aufrichtige, edle Frau! Deine Gattin, deine *Nebet Hay*! Ich, Bek, ich bin Bent und *ich* allein bin die Hexe von Uaset!"

„Das sind", er stand auf, suchte seinen Schurz in den Laken, band ihn um, „ziemlich viele und harte Dinge, die ich die letzten Tage von dir hören mußte. Vielleicht ist es besser zu gehen."

Sie zog ihm den Schurz wieder runter, ihn am Arm zu sich, barg ihr Gesicht an seinem warmen, flachen, harten Bauch.

„Ich lasse dich nicht in die Nacht hinaus! Morgen früh ist noch Zeit genug für den Abschied! Komm her, ich will dich lieben, so wie du es gern hast und wie es dir gebührt!"

Chepre war noch nicht über den Horizont gestiegen, als sie Bek im dämmrigen Glühen des jungen Tages durch die Pforte hinaus begleitete. Und nun mußte sie sehen, daß sie mit Tachut reden konnte. Eiligst huschte sie leise wie ein Mäuschen unter dem Säulengang an Karas Tür vorbei, vergebens ...

Kara trat gerade ausgehfertig aus ihren Kammern, „Das du dich nicht schämst!", zischend.

„Sollte dich das was angehen?"

„Er ist verheiratet!"

„Sie weiß ja nichts von uns!"

„Und das macht es dann besser?"

„Ach halt doch die Klappe! Wo gehst du so früh hin?"

„Ich muß zu den Mumienmachern, eine alte Frau ist uns gestorben!"

Bent ließ Kara stehen, eilte über den ersten Innenhof, hastete an der Festhalle vorbei, riß Tachuts Kammertür auf, blieb jäh stehen, „Das ist doch wohl die Höhe!", fauchend.

„Hm?", nuschelte Tachut verschlafen, rutschte aus den Armen des stattlichen Mannes, der ebenfalls erwachte, hastig sein Zeugs zusammenklaubte und diskret verschwand.

„Das ist ein *Sa netji cher*, ein Mann mit Krankheit! Ein Gast unseres Hauses!", schnauzte Bent aufgebracht.

„Na und! Er weiß trotzdem wie das geht!"

„Nicht zu fassen! Dies ist der Tempel der Isis, Tachut! Hast du denn überhaupt keinen Anstand im Leib?"

„Soviel wie du, hm! Blieb Herr Bek nicht über Nacht? Und meinst du, *ich* würde dieses neue, geschenkte Leben nicht genießen wollen? Am besten bist *du* bist jetzt mal still, nicht wahr! Mißt hier mit zweierlei Maß!"

„Teje ist tot! Du mußt mir helfen!"

„Welche Teje? Hieß die alte Frau so?"

„*Mut Nesut*!", flüsterte Bent und zog die Kammertür zu.

„Wie soll ich dir helfen?" Tachut schlüpfte, nachdem sie sich gewaschen und gekämmt hatte, in ihr Kleid. „Noch vor dem Morgenmahl! Es muß ja wahrlich dringend sein! Und woher willst du wissen, daß die Königinmutter verstorben ist?"

„Das herauszufinden war der Zweck meiner Reise."

„Und ich dachte schon, der Zweck deiner Reise sei, schöne Zeit mit dem scharmanten Herrn Ranofer zu verbringen. Meinst du nicht, Baket wüßte was ihr da treibt? Meinst du nicht, es sei an der Zeit, diese losen, anstößigen Verhältnisse mit zwei verheirateten Männern ein für alle Mal zu beenden? *Wamemti*, der Totenrichter, wird das einst nicht gutheißen!"

„Baket! Wer ist schon Baket!", schnaubte Bent zornig. „Was hab ich mit ihr zu schaffen? Sie ist keine Priesterin der Isis, sie ist nur eine Heilerin. Und Ranofer ist *mein* Gatte!", entfuhr es Bent unbeherrscht, wandte, sich die Hand vor den Mund schlagend, schluchzend ab. „Er gehört ihr nicht! Er gehört *mir*! Mir ganz allein!"

„Was redest du da?" Tachut legte ihr die Hand auf die Schulter, drehte sie zu sich. „Kind? Was redest du?"

„*Wir* haben uns das Versprechen gegeben! Sind den Bund miteinander eingegangen. Es war die *haji em Merut*, die wahre Liebe, die *Merut neferet*, die echte Liebe!"

„*Wie bitte?*"

„Niemand wußte davon. Wir haben es keinem gesagt. Lebten glücklich, genossen unsere Zeit. Sie war kurz, Tachut, aber voller Liebe und ich dumme Gans hab ihm meine... Er wurde krank, sehr krank, bekam Fieber, und als er aus dem Fieberwahn erwachte, konnte er sich nicht mehr an unsere Liebe erinnern... nahm Baket zur Frau... Auf diese Weise hat Sachmet sich bitterböse an meinem Verrat gerächt..."

„Der Herr Ranofer!", flüsterte Tachut sinnierend, „Er ist ein feiner Mann! So habe ich mir immer meinen Sohn vorgestellt! Er ist der Sohn, den ich nicht hatte. Ich hab ihn lieb! Du dumme Gans!", schnauzte sie aufbrausend, „Nimm das Tuch, schneuz mal deine Rotznase! Dich hätte ich liebend gern zur Schwiegertochter gehabt! Du hast deinen Schwur vergessen, warst so dumm und hast ihm deine Liebe gestanden? Hm? Ist es so?"

„*Tju!*"

„Dann bist du an deinem Herzschmerz ganz alleine schuld, Mädchen! Den einen wolltest du nicht, den anderen kriegst du nicht!"

„Du hast einen König geliebt!", brauste Bent auf, vergaß völlig ihren jämmerlichen Herzschmerz. „Du mußt doch wissen, wie es ist, vergeblich zu lieben!"

„Der Schmerz verblaßt mit der Zeit! Und jetzt: *semen tschju*! Reiß dich zusammen!"

Ach, pah!", maulte Bent, setzte sich an Tachuts Tisch, fuchtelte mit dem Tuch herum. „Lassen wir das! Vergiß es! Und wage es ja nicht, irgendwem davon zu erzählen! Hör zu, mir wurde eine Audienz bei der Königin gewährt und sie erzählte mir im Vertrauen, daß ihre Schwiegermutter und Tante entschlafen sei. ER hat seine *Mut* geheiratet! Stell dir das mal vor! Pharao hat seine eigene *Mut* geehlicht! Seine *Mut* hat das nicht verkraftet und sich daraufhin das Leben genommen! Sie wird für alle Zeiten in der dunklen Duat umherwandeln, niemals das *Lichtland* betreten! Es ist an der Zeit, daß dies ein Ende findet! Du mußt mir dabei helfen! Du bist Nebethat! Du mußt in die Zukunft sehen! Isis wacht über Uaset, deshalb wird es glücklich leben! Ich muß wissen, was geschehen wird! Was mit meiner Stadt geschehen wird, die der Gute Gott Osiris Amenhotep mir anvertraut hat!"

„Ich kann dir nicht helfen, Bent. Sie hat mich für meinen Frevel, mich auf Isis Thron zu setzen, meinen Hochmut bestraft, Mädchen, gewährte mir nur noch ein einziges Mal in die Zukunft zu schauen. Nur einmal noch dürfte ich sehen, was sein wird."

„Und das ist?"

„Der Tag meines Todes!"

„…"

„Dich sprachlos zu sehen war mir die Sache wert!", lachte Tachut in die grauenvolle, mehrere Herzschläge dauernde Stille, setzte sich Bent gegenüber an den Tisch, tätschelte ihre Hand.

„Machst du einen blöden Scherz mit mir?" Bent zog unwirsch ihre Hand zurück. „Dann laß dir gesagt sein, daß ich darüber nicht lachen kann! Hast du Kunde von diesem Tag?", flüsterte sie noch.

„Für wie dumm hältst du mich? Meinst du wirklich, ich will das wissen?" Tachuts Augen flackerten mit einem unheimlichen bleichen Leuchten. „Ich werde den Rest meines Lebens genießen, dessen sei dir gewiß! Und wenn mich ein Mann will, sage ich nicht nein! Mein Leben lang habe ich die *Merut* geliebt! Was gibt es Schöneres als die Liebe!" Tachut unterbrach sich, gähnte herzhaft, blinzelte, wischte Tränen aus den Augen, riß ihre Kammertür auf, weil sie eine der Mägde hörte, welche die Morgenmahlzeiten verteilte.

„Zeit für das *Ja'u ra*, was denkst du? He, Mädchen! Bring das der Herrin auch her!"

„… was, wenn der Zauber nicht halten wird, die Phiole, die Statue gar eines Tages entdeckt oder die verschütteten Papyri endgültig vernichtet würden?"

Bent tunkte ihr duftendes, knuspriges Brot in den Honigtopf, biß ab, schenkte sich und Tachut von der frischen warmen Milch in die Becher. „Ich habe das Gefühl, daß Sachmet trotz all meiner Umsicht einen Weg aus der Traumwelt, in die ich sie gebannt habe, heraus in die wirkliche Welt finden wird um Rache zu nehmen!", nuschelte sie mit vollem Mund, fuchtelte mit dem Brotstückchen in der Hand umher. „Sie hat es mir angedroht, Tachut! Und mir aufgetragen… befohlen… *und du beendest dieses Debakel, oder Kemet wird meine blutige Rache nicht überstehen…* in jener Nacht, vor meiner Reise, wie ich es dir eben erzählte…"

„Iaret wird Teje mit den Zaubersprüchen geholfen haben. Du hast alles richtig gemacht! Iß erst mal!"

„Ich soll Pharao vom Thron stoßen! Sonst vernichtet sie das Land! Ich habe keine Zeit zum essen! Wie kannst du so seelenruhig kauen? Der *Herrscher der Herrscher* war Sachmets wahrer Pharao! Sein Sohn, pah! Stellt die gewohnte Weltordnung auf den Kopf, erdreistet sich, seine Mutter zu heiraten und andere Götter zu verbieten! Seit mehr als eintausendsechshundert Jahren, seit unser geliebtes *Schwarzes Land* von König Narmer zu den *Beiden Ländern* zusammengeschlossen wurde, kam niemand auf einen solch abwegigen, irrsinnigen Gedanken! Ich habe Tempel gesehen, Tachut, die waren bereits geschlossen! Keine Fahnen wehten zu Ehren des Gottes, ihre Häuser verwaist. Es war ein trauriger Anblick! Stell dir vor, man käme auf den Gedanken, *unser* Haus zu schließen! Isis mit Gewalt aus unseren Herzen zu vertreiben! Stell dir das doch mal vor! Wo soll Isis denn hingehen? Wo sollen *wir* denn hin? Es ist unser Zuhause! Meretre bangt bereits…"

„Wenn es so kommt, können wir nichts daran ändern! Wobei ich hoffe, daß es nie dazu kommt. Dies ist ein Haus der Heilung, wir sind *Herep sa Serqet*, Heilkundige, was kümmern uns die Götter! Isis war schon immer da, sie hat eine eigene Wohnstatt, in ihrem Zauberreich, im Himmel, bei all den anderen Göttern, bei den Sternen. Was kümmert die große Mutter *unser* kleiner Tempel? Sei beruhigt, wir nahmen sicherheitshalber schon die Fahnen von den Zedernholzstämmen, tauschten das Segel der Barke, nirgends steht, daß dies Isis' Haus ist…"

„Aber sie ist hier! Genau wie Nebethat…"

„Ich kann dir nicht helfen, Bent. Lediglich mit gutem Rat zur Seite stehen. Du mußt selbst versuchen, einen Blick in die Zukunft zu werfen, *ich* kann es nicht mehr. Und mein erster guter Rat lautet: rede nicht so laut! Was denkst du, wird man tun, wenn man dich aufwieglerisch von einem Umsturz reden hört? Das ist Landesverrat! Aufruhr! Pharao ist unser Gott! *Du* kannst keinen Gott vom Thron stoßen!"

„Ich werde das ungute Gefühl nicht los, daß Sachmet es schaffen wird, ihn umzubringen!", unkte Bent. „Wir müssen wachsam bleiben, sonst wird sie einen Weg finden und mich als ihr Werkzeug benutzen! Wie sie es schon seit Jahren vorhat! Erinnere dich bloß an den grauenvollen Tag als der Prinz, unser jetziger Pharao Taduchipa geheiratet hat. Wie soll ich *Die Mächtige* aufhalten? Mit Gips und einem hohlen Baumstumpf? Mit Stroh und Kräutern? Abermals mit jeder Menge Wein? Daß dies gelingen könnte, daran zweifle ich! Oh Tachut…" Bent griff nach dem Löffelchen, rührte geistesabwesend Unmengen Honig in die *Samj wadj*.

„Isis ist stark in dir! Ich habe dich viel gelehrt! Sachmet kann dich nicht mehr beherrschen… hör mal mit dem Rühren auf! Sonst kann diese Dickmilch kein Mensch mehr essen…" Tachut unterbrach sich, stupfte den Zeigefinger in den Honig, tupfte ihn auf ihre trockenen Lippen, starrte Bent ins Gesicht, „Der Keller! Die Apotheke!", hauchend.

„*Was?*"

„Dort steht genug Zeug rum, um etwas zusammenzurühren! Du wirst etwas finden, womit du *Ha'ut* schaffst! *Ich* konnte das mit Tanzen! Mich in Trance versetzen. Aber du! Du liebst, kennst alle Geheimnisse der Arzneien, der Gifte, die Geheimnisse der Kräuter! Geh in den Keller, Bent, dort wirst du bestimmt Antworten finden!"

Unruhig wälzte Bent sich in der heißen Nacht in den Laken, dachte an Tachuts düstere Worte, an ihr künftiges Sterben, an Pharao und an seinen Tod, an ein zerstörtes Kemet, von der erzürnten Sachmet verwüstet...

Zornig strampelte sie das Leintuch von ihren Beinen, zündete ihr Lämpchen an, erhob sich, zog einen Kittel über. Bald würde es hell werden, doch an Schlaf war nicht zu denken. Sie vermutete es sei die achte Stunde der Nacht, fühlte sich selbst wie die *Herrin der tiefen Nacht*, die Göttin jener Stunde, am Stundentor *Das steht, ohne müde zu werden,* am *Sarkophag ihrer Götter...*

Sie würde in die Backstube gehen!

Entschlossen griff sie nach dem Lämpchen, verließ ihr Gemach, huschte über den knapp dreißig Ellen breiten, in der Dunkelheit der Nacht still daliegenden Innenhof, an der Kapelle des Allerheiligsten vorbei, betrat den zweiten Innenhof. Dort wandte sie sich nach rechts zu dem Gebäude links neben der Küche.

In der Backstube war noch niemand, Bent trat durch die Tür, schloß sie hinter sich, zündete ein paar Lampen an, schaute nach dem *Henmet*, dem Sauerteig, packte eine große Portion davon in den Trog, krempelte entschlossen die Ärmel hoch und band das Haar zusammen. Bent war schon immer praktisch und wenn ihr etwas aussichtslos erschien konnte sie über anspruchsloser Arbeit am besten nachdenken.

Zuerst feuerte sie draußen den Ofen an, schöpfte Wasser aus dem Brunnen und maß mit der großen Holzkelle, die ein halbes *Heqat* [34] fassen konnte, Mehl aus dem gewaltigen Vorratskrug in den Trog. Grübelnd den Teig zusammenstellend, „... nach dem Backverhältnis von fünf Heqat, *Depet pesu Heqat dj...* die Hälfte reicht auch!", murmelnd, fünf Kellen abmessend, großzügig *Hamayt* dazugebend, kreisten ihre finsteren Gedanken obendrein alsbald wieder um Sachmet, den Zauber und das geheime Ritual in der Felskammer, um Pharao und Tejes Schicksal ... Wer konnte der Königinmutter so nahe kommen? Wo waren ihre Leibwächter in jenem Augenblick? Aber bei dem sittenlosen Leben dort – jeder konnte das Palastgelände betreten! Jeder Dahergelaufene konnte es gewesen sein! Gedankenverloren probierte Bent, ob sie nicht doch versehentlich das Brot versalzen hatte.

---

[34] Hohlmaß. Ein Heqat faßt 4,75 Liter

Sie mußte zu einem Ergebnis kommen. Wäre es nicht das einfachste, *Die Mächtige* zu befreien? Die Göttin würde alsbald einen Weg finden, dieser Sache ein Ende zu bereiten! Doch ich bin Isis! Ich hüte das Leben! Ich kann das nicht zulassen! Aber so oder so, Sachmet würde die ihr angetane Schmach nicht auf sich sitzen lassen und mit größter Wahrscheinlichkeit das Land in Chaos stürzen.

Bents düstere Gedanken malten sich einen Schrecken nach dem anderen aus, während ihre kräftigen Hände geschickt den Teig durchkneteten. Der jetzige Pharao müßte – wie auch immer – aufgehalten werden damit ein neuer Herrscher die alte Ordnung wieder herstellte! Doch wie sollte sie denn das bewerkstelligen? Und selbst wenn dieses Unmögliche tatsächlich gelänge, welcher Nachfolger käme in Frage? Es war ja niemand da! Die königliche Blutlinie wurde zwar von den Frauen weitergegeben, aber Nofretete hatte bis heute einzig Töchter geboren. Und geeignete Heiratskandidaten waren in Anbetracht des Alters der kleinen Prinzessinnen erst recht keine in Aussicht. Und wer, bei allen guten Göttern, war der kleine Junge, den sie bei Nofretete gesehen hatte? Der Soldat sagte, er sei ein Prinz! Aber er war kein Bruder der Prinzessinnen!

„Ich muß einen Blick in die Zukunft werfen können! Muß wissen, ob die Königin einen Thronfolger gebiert", grummelte Bent vor sich hin, klatschte den Teigklumpen mit Wucht in den Trog, walkte ihn ordentlich durch, streute großzügig Kümmel darüber. „Dann könnte sie, wie einst Mutemwija, als Vormund für das Kind… Doch wie soll mir das gelingen? Durch Isis' Kraft bin ich mit vielem gesegnet, habe einen schärferen Weitblick als manch anderer, doch gelingt mir höchstens ein paar Herzschläge lang in das verschleierte Zukünftige zu blicken. Aber ich muß es wagen! Denn Achanjati tut dem Land nicht gut! Er ist kein Guter Gott! Er wird das Land an einen gefährlichen Abgrund führen! Wenn nicht gar in den Abgrund stürzen und die Feinde Ägyptens werden sich erheben, wenn sie unsere Schwäche wittern! Ranofer, mein Liebster, gibt gut acht auf dich!" Nochmals klatschte der Teig mit Wucht zurück in den Trog, wurde abermals aufs heftigste durchgeknetet.

„Ich kann doch keinen Gott töten!"

Stöhnend bearbeitete sie weiter den schweren Batzen Teig, drückte die Fäuste hinein, walkte und knetete während unzählige unsinnige Hirngespinste durch ihren *Henetep* huschten.

Ranofer kann es!

Hat er sich nicht genau umgesehen, als sie das feine neue Palastgelände mit der Brücke und dem Zugang zum Thronsaal bewunderten? Hat er nicht deutlich seine Meinung gesagt, an jenem Tag als sie in *Sauti* angelegt hatten? Hat er nicht auf die Verbindung ihrer beiden Häuser hingewiesen und wie machtvoll diese große Familie künftig sei? Hat er nicht deutlich sich ausgemalt, wie brutal er Pharao töten würde? War er nicht gar bereit, das Mädchen zu töten?

Ich kann doch Ranofer nicht zu einem Königsmord anstiften!

Sicher, der König schien zu glauben, in Aton den einzig wahren Gott gefunden zu haben, der alles auf dieser Welt wachsen und gedeihen ließ. Bent klatschte einen Brotlaib nach dem anderen auf den riesigen Tisch, gab Pharao dahingehend insgeheim sogar recht. Wenn die Sonne nicht scheint, wächst kein Grashalm, erst recht kein Korn um Brot zu backen! Aber darf man deswegen die anderen Götter ihres angestammten Platzes verweisen? Wo käme man denn hin, würden Maats heilige Gebote nicht beachtet, Ptahs schöpferisches Töpfern, wenn er die Menschen auf seiner Scheibe formte oder Sobek die tödlichen Krokodile nicht mehr im Zaum hielte? Vernachlässigte der Krokodilgott dies nicht schon? War das schon seine Rache? Denn es war doch bereits offensichtlich, als das Ungeheuer auf Ranofer und Bek losging! Und die Nilpferde! Taueret schien ebenso schon geschwächt, oder warum sonst mußte eine ganze Familie sterben? Ganz zu schweigen von dem dunklen düsteren geheimnisumwitterten Anubis, der die Toten in Osiris' unterirdisches Reich führt...

Bent hielt inne, in den bemehlten Händen ein Brotlaib. Unheimliche Gänsehaut lief in kalten Schauern ätzend über ihren Rücken, als sie daran dachte, wie die Toten hier weiter auf Erden wandeln würden, ohne sicheres Geleit, mitten unter den Lebenden! Bemächtigen sich die dunklen Mächte in dieser stockfinsteren Nacht bereits meiner? Was für eine gruselige Vorstellung!

Sämtliche Nackenhärchen sträubten sich ihr, als sie das unheimliche Quietschen der Tür der Backstube und das Schlurfen müder Füße hörte! Fühlte sie da nicht eine kalte, klamme, knochige Hand auf der Schulter. Und was sagte Kara? Es war eine Tote im Haus! Anubis hatte sie nicht mehr gefunden! Achanjatis, Atons Einfluß schon so groß! Der Geist der alten Frau wandelte bereits in ihrem Haus umher...

Bents Hände krallten sich in den weichen, geschmeidigen Brotlaib; kurz huschte der dumme Gedanke, ob er denn als Waffe gegen einen Geist dienen könnte durch ihren Kopf. All ihren Mumm zusammenkratzend – bereit jeden Augenblick in das faulende Antlitz einer umherwandelnden Leiche zu starren – drehte sie sich um ...

„Scherjt!" Fast hätte Bent vor Erleichterung gekreischt. „Was hast du mich erschreckt!"

„Guten Morgen, Herrin! Aber das solltet Ihr doch nicht tun! Ihr habt mir ja die ganze Arbeit abgenommen!"

Ein paar Tage später griff Bent am frühen Morgen nach einer Lampe, einem Kübel mit frischem Wasser, huschte mit einem Korb im Arm – darin ihr eisernes Messer – die ausgelatschten Stufen der Kellertreppe hinunter, kramte in dem Schlüsselbund am Gürtel ihres Kleides. Es klingelte und klimperte gewaltig, bis sie unter den vielen Schlüsseln den richtigen in Händen hielt. Unheimlich quietschend öffnete sich die schwere, massive Tür der Apotheke. Ein Schwall muffeliger Luft schwappte ihr aus der Dunkelheit entgegen; unter dem Türsturz ein dickes Spinnennetz, dem sie gerade noch ausweichen konnte.

„Scheint schon lange keiner mehr mit Besen und Lappen hier unten gewesen zu sein!", maulte sie. „Aber Kara kann das ja schnurz sein! Der kurze Knubbel paßt sogar *unter* der Tür durch!"

Kopfschüttelnd trat Bent zu dem gewaltigen Tisch, suchte dort in dem geordneten Chaos nach dem *Ben-Öl*, [35] tröpfelte davon auf die Angeln der Tür, öffnete und schloß sie mehrmals, bis das nervige Quietschen endlich aufhörte. Öffnete anschließend die Luken fast oben unter der Decke, die Licht und Luft hereinließen, lüftete gründlichst durch. Schließlich suchte sie sich einen Handfeger, mit dem sie energisch dem Spinnennetz zu Leibe rückte. Erst danach trat sie zu dem mit soliden Holztüren verschlossenen Wandschrank, suchte wiederum einen Schlüssel aus ihrem Bund, öffnete den Riegel des Schrankes, betrachtete alle ihre darin gesammelten Schätze.

Was hier lagerte war zusammengenommen tödlicher und gründlicher als das Waffenarsenal einer riesigen Armee! Wobei das Bilsenkraut, das sie nun aus einem verschlossenen Krug nahm, das Harmloseste unter all den Giften war.

Unter den vielen beschrifteten Krügen und Glasflaschen suchte sie sich einiges heraus, stellte alles auf dem Tisch ab. Unter anderem *Kemit*, *Netrj* aus *Mehu*, ein bißchen *Merhat*, *Mekj*, [36] welches sie im Stall gewannen und zuletzt sogar *Theftj n bedet kemet*, das Mutterkorn des schwarzen Emmers. Schließlich streckte sie sich und durchstöberte die an einer Schnur zum Trocknen aufgehängten Pflanzen unter der Decke.

Hedschu!! In jedem Fall! Die waren nötig! Eine Knolle vom *Hatschen* konnte auch nicht schaden, schließlich sollte es ja schmecken! *Imset, Matet, Scha'u* und

---

[35] *Ben-* oder *Baqet-Öl*, wird vom Merrettichbaum, *Moringa oleifera* gewonnen. Seine Samen sind u. a. in der Lage Wasser zu desinfizieren.

[36] Gummi, Natron aus Wadi Natron, Bitumen, Kalziumnitrat

Peret Scha'u, Tepenen ... Alles wanderte in den Korb. Sogar eine mächtige *Rermet* und Samen vom *Degem*. [37] Zu alledem brauchte sie eine frische Blüte der Mohnblume.

Nachdem sie aus dem sonnendurchfluteten Garten wieder in den dunklen Keller hinabgestiegen war, holte sie das wohl teuerste Stück, das sich im Tempel befand, hervor. Die eiserne Schale! Die hievte sie ächzend auf den Feuerkorb.

„Jetzt hätte ich beinahe den *Senetscher* vergessen!!" Ein paar der Bröckchen des wertvollen Weihrauches landeten in ihrem zusammengesammelten Vorrat und ein paar andere entzündete Bent in dem kleinen Räuchergefäß.

Sie machte ein paar tiefe Atemzüge, genoß den guten Duft, entzündete das Feuer. Bis die Holzkohle ordentlich glühte, richtete sie Papyrus und Schreiberpalette, denn sie würde verschiedenes ausprobieren und sich dabei alles genau notieren wollen. Nachdem Bent etliche Male ordentlich mit ihrem Fächer die Glut angefacht hatte, verschwand sie mit der Lampe in den weiten, geheimen Gewölben tief unter dem Tempel. Durchstöberte dort vor sich hin murmelnd in der hintersten Ecke zugestaubte Regale, zupfte hier und da niesend und hustend uralte Schriftrollen aus ihrem Dämmerschlaf, überflog sie hastig, legte sie zur Seite, kramte weiter, las kopfschüttelnd Rezepte für alles mögliche; selbst in der Asche von verbrannten Papyrusstengeln soll Heilkraft innewohnen! Unglaublich! Sogar grüne unreife Datteln – die *Bener tep Mut ef*, also *Wenn sie noch an der Mutter sitzen* – werden innerlich verordnet. Und hier fand sich ein Rezept für Dattelsirup, den *Beniu*, gut gegen Steifheit, Blutfraß und Lahmheit!

Vor allem wirkt der Beniu wenn er vergoren ist!

„Ha! Tja! Ja, das glaub ich gern! Dann vor allem gegen Steif- und Lahmheit!"

Maulend klemmte sie sich die ausgewählten Rollen unter den Arm, hegte die Befürchtung nichts in ihnen zu finden, was ihr weiterhelfen würde, knallte die Tür zu, „Dann muß es eben so gehen!", und verschwand wieder in ihrer Apotheke.

Bald darauf blubberte der erste Sud kochend vor ihr in der Schale. Bent ließ eine der alten Rollen, in denen sie gelesen hatte, zusammenfahren, rümpfte die Nase, denn das roch nicht unbedingt appetitlich. Vorsichtig beugte sie sich über die brodelnde Brühe, atmete tief den Dunst ein, wedelte sich mit dem Fächer mehrmals den heißen Dampf ins Gesicht, jedoch zeigte sich keinerlei Wirkung bezüglich eines traumähnlichen Zustandes. Das wäre ja zu

---

[37] Zwiebeln, Knoblauch, Dill, Sellerie, Koriander, Samen des Koriander, Kümmel, Alraune und Rizinus

einfach gewesen! Sollte sie das wirklich trinken? Andererseits war aber auch nichts darin enthalten, das großen Schaden anrichten konnte.

„*mau*"

„Mein Schätzlein!" Bent beugte sich hinab, kraulte Bast, die ihr schnurrend um die Beine strich, hinterm Ohr. „Was meinst du? Abgekühlt oder heiß trinken?"

„*mau*"

„Verstehe!"

Bent kippte mit Hilfe einer Kelle ein paar Schlucke in einen Becher, probierte mehrmals mit spitzen Lippen.

„Bäh! Schnell einen Schluck Wasser!" Sie spuckte den Mundvoll Wasser in einen Kübel, notierte sich neben den Zutaten den Geschmack wartete auf eine Wirkung, schüttelte sich. „Später, wenn es abgekühlt ist, versuchen wir es nochmal, was Bast?"

„*mau*"

Etwas brodelte hoch, grummelnd, blubbernd, gefährlich! Bent hielt gespannt inne, betrachtete neugierig das harmlos wirkende Gebräu in der eisernen Schale.

Es knallte!

Ohrenbetäubend hallte es in dem weiten Kellergewölbe wider, Bast fauchte, machte einen Satz, krallte sich hastig die glatte Wand hoch, flüchtete empört durch die Luke hinaus ins Freie.

„Oi!"

Gar nicht schnell genug konnte Bent ein paar Weihrauchkügelchen in das Feuer werfen und hektisch mit dem Fächer wedeln. Sie glaubte gerade, es hätte ihr das *Pehewj* zerrissen, deshalb setzte sie sich ganz vorsichtig. Und während der bestialische Gestank sich äußerst widerwillig verzog, das bedrohliche Blubbern in ihren Eingeweiden nachließ, notierte sie:

Ein gutes Iret pet, Heilmittel, zum Herauslösen über Da'u m phuyt, böser Darmwinde. Laß damit Redj haj dut, also das Böse abgehen. Während der Anwendung aber halte dich <u>niemals</u> in einem geschlossenen Raum auf!

Das ‚niemals' unterstrich sie doppelt, setzte daraufhin zu allem entschlossen einen weiteren Sud auf.

Es war schon längst Mittagszeit, als sie aus dem Keller stieg. Ihr schwindelte der Kopf und der Keller mußte gründlich auslüften. Aber nicht nur wegen der ominösen Suppen die sie da kochte. Solche beeindruckenden Winde schafften nicht einmal *Jryt Keftiu*, kretische Bohnen!

In der um diese Zeit leeren Küche schnappte sie sich ein Stück von dem mit süßen Erdmandeln gebackenen Kuchen – sie brauchte unbedingt einen anderen Geschmack im Mund – setzte sich an den gewaltigen Tisch, klemmte den Krug mit dem Honig zwischen die Beine, brach ein Stückchen Kuchen ab, tunkte es in den Honig. Außer daß ihr zwischendurch von den Gerüchen übel geworden war, sie enorme Blähungen und Schwindel verspürte, manchmal den Eindruck eines gewaltigen Rausches empfand, hatte sie rein gar nichts erreicht. Obwohl sie selbst mit gefährlichsten Pflanzen und Pulvern hantierte. Sogar geringe Mengen von *Dehtji hed* und *Hesbed* und den Mist der kostbaren *Apedu n mesyt* [38] hatte sie untergemischt, jedoch ein Blick in die Zukunft blieb ihr verwehrt.

„Eins noch!", sagte sie kauend zu Bast, die ihr abermals maunzend und gewaltig vertrauensselig um die Beine strich, fegte energisch die Kuchenkrümel von ihrem Schoß, stellte den Honig weg und stieg wieder hinab in den Keller.

Mit einer letzten Zutat wollte sie für heute noch einmal einen Sud aufsetzen. Sie spülte die eiserne Schale aus, kippte ein wenig Wasser hinein. Überlegte wirklich lange, ob sie es wagen sollte, denn Iaret, ihre Vorgängerin, hatte auf diesem Gefäß keinerlei Hinweise notiert, zu was diese kleinen grauen, fast schwarzen Kugeln gut waren. Fast weigerte sie sich, eins der klitzekleinen Körnchen aus dem Öl herauszunehmen. Vorsichtshalber griff Bent nach einer Pinzette, angelte ein Stückchen heraus, hielt es bedächtig über der Schale. Es entglitt unverhofft der Pinzette …

„Verdammter Mist! Dreimal verfluchter Drecksmist!"

Bent flucht selten, aber das hier war zu viel! Es ging so schnell mit der Stichflamme, daß sie nicht einmal mehr den Kopf wegdrehen konnte. Prüfend fuhr sie sich durchs Gesicht. Der abermalige Verlust ihrer Augenbrauen machte sie jetzt aber wirklich verdrießlich! Sie ging in Deckung, hielt den aufgeklappten Fächer vor, betrachtete aus sicherer Entfernung eine violette Flamme, die zischend und knallend das Wasser verbrannte, während das kleine, brennende Kügelchen zitternd hin und her rollend absonderliche Muster bildete.

„Bild?", las Bent in dem brennenden Mysterium, „Anch? Schilfblatt, Senetspiel, Wasser, Matte? Die heiligen Zeichen Amuns?"

Schon war das Wunderkügelchen verbrannt, ebenso das bißchen Wasser. Bent trat vorsichtig näher, drückte sich entgeistert einen nassen Lappen auf die Stirn, starrte ungläubig in die rußgeschwärzte leere Schale, während dieses grell brennende Mysterium noch immer hinter ihren Augen umherhuschte.

---

[38] Bleiweiß, Blaue Fritte (Ägyptisch Blau, Pigment), Hühner

Böse „Brennendes Wasser! Pah!" vor sich hin grummelnd, durchwühlte sie anschließend den Wandschrank, fand, was sie suchte, las vorsichtshalber die Beschriftung des Gefäßes zweimal:

Hemait. Wenn man den Körper damit abreibt, kommt eine Verschönerung der Haut dabei heraus und eine Beseitigung der Hautflecken, jede Art von Unreinheiten, jede Art von Alterserscheinungen, jede Art von Entzündungen die am Körper sind.

Großzügig schmierte Bent sich von dem kostbaren Öl auf die brennende Stirn und verließ brummig den Keller.

Früh am nächsten Morgen wollte sie sich auf den Weg zum *Ipet Sut* machen. Ein vollkommener Ort um alles über ein Bild des Amun zu erfahren. Sie war sich sicher, dort würde ihr, trotz aller Umstände und Widrigkeiten weitergeholfen. Kara trat fast gleichzeitig mit ihr aus der Tür, starrte Bent an, kreischte, schluchzte unverhofft, fiel Bent mitfühlend um den Hals.

„Oh, mein Liebes. Das tut mir ja so leid! Das arme Ding!"

„Armes Ding? Warst du heut morgen schon am Wein?", blaffte Bent, schubste Kara grob von sich.

„Aber sie jagte gestern doch noch Mäuse in der Küche, ich sah sie dort. Das arme, arme Kätzchen! Was ist denn bloß geschehen?"

„Kätzchen?"

„Die arme Bast! Die arme kleine *Miu*!" Geräusch- und genußvoll schneuzte Kara sich in den weiten Ärmel ihres Kittels.

„Du spinnst doch!"

„Deine Augenbrauen! Jetzt sag mir doch, was mit ihr geschehen ist!" [39]

„Da läuft sie doch! Brauchst dich bloß umdrehen! Miu! Pah! Nach mir fragt keiner! Ich hab mich beinahe böse verbrannt gestern! Fragst *du* nach *meinem* Schmerz? Wie es meiner Stirn geht? Siehst du die Brandblase? Siehst du sie? Um *mich* weint keiner!"

„Das tut mir natürlich auch leid! Aber wenn dem Kätzchen was passi…" Kara schaute an Bent vorbei, wischte sich über die Nase, straffte sich. „Was will denn der *Aa en Schet* bei uns? Der macht aber ein gewaltig amtliches Gesicht!"

„Diese aufgeblasene, schleimige Kröte kommt mir gerade recht, mit dem bin ich gleich fertig! Ich fasse es nicht, Pesechet führt ihn auch noch in meinen Schreibraum!"

Bent ließ Kara stehen, riß mit Wucht die angelehnte Tür zu ihrem Schreiberzimmer auf. Da saß der feine Herr Steuereintreiber auf ihrem guten Stuhl! Vor dem Tisch mit den Papyri der Buchhaltung und steckte neugierig seine triefende Knollennase hinein! Würde sie ihm bloß abfallen!

---

[39] Die alten Ägypter rasierten sich beim Tod ihrer geliebten Hauskatzen zum Zeichen der Trauer tatsächlich die Augenbrauen ab.

„*Em hotep!*", schnauzte sie.

„*Anch Uda Seneb!*" Die unterkühlt klingende Antwort ohne die gewohnte Schmeichelei und Ehrerbietung! Der feiste Mann stand auf, kramte in seiner Korbtasche, entrollte mit wichtiger Miene ein *Medat*, ein Schriftstück, fuhr mit dem Finger daran entlang. Und Bent erkannte, es war sogar eine *Awatj*, eine Namensliste und gleichzeitig eine *Meten*, die Steuerliste! Im Geiste ging sie schnell ihre Bücher durch, überlegte, ob vielleicht *Hareta*, Steuerrückstände ausstanden…

„Deine Felder sind auf den Isistempel besteuert. Seit einiger Zeit ist es aber so, daß unser großmütiger Pharao…"

„*Was* willst du?"

„Tempel des Aton gelten mehr im Herzen unseres gütigen Gottes. Ich muß dir daher mitteilen, daß alle deine Felder an den Bürgermeister der Stadt und somit an Pharao zurückfallen! Oder du zahlst mehr…"

Sie zog ihm rücksichtslos den Stuhl unterm dicken Hintern weg, bevor er sich wieder an ihren Tisch setzen konnte.

„Ach? Wie kommst du mir vor? Ich bin ein treuer *Schat*! Zahle pünktlich meine *Nebu*! Du kommst daher, willst *mir* weismachen, daß alle *meine* Felder nicht mehr *meine* Felder sind? Und *meine* Bauern? Hast du dir das gut überlegt? Sie würden in dem Fall keinen Finger krumm machen und die Felder für den ach so vornehmen Herrn Bürgermeister brach liegenlassen."

„Das ist Aufruhr!"

„Was du machst ist Willkür!"

„Du dienst Isis! Das wird bald nicht mehr geduldet. Hier wird über kurz oder lang ein anderer Wind wehen…"

„Genau! Der Wind der Veränderung wird wehen!" Sie brachte sich dermaßen in Rage, daß sie spürte, wie sich ihre Augäpfel nach oben drehten, Hitze sie überflutete, beißender Juckreiz von den schwarzen Schriftzeichen ausging.

„Ptahmose ist ein alter Mann, denk daran!" Mühselig beherrschte sie sich. „Es wird einen neuen Bürgermeister geben, und dann? Dienst du diesem dann genauso hündisch?" Bent drehte sich um, Kara stand in der offenen Tür.

„Was erlaubst du dir?", brauste der Steuereintreiber auf. „Diese Frechheit werde ich für alle Zeiten in meinem *Henetep* hüten und niemals vergessen!"

„Das Gehirn ist bloß dazu da, die Nase zu befeuchten, du Großmaul! Das Herz ist der Ort der sittlichen Erscheinungen! Du guckst jetzt in dein Herz und unterläßt deine willkürliche Steuererhebung… Keine Angst Kara, der kann uns nichts berechnen! Nicht ehe *Iteru* diesen *Achet* über die Ufer getreten ist und sich zu *Hapi* gewandelt hat. Erst wenn wir wissen, wie hoch die Überschwemmung war, werden die Steuern berechnet! Dann werden wir weitersehen! Noch läßt *Hapi* auf sich warten! Noch ist Niedrigwasser! Vorher wird nichts gezahlt!"

„Ich sehe gerade, du unterhältst in dem Dorf südlich von hier ein Haus, in dem du Waisenkinder aufnimmst. *Tja, tja, tja!* Auch zu diesem Haus gehören Felder… ebenso zu einem Haus hier in der Stadt… das… das… *Haus des Lotosgottes? Solch* ein Haus kennst du? Du bist nichts als ein *Meset!* Ein Frauenzimmer! Was für eine *Rerjit*! Schimpfst dich Hohepriesterin und…"

Sie nahm ihm die gespielte Empörung nicht ab.

„O-ho!", lachte Bent gehässig, „Das nennst du Schweinerei? Du kennst es ja anscheinend auch, du Ferkel! Aber ja! Schau mal einer an! Wie schnell deine fahle, fette Gesichtsfarbe ein sattes, tiefes Rot annimmt!"

„Angesichts dieser Tatsachen werde ich die Berechnung deiner Steuern um ein dreifaches…"

„Du gehst huren, du Drecksack!" Ihr fiel eine dicke Schriftrolle in die Finger, die haute sie dem noblen Herrn um die Ohren. „Nein, Kara! Misch dich nicht ein! Schau an, der saubere Herr! *Du* wirst mir keine Steuern erhöhen, keine neue *Heter*, oder ich muß zu meinem Bedauern deiner Gattin einen Krankenbesuch abstatten! Eine zusätzliche Steuer auferlegen! Pah! Mal hören, was sie zu dem untreuen Gatten zu sagen hat!"

„Das werden wir ja sehen!"

„Hinaus du Schreiberling von Ptahmoses Gnaden!", giftete sie ihn böse an, fuchtelte mit dem Griff der Rute vor seiner Nase, als wolle sie jeden Augenblick zuschlagen.

Nek su Jiaa, Kara, *nek Jiaa Hemet!* [40] Mach dich ab, bevor ich mich vergesse und dir einen Einlauf verpasse, den dein *Pehewj* so schnell nicht vergessen wird!"

Laut knallte die Pforte hinter dem unverschämten Drecksack zu, Bent riß sie wieder auf, trat hindurch.

„Aber wo willst du denn hin?", empörte Kara sich, „Du kannst uns doch nicht allein lassen! Wenn der wieder kommt?"

„Keine Bange, so schnell kommt der nicht zurück. Ich muß in den *Ipet Sut*."

„Was willst du denn dort? Da ist doch kaum noch einer!"

Meister Senufer!
Ich bete zu allen Göttern, daß dieser feine Mann noch lebt! Hat er mir damals nicht geholfen? Mir gesagt, ich soll im Tempel der Isis fragen, ob sie mich als Schülerin nehmen? Und später die ausgerenkte Schulter an ihren

---

[40] Ein Esel soll ihn beschlafen, ein Esel soll seine Frau beschlafen

Platz geschoben? Meine Wunden versorgt, mir Trost zugesprochen? Mich wie ein Mensch behandelt und nicht wie ein Stück Dreck! Das Stück Dreck, daß ich wenige Augenblicke zuvor für das Monstrum, den Fatzken war, als er mich auf dem Abtritt in die Kotze stieß! Mir meine Würde, meine Achtung vor mir selbst mit seinem dreckigen Schwanz aus dem Leib rammelte!

Keuchend stampfte Bent den weiten Weg entlang, mutig und zu allem entschlossen eilte sie durch Uaset. Wie schon einmal, als sie hier entlang lief, lag drückende Sommerhitze über der Stadt, und wie beflügelt huschten ihre Füße vorwärts, am *Ipet Resit* vorbei. Da tauchte die Allee mit den heiligen Widdern vor ihr auf! Dort mußte sie hergehen. Dieser gepflasterte, breite Weg führte direkt zum *Ipet Sut*!

Sie betrachtete die liegenden heiligen Widder zwischen denen sie dahinwanderte, fand sie heute weder bedrohlich noch angsteinflößend, obwohl sie mächtig und furchterregend wie lebensechte Böcke auf ihren Sockeln thronten. Bent wünschte sich fast, daß jeden Augenblick einer der gewaltigen göttlichen Böcke von seinem Sockel springen würde um sie an Amun zu erinnern! Er ihr somit sagen könnte, er, *Der Verborgene* sei noch da!

Niemand war mehr da!

Amun schien sein Antlitz bereits von Uaset abgewendet haben! Blätter und Unrat sammelte sich zu Füßen der Sockel, hier und da war die Farbe abgeblättert oder es fehlte an einer abgestoßenen Ecke der Putz. Alles wirkte verlottert, verlassen, verloren, einsam …

Bent wandte sich nach rechts, pilgerte den mit sechsundsechzig Sphingen gesäumten Weg entlang, der vom *Mut*-Tempel, am Tempel des Chons, ihres Sohnes, vorbei bis hin zu dem mächtigen *Bechenet* führte. Die beiden riesigen Bildnisse von Pharao Djehutimes und die beiden *Tehen* zeigten ihr schon von weitem den südlichen Eingang des *Ipet Sut*.

Hoch erhobenen Hauptes näherte Bent sich dem gewaltigen *Bechenet*.

Die Fahnen an den mindestens vierzig Ellen hohen Ebenholzstämmen knatterten wie seit ewigen Zeiten im stets wehenden Nordwind. Einer der Wächter salutierte höflich, verwehrte ihr aber den Durchgang.

„Wohin?"

„Dein Ton mißfällt mir!" Sie ließ den Schleier fallen. „Siehst du nicht, wen du vor dir hast?"

„Ihr seid Sahu-Re, Dame! Wer kennt Euch nicht! Seid gegrüßt, trotzdem kann ich Euch nicht einfach einlassen."

„Ich muß mit einem Priester der Tempelschule sprechen", erklärte sie barsch. „Auch ist er Heiler! Genau wie ich! Ich brauche einen Rat. Meister Senufer! Ist er noch da?"

„Ob Meister Senufer noch da ist? *Tju*! Aber ja! Bitte, *Henut*, tretet ein. Wißt

Ihr, wo Ihr ihn findet? Nein? Oh, da müßt Ihr drinnen nochmal fragen, denn wo der Herr Senufer sich gerade aufhält..."

„Schon gut! Ich werde ihn schon finden."

Sie huschte eilig durch den köstlich kühlen Schatten des *Bechenet*, hörte den Wächter noch: „Es tut mir aufrichtig leid um deine Katze! Möge die arme *Miu* in Frieden ruhen!", rufen.

„Jaja, danke!", grummelte sie, versuchte sich zu erinnern, wie man zu den Räumen von Meister Senufer kam...

Entsetzt schaute sie sich die Höfe an – da waren kaum Leute anzutreffen, dabei lebten doch einmal über achtzigtausend Priester, Schüler, Bedienstete hier. Doch augenblicklich wirkte der Tempel fast menschenleer! Und wie draußen wirkte auch hier drinnen alles ungepflegt und vernachlässigt! Auf den ungefegten Wegen sammelten sich Blätter, Sand und anderer Unrat; Schüler traf sie überhaupt keine an. Seufzend schaute sie hinüber zum *Gem pa Aton*. Der Tempel für den unbedeutenden Sonnengott funkelte im grellen Sonnenlicht und seine offenen Höfe machten keinesfalls einen verwahrlosten Eindruck.

„Welch eine Schande!", schimpfend, stampfte sie an der südlichen Längsseite des heiligen Sees Richtung Osten – auf den Weg zu der gewaltigen Umfassungsmauer hin, die den Tempel vor den Fluten des steigenden *Iteru* schützte. Fast am Ende des Weges und kurz vor der Mauer fand und betrat sie die Räume des betagten Amun-Priesters.

Schnaufend ob der Hitze blieb sie nach ihrem Anklopfen in der offenen Tür stehen, starrte blinzelnd in die dämmrige Kammer und für ein paar Herzschläge stockte ihr beinahe der Atem. Da lag er, halbnackt, um die Hüfte einen kurzen Schurz geschlungen, schlaff, dahingesunken, sitzend auf dem Stuhl, die Arme baumelnd, den Kopf gebettet auf dem Chaos, einem wüsten Durcheinander von allem Möglichen auf dem Tisch!

Tot!

Fast war sie geneigt, eiligst den Kopf des alten Mannes von der Tischplatte zu heben und an seinen Handgelenken nach dem Herzschlag zu fühlen! Doch er erwachte, sabberte sich was in den dünnen Bart, grummelte vor sich hin, wahrscheinlich weil ihn das Knarzen der Tür geweckt hatte. Bent schnaubte erleichtert, machte sich aber keinerlei Hoffnung und sich auf das Schlimmste gefaßt, denn bei so alten Leuten nützte meist kein Heilmittel mehr um die wirren Gedanken in Schwung zu bringen.

„Oh, Besuch!", bemerkte der drahtige braunverbrannte zahnlose Alte grinsend und erhob sich erstaunlich flott aus dem Stuhl. „Ein Mittagsschläfchen hat noch keinem geschadet, was? Wein? Bier? Wasser? Setz dich, Mädchen! Ach, das arme Kätzchen!" Er schlug die Hände über dem Kopf zusammen. „Sie ist jetzt in einer besseren Welt!"

„Ja! Und ich hoffe, da bleibt sie auch. Ehrlich gesagt, sie ging mir gewaltig auf die Nerven!" Bent mußte sich beherrschen nicht allzu nölig zu klingen. Allmählich ging ihr das Getue um eine nicht vorhandene tote Katze gewaltig gegen den Strich.

„Kennt Ihr mich noch?"

„Sollte ich das?" Er kratzte sich ausgiebig im Schritt und am kahlen Schopf, schöpfte aus einem Kübel eine Handvoll Wasser, wischte sich den eingetrockneten Sabber aus dem Bart, schenkte Bier in einen klebrigen Becher. Kippte das Bier wieder aus, tunkte den Becher in den Kübel, trocknete ihn an seinem, an der Vorderseite hier und da etwas gelblich verfärbten Schurz, füllte ihn erneut, reichte ihn Bent. Aus dem Chaos auf dem Tisch fischte er einen weiteren schmierigen Becher, füllte den – ohne ihn zu waschen – für sich selbst.

„Ich bin Sahu..."

„Du bist die Freundin von dem kleinen, lieben Kerl! Wie hieß der noch? Laß mich nachdenken... nein! Sag es nicht! Be... irgendwas mit Be..." Mümmelnd trank er von seinem Bier. „Ich vergesse meine guten, herausragenden Schüler nicht! Men war sein It! Lebt der noch? Hm? Der alte Gärtner? Ein feiner Mann! Hach, und seine Dame, die gute Satmut! Ist so früh gestorben und der arme kleine Bub mußte ohne Mutter aufwachsen... hatte er nicht noch einen Bruder? Nein! Das war sein Vetter... Ha! Bek hieß er, *tju, tju,* Bek war sein Name! Was ist aus ihm geworden?"

Bent stöhnte leise ob dieses Gebrabbels, fragte sich, in wie weit sie Meister Senufer überhaupt noch irgendwas fragen konnte.

„Alles wieder gut, hm?", fragte er sie dagegen. „Ist alles geheilt? Fein hast du das gemacht, Mädchen! Ich sage ja, ich vergesse keinen meiner guten Schüler! *Dich* hätte ich zu gern unterrichtet! Was bist du nur für eine große stolze Frau geworden! Sieh dich an! Bent, die Hohepriesterin! Jetzt hast du einen Namen, nicht wahr, Mädchen! Viel hast du gelernt, was! Sahu-Re, die gute Hohepriesterin ist aus dir geworden!"

„Ihr kennt mich?"

„Wer kennt Euch nicht, Dame! Ganz Uaset verehrt Euch! Als am *Ipet Resit* die Säulen einstürzten, habt Ihr wahrlich Heldenmut bewiesen! Ach ja, Bek ist einer unserer besten Baumeister, neben seinem hochmütigen Vetter, gerade fällts mir wieder ein! Was, Dame, kann ich für Euch tun?"

„... Du suchst ein Bild von Amun?", fragte er kurz darauf, als Bent ihm was von wegen Mysterium und so vorflunkerte. „Und gar ein lebendes?" Er stand auf, ließ unverhofft seinen Schurz fallen. Bent kniff entgeistert die Augen zu, denn der Anblick seines schlaffen, schrumpeligen... Sie schüttelte sich, hörte es ziemlich lang und unregelmäßig in den Kübel plätschern, danach ein Rascheln, öffnete vorsichtig wieder die Augen. Jetzt trug er einen plissierten, feinen weißen, fast bis auf den Boden reichenden Schurz.

„Ich weiß nicht, Ehrwürdige, wie ich dir da helfen könnte. Außerdem steht Amun nicht mehr hoch im Kurs."

„Ist seine Statue vielleicht damit gemeint?"

„Oh, das *Shesep Ankh* des *Verborgenen* wird jeden Morgen, vor dem *Jarut*, verehrungsvoll gewaschen, gesalbt, gekleidet. Wir verbrennen Fett und Weihrauch, richten das Grillfleisch und den Bratspieß her, löschen es ab mit dem Bier! Und reichen wir nicht Weißbrot, Gebäck, Bier, Wein und Milch! Räuchern wir nicht mit Myrrhe und beschwören... Bier? Ihr trinkt ja gar nicht! Schmeckt es nicht?"

Er probierte prüfend und mümmelnd sein eigenes *Henket*, hielt den Becher dicht vor seine Augen. „Bei der liebreizenden *Tjenemit, Die uns das Bier herbeibringt*, ist dieser Becher klebrig!" Schon wollte er ihn in den Kübel tunken.

„Meister Senufer!", quiekte Bent, fiel ihm in den Arm.

„Hm? Oh!"

Schnell stellte er den Becher auf den Tisch zurück, zog aus einer Truhe einen stattlichen *Bar Abi*, legte sich das Leopardenfell um die Schultern. Bent bedauerte für ein paar Augenblicke die wunderschöne Katze, die für die Kluft eines Priesters sinnlos ihr Leben lassen mußte.

„Ich kenne das Ritual, welches zu Ehren des *Verborgenen* täglich stattfindet, Meister Senufer. Aber könnte tatsächlich die Statue damit gemeint sein?"

Er schlang um seine schmalen, knochigen Hüften einen prächtigen Gürtel, legte eine dicke güldene Kette um seinen Hals, parfümierte sich.

„Ach, wir sind so wenige, und doch können wir das *Jarut* aufrechthalten! Noch!" Wehmut schwang in seinen Worten, die er wohl mit einem weiteren Becher Bier zu bekämpfen versuchte.

„Die Jungen sind alle gegangen! Mit dem Guten Gott nach Norden, in die neue Stadt, um dort dem Gott zu huldigen, der am Himmel steht. Allen voran unser Oberster Hohepriester. Schmiert dem König Honigseim ums Maul..." Als kämen ihm Zweifel an seinem Glauben, schaute er Bent bitterböse ins Gesicht. „Nur wir Alten sind noch da, aber für wie lange noch? Und ein paar Feiglinge, die keinen Mumm in ihren Knochen haben, sich nicht für die eine oder andere Sache entscheiden können... Und die Übereifrigen, die Blindgläubigen, die hier in dem vornehmen Sonnentempel des Königs ihren fragwürdigen, zweifelhaften Dienst tun... Zweifel... auch mich überkommen sie manchmal und ich frage mich, ob der *König der Götter* noch da ist. Amuns Statue? Ist *das* ein *lebendes* Bild?"

„Weder sind die Kleider nach der Nacht schmutzig, noch die Statue, oder? Amun ist so sauber wie am Tag davor, nicht wahr? Und essen tut die Statue auch nicht, hm? Das eßt ihr doch selbst!"

Er griff nach seinem mächtigen verzierten *Medu*, öffnete Bent höflich die Tür.

„Natürlich ißt die Statue nicht! Steh auf, Mädchen, ich will sie dir zeigen! *Dir*! Hohepriesterin der Königin aller Götter! Dir darf ich den *König der Götter*, den *Verborgenen* zeigen! *Du* weißt das zu würdigen! Aber zuerst schütte ich vorsichtshalber den Kübel aus!"

„Habt Ihr denn niemanden, der auf Euch aufpaßt?", fragte Bent besorgt und mitfühlend, als sie zum Allerheiligsten unterwegs waren. „Jemand, der die Wäsche wäscht, sie zumindest einer Wäscherin übergibt, der nach Euch schaut, kocht, Euch kleine Gefälligkeiten tut, Wege abnimmt?"

„Es sind keine Schüler mehr da, Mädchen. Still jetzt! Wir nähern uns seinem Schrein!"

Mit großen Augen und ehrfürchtiger Scheu betrachtete Bent das heilige Abbild des Reichgottes!

Amun-Re, *Der Verborgene*, *König der Götter*, Sonnengott, Schöpfergott, Kriegsgott!

Gott der Fruchtbarkeit!

Der Herr des Windes!

Herr der Welt!

Ehrfurchtgebietend schaute er auf sie herab!

Sie, die kleine anmaßende Bent, die sein Allerheiligstes betreten hatte!

Andächtig neigte Sahu-Re den Kopf, betrachtete daraufhin weiter das Standbild des Gottes, bewunderte seine Schönheit, den prächtigen Schurz, das mächtige Zepter, die hohe Federkrone, seinen Schmuck, seine Würde, genoß den guten Duft des Gottes. Allein es half nichts, der Anblick des Gottes konnte ihr nicht weiterhelfen. Bedauernd deutete sie Meister Senufer, das Allerheiligste verlassen zu wollen.

„Das tut mir leid, Ehrwürdige. Gerne hätte ich dir geholfen! Gerade dir! Aber vielleicht meint dein Orakel die heiligen Gänse des Amun?"

„Nach Federvieh sah das Mirakel nicht aus!"

„Oder seine mächtigen Widder?"

„Schafe? Nein, auch so kam es mir nicht vor."

„Geh dir die Tiere doch wenigstens ansehen, schaden kann es ja nicht! Du mußt diesen Gang entlanggehen…"

„Ich kenne den Weg!", unterbrach sie ihn aufgebracht. „Nach links kommt man zu den Abtritten und da will ich gewiß nicht hin! Ich danke dir, Meister Senufer! Lebt wohl. *Anch Uda Seneb*! Und vergeßt nicht: Isis wacht über Uaset!"

„Leben Heil Gesundheit, Mädchen! Bis wir uns wiedersehen!"

Schnatternde Aufregung, hochfliegende Federn, spritzendes Wasser, fauchende Gänseriche. Mißmutig überblickte Bent Amuns gewaltigen heiligen See mit dem sich tummelnden Federvieh. Nein, hier lag die Lösung des unheimlichen, brennenden Orakels gewiß nicht verborgen. Und schon gar nicht in dem grünschillernden, feuchten Häufchen, in das sie gerade unachtsam getreten war. Sich grummelnd die Sandale im Sand abwischend betrachtete sie weiter die Schar fröhlich schnatternder Gänse.

„Willst du eine kaufen?", hörte sie es hinter sich.

„Wozu?" Bent drehte sich um, betrachtete argwöhnisch den klapprigen, schmierigen *Hem Netjer Ascha*, einer der gewöhnlichen Priester, der wohl die Aufsicht über das Geflügel hatte.

„Damit deine Sünden und Verfehlungen getilgt werden. Du kaufst sie, wir opfern sie dem großen Gott, unserem allseits verehrten Amun, anschließend mumifizieren wir sie. Schon morgen kannst du sie abholen und dir sicher sein, daß deine ewige Seligkeit gerettet ist."

„*Meine* ewige Seligkeit? Ist *morgen* schon gerettet? Mit dem Kauf einer auf wundersame Weise eiligst getrockneter Gans?", bemerkte sie bissig.

„*Tju*! Aber ja, aber ja, Gnädigste, *Henut*, gute Frau. Du nimmst die Gans und nimmst sie mit in dein Heim. Aller Schaden wird abgewendet und wenn du irgendwann stirbst – möge es ganz lange dauern und du bis dahin gesund bleiben – kommst du auf der Stelle in das himmlische *Sechet Iaru* und segelst mit den Göttern persönlich am Firmament entlang!"

„*Nein*!" Bent schlug klatschend die Hände vor der Brust zusammen, gab sich beinahe sprachlos vor so viel Wortgewandtheit. „*Das* will ich sehen! Hast du so eine gottgeweihte Gans vielleicht da? Ich hab es nämlich ein bißchen eilig und wollte eigentlich nicht noch bis morgen warten…"

„Oh du vom Glück geküßte. Welch ein freudiger Umstand führt dich bloß hierher? In der Tat, ich hätte eine feil … Amun, unser König der Götter selbst muß dir heute den Weg gezeigt haben um Glückseligkeit zu erlangen!"

„Da könntest du nicht ganz unrecht haben!", meinte sie böse lächelnd, folgte ihm vorwitzig in das angrenzende Gebäude. Der *Hem Netjer Ascha* entzündete Weihrauch, nebelte Bent damit gründlich ein, stöberte unter Murmeln und Gebeten auf etlichen an die Wand genagelten Brettern, hielt ihr schließlich stolz eine ordentlich in feines Leinen eingewickelte Gans und die offene Handfläche hin:

„Drei Deben! Was ist das schon für ewige Glückseligkeit? Hä?"

„*Was*?", brauste sie auf. „Das ist ja ein unverschämter Preis! Ein lebender Vogel vom Markt kostet nur ein Viertel Deben! Dein dreistes Angebot ist eine unerhörte Frechheit! Der reinste Wucher! Dafür bekomme ich ja schon eine lebendige Ziege oder gar hundertzwanzig Uschebtis! Nie mehr müßte ich im *Sechet Iaru* arbeiten bei dem Heer Uschebtis. Ich geb dir für deinen armseligen toten Vogel einen halben Deben. Und ich frage mich… was ist mit Aton?"

Der Priester wechselte die Farbe seines ausgemergelten Gesichtes so plötzlich als habe er Hals über Kopf starken Wein getrunken.

„Pharao hat nicht verboten, Geflügel zu verkaufen!", flüsterte er gewitzt.

Dann erwachte anscheinend rasant wieder sein Geschäftssinn: „Oder möchtest du lieber einen Widder? Der ist größer und die Gelegenheit sicherer ins gelobte Land zu kommen!"

„Du läßt nichts unversucht, meine Seligkeit zu retten, was?"

„Liegt mir doch das Wohl meiner Mitmenschen am Herzen! Wäre ich sonst Priester geworden?"

„Honigseim, hm?"

„Wie meinen?", fragte er salbungsvoll.

„Ich gebe dir einen und einen viertel Deben für die Gans, mehr nicht! Und ja, ich schaue mir die Widder an! Ich suche mir ein Böckchen raus, aber das will ich lebendig, hab keine Lust zum Schleppen! Peset wird sich seiner liebevoll annehmen! Aber da handeln wir *vorher* den Preis aus! Nochmal übervorteilst du mich nicht!"

Mit ihrer eingewickelten Gans – das übermütige, flauschige Schafböckchen, für einen weiteren Viertel Deben erworben, an einem dünnen Seil hinter sich herziehend – machte Bent sich auf den Heimweg. Kurz bevor sie den südlichen *Bechenet* erreichte, fiel ihr Blick abermals hinüber zum *Gem pa Aton*.

„Wir sollten uns das mal genauer ansehen, hm? Was meinst du?"

„mäh"

„Brauchst gar nicht so fröhlich herumhopsen, du Wicht! Dazu besteht überhaupt kein Anlaß! An deiner Stelle würde ich versuchen in mich zu gehen und über die Verfehlungen meines Lebens nachdenken! Ich sollte mir ein eigenes Urteil bilden, was? In Achet-Aton habe ich es versäumt. Vielleicht kommt Atons Geist auch über mich? Was hältst du von einer Salbung mit gutem Öl, *Uan*-Beeren, Knoblauch, Zwiebeln, Sellerie?"

„mäh"

Sie trat durch den unbewachten *Bechenet* des Aton-Tempels hinein in die glühende Hitze des Mittags, blinzelte gegen das grelle Sonnenlicht, legte sich den Schleier über die Augen und suchte vergebens einen schattigen Platz. Entgeistert betrachtete Bent die unzähligen Altäre, manche umringt von ein paar jungen, hartgesottenen Sonnenanbetern, die sich eifrig in der Glut der Mittagshitze tummelten, mit einem Haufen Geschiß ein paar Blümchen opferten, die augenblicklich unter Atons wohlwollender sengender Sommerhitze dahinwelkten.

Bent trippelte an der südlichen Mauer, die wenigstens ein klein wenig Schatten warf, entlang, wischte sich mit dem Schleier den Schweiß von der Stirn, setzte sich schnaufend, den Rücken an die Mauer gelehnt, auf den Boden. Von dort schaute sie den debattierenden Wichtigtuern und ihrem affigen Getue eine Weile zu, schnaubte mißmutig, betrachtete sie gründlich. Schlaffe Schwabbelbäuche, Ziegenbärtchen, mickrige Hühnerbrüstchen, dummdreiste Angeber, große Klappe! Hochtrabendes, vergeistigt wirkendes, blödes Gelaber! Diese schnatternden labernden jungen Kerle waren weder Fisch noch Fleisch! Genau wie ihr König, dessen Erscheinung sie anscheinend nacheiferten! Pah! Wo waren die kernigen Männer ihrer Jugend abgeblieben?

„Was für jämmerliche Gestalten, hm? Meinen die tatsächlich, sie könnten *uns* die Welt erklären, was?"

„mäh"

„Wollen wir mal nachsehen, was uns diese Gans zu bieten hat?"

„mäh"

„Jetzt gehen wir der Sache mal auf den Grund, Kleiner! Denn ich hege einen bösen Verdacht! Die Priester des *Ipet Sut* sind mir schon lange ein Dorn im Auge, weißt du! Bis auf Meister Senufer, der ist eine Ausnahme! Seit damals, als Majaret bei uns entbunden hat und ihr Gatte in meinen Schriften wühlte, traue ich keinem von denen!"

„mäh"

„Genau!"

Bent fummelte an der Leinenbinde, fand den Anfang, wickelte die Gans aus.

„Schau dir das mal an! Sie ist doch aufs vortrefflichste mumifiziert!" Bent stocherte in dem Hinterteil des mit allem Möglichen zugekleisterten Vogelgerippes, zauberte Stroh und ein paar alte Lappen zu Tage.

„Amun selbst hat da wohl kräftig mitgeholfen, um aus Stroh Eingeweide und aus Leim, ein paar alten Papyrus- und Leinenfetzen Haut zu zaubern, was?"

Mit lautem Klappern schüttelte sie das wertvolle Opfertier wie ein Kleinkind ein Spielzeug, brach mit lautem Knirschen das abgenagte Gerippe des Vogels entzwei, wühlte in den Knöchelchen.

„Guck mal! Wenn das kein Wunder ist! Ein zauberhafter kleiner Felsbrocken ersetzt das Herz der Gans! Ist das jämmerliche Steinchen nicht hübsch? Nein? Und riech mal!" Schwach schnupperte Bent den Hauch der feinen Öle und Gewürze mit denen dieses arme Vieh gesalbt wurde, hielt die traurigen Überreste der Gans vor des Lämmchens Nase. „Die kochen auch mit *Uan*-Beeren, Knoblauch, Zwiebeln und Sellerie! Ich vermute stark, daß der Vogel da, dieses hehre und tugendsame Opfer, in der wahren und reinen Feuersbrunst eines hundsgewöhnlichen Küchenofens geopfert wurde! Nicht als Lug und Trug! Und dafür verlangen sie drei Deben!", schimpfte sie und schaute dabei das Böckchen an.

„mäh"

„Für Küchenabfälle! Pah!" Sie stupste ihm den Zeigefinger mehrmals zornig auf die kleine Brust. „Ich habe es geahnt! Oh, wie viele unschuldige Vögel mögen in den vergangenen Jahrhunderten seit Narmer den ehrenvollen Weg eines wertvollen, kostbaren Opfers durch die Mägen der Priester gegangen sein? Wie viele vollkommen vertrottelte Menschen mochten diesen

Wucherpreis für Abfälle anstandslos bezahlt und dadurch den Reichtum der Amunpriester gemehrt haben? Pah! Und machen sie es in *Per Bastet* nicht genauso mit den Katzen? Und irgendwo anders mit Falken? Ich habe schon immer vermutet, daß da Betrug im Spiel ist! Ha! Und sie verkaufen gewinnbringend Millionen von Totenbüchern, Schnipselchen von Papyri mit törichten Sprüchen... nein, nein, nein, die Dummheit ist nicht auszurotten! Kein Wunder, daß diese neue Lehre so viele Anhänger gewinnt!"

Das Schäfchen gab wie zur Zustimmung ein paar klagende Laute von sich, sprang ihr unvermittelt zutraulich auf den Schoß, kuschelte sich ohne Scheu zusammen. Sprachlos über soviel unverhoffte Zuneigung kraulte Bent das Tierchen verträumt hinter den Ohren. Allmählich flaute ihr Zorn ab.

„*Ksanamu*, was?", [41] sagte sie schelmisch zu dem Lämmchen, knuddelte es ordentlich durch, bekam dafür einen ungestümen, freundlichen Nasenstüber und mehrere sehr feuchte Schäfchenküsse. Fröhlich meckernd sprang es von ihrem Schoß, hopste an seiner Schnur ausgelassen herum. Die kleinen Bocksprünge waren spaßig anzuschauen.

„Und *das* soll jetzt knusprig gebratener Lammbraten werden?", bemerkte Bent spitzfindig, schmunzelte über die drolligen Possen, zog den kleinen niedlichen Kerl zu sich, faßte ihm unters Schnäuzchen und schaute ihm eine Weile in die blanken, süßen Äugelchen.

„Willst mich rumkriegen, was? Verführen? Bestechen? Du hast gewaltigen Scharm, mein Kleiner! Du hast gewonnen! Ich schlachte nichts, was einen Namen hat!" Wütend erhob sie sich, schritt zu einem der Altäre, knallte die zerfledderte Gans darauf.

„So Unrecht hast du gar nicht, du erster Diener des Aton! Aber ich werde trotzdem irgendwann ein lebendiges Bild von Amun finden! Dann wird hier wieder gelehrt werden! Und die alten Götter angebetet! Die alte Ordnung wieder hergestellt! Wann das kommen mag, weiß ich nicht zu sagen, *aber* der Tag wird kommen! Und solange wache *ich* über Uaset! So lange *ich* lebe, wird Uaset glücklich sein!"

„Schaut mal!", hörte Bent beim Verlassen des *Gem pa Aton* einen der jungen Kerle. „Ist das nicht die dürre, alte Hexe aus dem Isistempel? Wie sie da rumläuft! Und was sie nicht alles vor sich hin brabbelt! Mäh! Mäh!"

Die mühselig beherrschte Wut kroch Bent wieder den Hals hoch. Der vorlaute Bursche hinter ihr konnte froh sein, daß sie keine klobigen Stiefel trug, wie sie es tat, wenn sie mal half den Stall auszumisten oder zu einer Geburt auf dem freien Feld gerufen wurde. Sie wüßte ein schönes Plätzchen für die Stiefelspitze!

---

[41] Die ungefähre Aussprache des Namens Chnum, dem widderköpfigen Schöpfergott. *Ksanamu* bedeutet einfach *Schaf*

Böse geworden ließ sie die Rotzlöffel vorbei, die grölten, meckerten und lästern weiter frech über sie, während sie zur Seite trat. Unvermittelt packte Bent das größte Großmaul am Arm, funkelte ihn mit ihren wie blind wirkenden Augen an. Und mit einem Male spürte sie wie der böse Fluch ihrer schwarzen, schrecklichen Magie in ihr hochstieg. Lautlos und gefährlich brodelte die wilde, unbändige, dunkle Hexenkraft.

Der junge Mann versuchte sich vergebens aus ihrem harten Griff zu befreien. Im Gesicht des feinen Jüngelchens spiegelte sich plötzlich pure Angst, verschwunden der blasierte, vornehme Gesichtsausdruck. Gebannt wie ein Kaninchen vor der Schlange starrte er in Bents glühende Augen.

„Solche arroganten Arschlöcher wie dich kenne ich zur Genüge!" raunte sie ihm zu. Von irgendwoher drang leise ein zischender Ton; aus der tiefsten, dunkelsten Duat schienen die übelsten Gerüche in die Welt zu steigen.

„Das, mein Kleiner, ist der Duft der Unterwelt!" unkte Bent unheilvoll mit ihrer heiseren, tiefen Stimme. „Ich, die Hexe von Uaset, beherrsche die dunkle Macht der Duat. Riechst du den Odem von Ammit, der großen Verschlingerin? Sie hat ihr Maul schon gefährlich nahe an deinem Herzen! Verschlingen wird sie dein verderbtes Herz einst! Hüte deine vorlaute Zunge oder ich lasse sie gänzlich frei!"

Wie von leibhaftigen Dämonen der Unterwelt verfolgt, kniffen die großmäuligen Angeber die Nasen und Arschbacken zusammen und suchten schleunigst das Weite.

Zurück im Tempel grüßte sie Montju, der auf Wache stand und ihr höflich die Pforte aufhielt. Flink huschte sie durch das Tor in ihre Schreibkammer, band das Schäfchen am Tischbein fest, setzte ohne Säumen einen Brief auf:

An den ehrenwerten Herrn Mahir, dies ist die ehrenwerte Bent, Sahu-Re, Herrin vom Tempel der Isis, die dir dies schreibt. Einst, als wir Kinder waren, warst du mein Nachbar, Mahir, heute führst du seit Jahren mit deiner Frau mein Haus gut und gerecht, machst aus armen Waisenkindern gute Menschen. Höre von mir, daß ich mir wünsche, daß du einen guten Jungen mir schickst. Einer, der neun, zehn oder gar elf Jahre alt ist. Einen der Grips im Kopf hat, willig ist, gerne gehorcht und es zu was bringen will. Ich bin mir sicher, unter all den Buben wirst du so einen haben. Schicke ihn mir alsbald, innerhalb der nächsten beiden Tage, ich will ihn zu einem guten Lehrmeister schicken.

Daraufhin öffnete Bent die Luke zum *Bechenet* hin.
„Montju!"

„Herrin?"
„Schick mir Ahmose!"
„Sofort!"
Bald darauf stand der junge Mann vor ihr.

„Diesen Brief sollst du mir in das Dorf südlich von hier bringen. Du läßt dich von Raneb oder einem seiner Söhne dorthin fahren, suchst den Schreiber des Dorfes auf, gehst mit ihm in die dritte Gasse westlich des Brunnens…"

„Ich kenne den Weg, Herrin! Bin ich ihn nicht schon oft für Euch gegangen? Das einunddreißigste Haus. Zu dem Herrn Mahir."

„Sei nicht so vorlaut! Warum grinst du so unverschämt fröhlich?"

„Der *Tschesu* Herr Montju macht mich bald zu seinem Stellvertreter! Dann kann ich Nuthotep heiraten!"

„Was du nicht sagst!"

„Soll ich dort was ausrichten? Oder nur den Brief überbringen und ihn vorlesen lassen?"

„Ich gebe dir noch einen Sack Weizen mit, einen Topf Honig und einen großen Krug von gutem Öl. Das kannst du deiner Mutter sagen; sie soll alles am hinteren Eingang der Scheune bereitstellen."

„Soll ich auf Antwort warten?"

„Falls der Herr Mahir fragt, kannst du ihm sagen, der Junge soll der Gehilfe eines guten Priesters werden. Er wird es gut haben bei Meister Senufer!"

„Soll ich das Lämmchen in den Stall oder in die Küche bringen?"

„Das Lämmchen bleibt bei *mir*! Und er heißt *Ksanamu*!"

Bahu kündete mit seinem rot gefärbten Wasser endlich die ersehnte Überschwemmung an!

Zufrieden ließ Bent einen Brief zusammenrollen, gab Befehl, Raneb solle mit seinem Karren herkommen. Mit ihm fuhr sie schließlich zu den Fähren, ließen sich übersetzen hinüber zur Westlichen Stadt. Dort in der *Imentet Niut*, dem *Aufstieg Atons*,[42] stieg sie vom Karren, betrat die *Nayt* von Neschons Tochter, blieb baff stehen. Die Weberei war leer!

Wo waren all die Frauen, die für Neschon die Webstühle bedienten? Wo waren all die schönen, bunten Stoffballen? Und wo waren die Webstühle? Bent durchwanderte das fast leere Haus, fand hier und da ein paar abgewetzte Möbel und im hintersten Raum einen einzigen kaputten uralten

---

[42] Die antike Stadt auf der Westbank von Luxor wurde 2021 entdeckt

Webstuhl und die Tochter von Neschons Tochter heulend am Boden sitzend.

„Sechetet? Was ist hier los?"

„Was soll ich denn jetzt machen!", flennte die junge verheulte Frau, schmierte sich den Schnodder aus der Nase an ihren Ärmel, schluchzte jämmerlich, schnappte nach Atem wie ein Fisch auf dem Trockenen.

„Was ist denn passiert?"

„Was passiert ist?", noch ein Schluchzer, „Abgehauen ist sie! Alle sind sie weg! Mit allem, was hier im Haus war! Ist nach dem *Horizont der Sonne* gegangen! Läßt mich hier zurück, weil ich das nicht wollte, nicht damit einverstanden war!"

Mit viel Mühe verstand Bent in aus dem Geflenne den Sinn der gejapsten, gestammelten Worte, unaufhörlich von Schniefen und Schneuzen unterbrochen:

„Sagt, *sie* sei diejenige, die *Secheru Nesut* macht! *Sie* sei diejenige, die für den Hof die Kleider macht! *Sie* und keine andere! Das hätte mit Glauben und so überhaupt nichts zu tun! Das Geschäft ginge vor! Was soll ich denn nur machen... ich bin für alle Zeiten erledigt..." Der Rest des Gejammers ging in erbärmlichen Schluchzen und Keuchen unter.

Bent betrachtete den kaputten Webstuhl, hob die Tücher von einem dicken Haufen am Boden. Darunter ein paar Ballen Königsleinen und etliche Garben Flachs!

„Für alle Zeiten? Soso!"

Spöttisch zog sie die Augenbraue hoch, ließ sich neben Sechetet am Boden nieder, betrachtete eine Maus, die schnuppernd Männchen machte und flink an der Wand entlang vorbeihuschte. „Weißt du, ich kannte mal ein Mädchen. Es hatte nix in seinem Beutel außer ein paar Strohschlappen, einen tausendfach gestopften armseligen Kittel, genau wie jenen, den es trug, ein billiges Amulett und eine Binsenmatte. Und sie war dumm, oh, was war sie dumm! Genau wie das Mäuschen da! Doch fand sie eine gute Anstellung und konnte ihren Lebensunterhalt bestreiten."

„Soll mich das vielleicht trösten?"

„Und ich kannte ein Mädchen, das hatte nix außer einem kleinen schlichten Kästchen, darin ein paar stumpfe Nadeln, eine billige Schere und ein paar Fäden. Damit stopfte sie feinen Frauen ihre feinen Kleider, verdiente so ihr tägliches Brot."

„Was sollen deine Worte? *Ich* besitze überhaupt nichts mehr!"

„Ich kannte auch eine junge Frau, der ist das schöne Haus mit samt der teuren Einrichtung überm Kopf abgebrannt. Die hatte hinterher noch viel weniger, nicht einmal mehr Lumpen um ihre Blöße zu bedecken. Ja, sie hatte noch nicht einmal mehr ein Gesicht, geschweige denn einen Namen!"

„Dame Bent! Verschont mich mit Euren Gleichnissen!"

Bent stand auf, zerrte Sechetet grob vom Boden hoch.

„Hör auf zu flennen, du dummes Sumpfhuhn! Hier steht ein Haus! Mit allem was dazugehört! Küche, Wohnraum, Möbel, Garten! Da steht ein Webstuhl, dort liegt Flachs, Leinen! *Was* hindert dich? Du rufst einen Schreiner der den Webstuhl repariert! Dann setzt du dich hin und machst mir ein Kleid!"

„Ich kann das nicht!"

Welch ein Gejammer!

„Was *genau* kannst du nicht? Weben? Aufstehen? Einen *Schamayt Neferet* weben? Einen *Chered* weben? Oder den *Gawut* aufwickeln? Einen *Medschhwu* rufen? Ein *Hebsut* in die Hand nehmen?" Bent rüttelte die junge Frau ordentlich durch, das schien zu helfen, aufbrausend brach die beherzte Tochter Neschons durch.

„Selbstverständlich", Sechetet entkam Bents gnadenlosem Griff, giftete „kann ich einen Stoff von bester Qualität weben! Und einen dünnen Stoff! Ich weiß wie man den Stoffballen aufwickelt und auch wie man einen Schreiner ruft! Und ich *kann* ein Stück Stoff in die Hand nehmen!" spottete sie noch.

„Und *tepji*!"

„Nähen kannst du auch? Dann fang an! Schlimm genug, daß die widrigen Umstände augenblicklich selbst Familien spalten! Aber *du* wirst dich hier nicht gehenlassen, nicht in Selbstmitleid zerfließen! Nicht solange *ich* da bin! *Hast* du mich verstanden?"

„*Tju*!"

„Raneb?", rief Bent nach draußen.

„Herrin?"

„Sieh zu, daß du einen Schreiner auftreibst! Sofort!" Und zu Sechetet gewandt: „Ich brauche ein Kleid, ein feines, ein schwarzes, edel und vornehm für eine große Feier. Wann kannst du das fertig haben? Für schwarzen Stoff mußt du zu einem Gerber gehen. Der macht das mit Eisenbeize und…"

„Hier drüben hängt ein schwarzes Kleid, Dame Bent. *Mut* sagte, ich würde wissen, für wen es gemacht sei…"

„Sie kennt mich nur zu gut, deine *Mut*!" Mit großen Augen betrachtete Bent das wunderschöne hauchzarte schwarze Kleid. Am Saum mit Goldfäden verziert, genau wie die Träger. Dazu gehörte ein schwarzer, mit Gold verzierter Kragen, auf den das Bild der Göttermutter Isis gestickt war und ein durchsichtiger Schleier, goldverbrämt!

„Zauberhaft!"

„Ich schenke es Euch!"

„Aber ja, *sonst* noch was?"

„Dafür, daß Ihr mir den Kopf zurechtrück…"

„Dafür, daß ich dir sagte, was du sowieso in deinem Herzen wußtest? Nein, nein, Mädchen, das Kleid bezahle ich! Damit kannst du den Schreiner entlohnen, vielleicht sogar Leute einstellen. Wir verstehen uns?"

„Ja, Dame Bent!" Sechetet gelang schniefend ein Lächeln.
„Du wirst von mir hören! *Anch Uda Seneb*!"
„Danke!"

Ausgeruht und erfrischt betrat Bent an diesem besonderen Morgen kurz nach Sonnenaufgang ihre Räume, bewunderte voller Vorfreude das wunderschöne neue Kleid, welches ordentlich ausgebreitet auf dem zweiten Bett in der Schlafkammer lag. Sie konnte es kaum erwarten, sich damit zu kleiden, sich das Gesicht zu malen, ihren wertvollsten Schmuck anzulegen und sich richtig hübsch zu machen.

Die letzte Stunde der Nacht hatte sie betend – auch um die große Göttin um Kraft und Ausdauer für den Bruder zu bitten, damit er seiner neuen Aufgabe gerecht werde – im Allerheiligsten verbracht, fühlte sich munter und aufgekratzt und hoffte, daß Weredji bereits genügend heißes Wasser für ein ausgiebiges warmes Bad erhitzt hatte.

Während das warme Wasser gluckernd in das Becken lief, Bent, ein Liedchen trällernd, Seife, Parfüm, Handtuch, Natron und Hemait bereitstellte, betrat Kara ihr Badezimmer, „Da ist er endlich gekommen, der große Tag!", jubelnd. „Oh, das Kleid ist wirklich zauberhaft, Bent!"

„*Em Kefat*, Liebes, in der Tat!", nuschelte Bent, schrubbte sich mit dem Natron die Zähne, spülte mit dem mit Minze versetztem Wasser den Mund, hauchte Kara an. „Riech mal! *Setsch ra*?"

„Nein! Kein Mundgeruch! Kommen *Schamau*?"

„Natürlich!", Bent schmunzelte, „Jene wilden Kerle, die immer schon für uns aufspielten! Weißt du, der so schön *Ich kann nicht hungrig singen, nicht die Harfe halten zum Gesang, wenn ich nicht satt vom Biere bin* plärren kann"

„Oh weh!" Kara lachte laut. „Das kann was werden! Wird Chemsit tanzen?"

„Nein, sie ist Gast! Genau wie Samut. Willst du mit in das Becken?"

„*Tju*! Rutsch!"

„Höchstens werde ich *jaba*. Was ist? Was guckst du? Darf ich nicht vor Freude tanzen?"

„Selten genug sehe ich dich gutgelaunt und ausgelassen. Das muß ich genießen! Kommt *er*? Für *ihn* würdest du tatsächlich tanzen, was!"

Augenblicklich verfinsterte sich Bents Miene; sie patschte mit der flachen Hand auf das duftende Wasser, daß es nur so spritzte.

„Wenn man eine Einladung erhält", giftete sie, „dann erscheint man gefälligst rechtzeitig! Ich warte auf meinen Vater, seine Frau, er wollte sie alle mitbringen. Und nun? Kein Ranofer, kein Marya, keine Shanakdakheto, kein Wepu, keine Tante, keine Braut, keine Brauteltern! Laß ihn mal kommen! Ich werde ihm höchstpersönlich in den Hintern treten!"

„Das will ich sehen!", kicherte Kara. „Die meiste Zeit schmachtest du ihn bloß an... schon gut! Behalt deine Frechheiten für dich!"

„Allmählich müssen wir uns sputen, wenn wir, wie abgemacht, am frühen Vormittag da sein wollen. Schminkst du mich?"

„Ach, *mabjat*, mach das lieber selber. Wenn ich das mache, siehst du aus wie ein unschuldiges, junges Mädchen und das will der Herr Ranofer ganz bestimmt nicht sehen! Schrubb mir mal den Rücken! Aber ich nehme gern von deiner Schminke; hast du ein paar Tropfen von deinem feinen Parfüm für mich?"

„Nimm dir ruhig! Du mußt mir aber beim *neschy* helfen. Was ist denn da draußen los?"

„Ah...!", quiekte Kara, „Die Eier!", klatschte sich die Hand an die Stirn, meinte zerknirscht: „Natürlich helf ich dir beim Haare machen... später... ich hab die Befürchtung, ich hab den Hühnerstall offengelassen!"

„Och Kara! Dann ist Ksanamu auch entwischt!"

Von draußen erklang ausgelassenes Gegacker und Gemecker.

„Was hast du nur mit diesem Böckchen? Hör auf so zu gucken! Ich geh sie ja schon einfangen." Flink kletterte Kara aus dem Becken, hüllte sich in das große Tuch, verschwand nach draußen, kreischte wie nur ein Backfisch kreischen konnte: „Ist der süüüß!"

„Du liebes bißchen!", seufzte Bent, hievte sich aus dem Wasser, streifte einen Kittel über, ging nachsehen, was in ihrem Hof so unglaublich süüüß war.

Kaum hatte sie die Türe geöffnet, stürmte ein kleines schwarzes pummeliges Etwas mit einer bunten Schleife um den Hals kläffend an ihr vorbei, daß sie beinahe darüber stolperte. Sie fing sich gerade noch, strauchelte trotzdem.

„Hoppla, schöne Frau! Immer schön vorsichtig!" Ranofer fing sie auf, küßte sie, daß ihr Hören und Sehen verging. Für seine ungehörige Frechheit kassierte er deshalb eine saftige Ohrfeige!

„Schämst du dich nicht?", schimpfte sie, „Erst jetzt anzukommen! Wir kommen zu spät – was siehst du gut aus – wo sind mein Vater und die anderen? Hast du den Bart abgenommen? Das Haar geschnitten? Ist Wepu mitgekommen? Und die Braut? Hattet ihr eine gute Reise? Laß dich anschauen! So schön geschminkt! Welch eine Pracht, was für ein Mannsbild! Oh du mistige kleine Ratte!", schnauzte sie dann, „Dir werde ich helfen in meine Wohnung zu pieseln!"

Grob packte Bent das jaulende Hündchen im Genick, tunkte ihn schmissig und ohne zu zögern in den Lotosteich.

„Was machst du denn!", brüllte Ranofer, angelte den japsenden kleinen Kerl aus dem Wasser.

„Was fällt dem ein?", wetterte sie, betrachtete das bibbernde pitschnasse Fellknäuel, starrte in seine dunklen süßen Äugelchen, in das niedliche Gesichtchen. „Hat er den mitleidheischenden Blick von dir abgeschaut? Und was hängt da so traurig an ihm?"

Ranofer ließ den tropfnassen, zappelnden, quietschenden Unglücksraben zu Boden, sie hopste schnell ein paar Schritte zur Seite um den Wasserspritzern auszuweichen, als das Hündchen sich schüttelte und dann weiter mit Ksanamu kläffend durch den Hof fegte, die gackernden Hühner scheuchte. Gefolgt von dem flatternden bunten aufgebrachten Hahn, der seine Damen bedroht sah.

„Das war eine gestärkte Schleife! Wie kannst du ihn mistige *Penu* nennen! Er ist ein Geschenk!", maulte Ranofer in dem Radau. „Was fällt dir ein ihn da rein zu tunken! Jetzt sieh mich an!", er faßte an seinen Schurz, sein Hemd, zog daran, „Das war auch alles gestärkt! Alles hin!"

„Der hat in meine Wohnung gepinkelt! Da hört der Spaß auf!"

„Hab dich mal nicht so! Der Hahn hat ihn geärgert!"

„Noch lange kein Grund…"

Ranofer ließ Bent stehen, trat zu dem Wasserkrug, kippte seinen Inhalt schwungvoll über die kleine gelbe Pfütze. „So! Meine Fresse! Bist du fertig? Können wir dann? Willst du so zu deinem Bruder gehen? Na der wird sich freuen, wenn seine Schwester, die ehrbare Hohepriesterin der Isis mit diesem nassen Zottelkopf und in diesem Lappen bei ihm auftaucht! Heute! Wo er seine Ernennung zum *Hati a en Niut Resit* feiert und sein Sohn heiratet!"

„Ach pah!", schnaubte Bent, verschwand in ihrer Kammer, knallte Ranofer die Tür vor der Nase zu, öffnete sie noch einmal: „Geh in die Waschküche! Zu Weredji! Sie bekommt das im Handumdrehen wieder hin!"

Bent legte den Spiegel auf den Tisch, strich, seinen Sitz überprüfend, über das Kleid, zog tief die Luft ein, entschied sich dafür, heute die Krone nicht zu tragen! Schließlich ging sie zu einer Familienfeier und war als Schwester, Tochter und Tante geladen. Da gehörte Sahu-Re einfach nicht dazu. Die goldene Kette mit ihrer geflügelten Isis würde völlig ausreichen!

Schon wollte sie sich die Kostbarkeit um den Hals hängen, hielt inne, küßte die goldene Isis, flüsterte: „Es ist vielleicht besser, wenn du hierbleibst!", und legte das Geschmeide vorsichtig und liebevoll zurück in ihre Schmucktruhe, wählte stattdessen ihre goldene Kette mit den glänzenden schwarzen Onyxsteinen.

Seufzend griff sie nach ihrem Kamm, stellte den Anch gegen die Wand, daß sie sich darin spiegeln konnte, übersah geflissentlich die grauen Strähnen in ihrer Haarpracht, teilte flink ein paar Haarsträhnen ab und flocht sich links und rechts je vier schmale Zöpfchen. Auf Kara brauchte sie nicht zu warten. Nachdem die mit Mühe und Not sämtliches entfleuchtes Viehzeug wieder eingefangen hatte, brauchte sie nochmals ein Bad und war gerade damit beschäftigt – genau wie Tachut und die anderen – sich selbst fertig zu machen.

Geschickt fädelte Bent ein paar goldene Perlen in die Zopfenden, klemmte dazu zwei glänzende goldene Scheiben mit neckischen Kettchen, verziert mit türkisen Perlen, neben das kurze Stirnhaar, fuhr mit dem Kamm nochmals fix über die Stirnpartie, tupfte die Fingerspitze in den Honigtopf, zupfte mit Daumen und Zeigefinger behend die kurzen Strähnen über ihrer Stirn zurecht, das sie schön gerade über ihren Augenbrauen lagen. Den Kopf nach links und rechts drehend überprüfte sie nochmals ihr Aussehen, das gemalte Gesicht, zweifelte wie immer an dem trügerischen, verführerischen Bild im Anch.

„Das bin ich nicht! Das ist einzig schöner Schein!", murmelnd, klemmte sie ihre geliebten Schlangenarmbänder um die Oberarme, bückte sich um die Fußkettchen anzulegen, hielt einen Augenblick sinnierend inne. Baket war schließlich als Ranofers Gattin ebenso zu dem Fest geladen. Sollte Bent mit dieser Zier seine Gedanken wirklich dermaßen anstiften? Würde er das Fest überhaupt genießen können? Wenn sie klingelnd und klimpernd ihm begegnete, vielleicht sogar neben ihm saß?

„Unfug!", schimpfend band sie die klingelnden Kettchen mit den unzähligen goldenen kleinen Muscheln an die schlanken Fußgelenke, schlüpfte in die goldverzierten Sandalen, griff nach ihrem *Behet*, dem schwarzen *Madjam* und der Rute, verließ ihre Gemächer um draußen fast mit Ranofer zusammenzustoßen.

Gerade hatte er, in der Hand einen großen Strauß weißer Lotosblüten, anklopfen wollen, erstarrte mitten in der Bewegung, schaute sie anbetend an, griff nach ihrer Hand, drückte sie an seine Stirn, sank auf sein Knie, „*Henut!*", hauchend.

„Was machst du denn!", Bent gelang ein verlegenes Lachen, „Steh auf, wenn dich jemand sieht!"

„Dann sieht derjenige einen Mann, vor Ehrfurcht erstarrt, seiner *Nebet* huldigend. Ist es geringschätzend? Nein, meine Herrin! Nie erschienst du mir schöner als in diesem Augenblick!"

Sie trat zur Seite, ließ ihn ein. Kaum daß er die Tür hinter sich geschlossen, nahm er ihr alles ab, packte abermals zärtlich ihre Hände, hauchte innige Küsse darüber.

„Bin ich noch in Kemet? Oder sind das schon die glückseligen Gefilde des *Sechet Iaru*?", flüsterte er mit Tränen in den Augen. Ihr schwanden beinahe die Sinne, als sie ihn reden hörte; er genau das sagte wie vor einigen Jahren, als er sie das erste Mal besuchte. „Wo ist meine wilde, unbeherrschte Herrin abgeblieben? Ich finde hier eine Göttin! Hathor, die Wonnetrunkene selbst öffnete mir die Tür." Zwinkernd die Tränen vertreibend lächelte er sie an.

Seine warme dunkle Stimme traf sie bis ins Herz, berührte, verführte sie ...

Wenn er so weiter macht, falle ich gleich über ihn her ...

Schnell schob sie die traurigen Gedanken, die tragischen Erinnerungen beiseite, lächelte ihn ihrerseits an. Dies war nicht ihr schönes Haus im Osten der Stadt, dies war nicht ihr Gatte. Er war nicht gekommen, sie zu verführen...

Mitfühlend strich sie den Ärmel seines schicken, plissierten Hemdes hoch, betrachtete die Narbe an seinem Oberarm.

„Das ist schön verheilt! Wer hat die Fäden herausgezogen? Du selbst?"

„Mein Garnisonsarzt. Ja, es ist ohne Schwierigkeiten zu machen abgeheilt. Eine weitere Trophäe mehr auf meiner Haut! Diese Narbe wird mich immer an dich und unsere Reisen erinnern, *Nebet*."

„Wie sieht es in *Swenu* aus?", versuchte sie zu scherzen.

„Wie soll es dort aussehen? Häuser, Straßen, Leute...", sein Lächeln wirkte schon fast unanständig, sein heißer, glühender Blick voller Leidenschaft. Genießerisch faßte er sie um die Hüfte, gleich würde er ihr einen feurigen Kuß rauben.

„Hör auf mit dem Unsinn!" Sie schubste ihn. „Und hör auf mich so anzuschauen!" Aus ihrem Wasserkrug kippte sie das kühle Naß in eine Kanne, stellte den Strauß hinein, „*Dwa Netjer ink*", zupfte eine Blüte heraus, suchte in der Schlafkammer nach dem Spiegel.

„*Hasti!*"

„Und auch *Dwa Netjer ink* für den kleinen, netten Hund.

„Er ist ein Geschenk, paß gut auf ihn auf! Es soll dir und deinem Haus Freude bereiten."

„Ich werde ihn Anubis nennen!"

„Nicht dein Ernst!", spaßte er, um im gleichen Herzschlag ihr entgeistert zuzuschauen, wie sie mit Hilfe des Spiegels die Blüte in ihr Haar steckte, ungläubig „Ein Spiegel? Wolltet Ihr mir *das* zeigen?" hauchend.

„*Tju!* Nein! Ich hab noch einen mit einem Griff aus Elfenbein. Erinnerst du dich?"

„*Mabjat*, Herrin!", lachte er, schien seine Zweifel, seine aufkommenden Erinnerungen zu verdrängen, richtete lässig seinen Ärmel, überprüfte den Sitz seines Gürtels und des prächtigen, knielangen *Besawu* und den Sitz seines perlenverzierten Halskragens, dem *Wesh en schawu*, streckte dann die Hand nach ihr aus. Im Glauben, er wolle sie zärtlich an sich ziehen, trat sie einen Schritt näher.

„Kann ich mal hineingucken in deinen Spiegel? Weredji hat alles wieder hervorragend hingekriegt, oder? Und allmählich wird es Zeit zu gehen."

„Wo ist mein Vater, du eitler Fratz? Und die anderen?", schnauzte sie, Tränen zurückhaltend, zerrte grob an seinem *Nes*, „Vergiß deinen Zipfel nicht! Meinst du nicht, du bist mir eine Erklärung schuldig!"

Er zupfte den Schurzzipfel wieder zurecht, setzte sich, griff nach dem Spiegel, überzeugte sich mit prüfendem kritischem Blick von seinem blendenden Aussehen, zeigte seinem Spiegelbild die blitzend weißen Zähne, fuhr mit der Zunge darüber, richtete mit dem Finger die schwarze, dichte Augenbraue und fuhr sich durchs Haar. Mit der Hand über die Narbe am Hals streichend, hielt er einen Herzschlag lang nachdenklich inne.

„Seltsam", strahlte er sie an, „Ich kann mich beim besten Willen nicht daran erinnern, wo ich diese da herhabe." Er legte den Spiegel zurück auf den Tisch, klatschte sich auf die Oberschenkel, stand auf. „Dann wollen wir mal! Raneb wartet bereits draußen!"

„Ihr seid also vorgestern schon angekommen!", meinte Bent, als sie alle ausgelassen schnatternd, lachend, fächerwedelnd auf dem Weg nach Djehutimes' Haus waren. „Oh, Raneb, das ist aber wirklich ein schicker Karren! Mit diesem Dach aus bunten Schilfmatten, den Vorhängen, den Troddeln, den Fransen und den vielen weichen Kissen! Da könnte man ja stundenlang eine schöne Ausfahrt machen! Was für prächtige Ochsen! Halt, du mußt hier entlang!"

„Ja", entgegnete Baket, „Sie kamen spät, wollten keinen großen Aufwand um ihre Ankunft machen, da haben wir alle dann gleich zu dem Herrn Djehutimes gebracht. Der Herr Marya wollte es so." Mit spitzer Schnute fügte sie schnippisch hinzu: „Und gestern hat mein Gatte sich von der anstrengenden Reise erholt."

Beinahe wäre Bent in lautes Lachen ausgebrochen, kriegte sich ein, nuschelte hinter ihrem Fächer: *„Tja! Die* Ruhe wird er sich redlich verdient haben!"

„Durchaus! Er hat schließlich einen anspruchsvollen Posten inne!"

„Natürlich, natürlich!", bestätigte Bent ernsthaft nickend, tätschelte Ranofer eifrig den Arm, säuselte: *„Ya jeretjiwi kamenew ju bu jiri ef petrek!"*

„Hörst du jetzt wohl auf!", zischte Tachut, rammte ihr unbemerkt von Baket den Ellbogen in die Rippen.

Kara beugte sich vor, „Und dein Bruder hat wirklich das ganze Haus umbauen lassen?", fragend.

„Ja, viel größer, als es war. Beks Leute haben das gemacht, wie ich hörte.

Dann muß es zauberhaft geworden sein!"

„*Was* hat sie gesagt?", entrüstete Baket sich.

„Sie sagte", wandte Kara sich nebenbei an Baket, „ihr Auge sei blind, weil sie dich nicht sieht", und zu Bent: „Ganz gewiß! Wo hast du das Hündchen hingebracht?"

„Zu Ksanamu. In den Stall. Ich habe die Befürchtung, die beiden sind seit heute morgen dicke Freunde."

„Warum nennst du den niedlichen Kerl Anubis?"

„Damit ich einen habe, Kara, falls der echte Anubis verhindert sein soll!"

„Gewöhnlichem Viehzeug den Namen von Göttern geben!", schnaubte Uadja. „Das gehört sich nicht! Baket! Hör mit diesem Schnaufen auf!"

„Ach du alte Schrulle! Sei doch still! Obwohl du recht hast! Sie schnauft wie ein alter Esel. Ich nenne ihn, wie ich will! Anubis wird froh sein, wenn man an ihn denkt! Oder frönst du neuerdings auch diesem neuen Kult? Hä? Du wirst doch nicht abtrünnig werden?"

„Was denkst du von mir?"

„Nur das Beste, meine liebe Uadja! Pesechet? Warum machst du ein saures Gesicht?"

„Es paßt mir nicht, daß wir alle aus dem Haus sind. Schließlich haben wir Verantwortung für unsere Gäste."

„Die Handvoll kranker Leute ist wohlversorgt! Es liegt keiner im Sterben, keine Bange. Zur Not ist Peset da. Sie schwingt die Kelle, sollte jemand nörgeln! Oh! Wir sind schon da!"

„Neferib!"

Bent trat mit ausgebreiteten Armen auf die Schwägerin zu, bedankte sich überschwenglich für die Einladung, umarmte Neferib, küßte sie auf beide Wangen. Doch bevor Neferib was sagen konnte, hörte Bent wie deren Tochter Meritsat zu ihrer Schwester sagte, wer denn den armseligen, alten, klapprigen, häßlichen Fuhrmann eingelassen habe.

„Laß mich erst deine Töchter begrüßen, bevor du mir einen Becher Wein anbietest!", säuselte Bent, trat zu Mereret und Meritsat, packte die beiden grob am Arm, „Wenn ich noch *ein* abfälliges Wort über die Gäste eurer Eltern höre, lernt ihr mich kennen! Verstanden?"

„Ach Tante!", winkte Meritsat affektiert ab.

„Spar dir dein liebreizendes Lächeln! Ich habe euch durchschaut! Wo ist euer Großvater?"

„Da kommt er gerade, Tante." Schon huschten die zwei erleichtert davon.

„Vater!" Bent neigte den Kopf ein klein wenig, unterdrückte den kindischen Wunsch, ihm um den Hals zu fallen, kassierte unverhofft eine Maulschelle von ihm. Zwar sanft und so geschickt, daß niemand es mitbekam, dennoch traf der Schlag Bent tief bis ins Herz.

„Ich wünschte dich an meine Seite in den schwersten Stunden meines Lebens! Dich! Meine *Samsat*! Meine älteste Tochter! Bist du so vornehm, selbstherrlich und selbstgefällig geworden daß du selbst deinen alten Vater verleugnest, wenn er dich braucht?"

„Marya!", hauchte sie.

„Es heißt *It*, Mädchen! Bist du nicht die Tochter deiner *Mut*? Liebevoll und sanft? Verständnisvoll? Empfindest du keine Scham, wenn du dich wie eine bockbeinige starrköpfige Gebieterin aufspielst?"

„Verzeih mir *It*, ich... *Ahaneith*!"

„Oh, du kommst mir gerade recht! Schämst du dich nicht? Mir weiszumachen, Ranofer wäre dein Gatte? Dabei ist er mit der lieben Baket verheiratet!"

„Ich hab dir gar nichts weisgemacht!", brauste Bent auf. „Ihr habt uns nicht ausreden lassen! Daß wir ein Ehepaar sind, habt ihr euch eingebildet und wolltet es glauben!"

„Aber ja!" Ahaneith tätschelte Bent die Wange. „Das habe ich euch schon längst verziehen!"

„Dürften wir hier vielleicht mal durch, werte Herrschaften?", dröhnte es laut. Verschwitzte Männer zwängten sich zwischen ihnen durch, eine Leier, eine *Benet* und eine dicke Trommel schoben sich in Bents Blickfeld. „Tztztz, stehen da mitten im Weg! Jetzt kommt die *Kenjiwer*! Was ist das hier für eine lahme Gesellschaft, hä? *Ich kann nicht hungrig singen, nicht die Harfe halten zum Gesang, wenn ich nicht satt vom Biere bin*! Platz da, für die besten Musikanten der Stadt!"

„So singe doch!" hallte es laut durch den Innenhof und durch die Schar der Gäste trat Djehutimes auf die Ankömmlinge zu, laut „Da ist sie ja!" rufend, als sei Bent der Ehrengast.

„Laß dich beglückwünschen, kleiner *Sen*!" Froh darum, dem aufgebrachten Vater und der resoluten Ahaneith entwischen zu können, fiel Bent Djehutimes um den Hals. „Welch eine Ehre für dich! Bürgermeister von Uaset!"

„Und stolzer Vater eines noch stolzeren Bräutigams!", grinste er frech.

„Wo sind denn die Kinder?"

„Das Mädchen sitzt mit seiner Mutter und Shanakdakheto in unsrem Schlafgemach. Die beiden putzen sie richtig heraus. Doch sie sitzt bibbernd und der Dinge harrend, die da auf sie zukommen. Und mein Junge..."

„Dein Junge", unterbrach Ranofer, der Djehutimes von hinten an der Schulter packte, „sitzt in der Küche, hat einen Krug Bier geleert, lallt volltrunken vor sich hin und kotzt - Verzeihung die Dame - wollte sagen *bischu*, erbricht sich augenblicklich vor Aufregung den ganzen Magen aus dem Leib. Du solltest zu ihm gehen. Ich rate, ihn in einen Trog kaltes Wasser zu tunken, damit er wieder einigermaßen nüchtern wird, bevor das *Heb* losgeht. Er versaut sich sonst sein eigenes Fest!"

„Dann wollen wir mal seinen Bruder suchen, der soll uns dabei helfen!" Lachend verschwanden die Männer, hakten unterwegs noch Bek unter, den sie zur Unterstützung mitnahmen. Und weil die Dame Titji unverhofft ihres Begleiters ledig war, trat Bent zu ihr.

„Die Dame! *Seneb ti*!"

„Oh, Dame Sahu-Re! Wie schön, Euch zu treffen! Auch Euch immerwährende Gesundheit! Habt Ihr bezüglich des eingestürzten Tempels etwas erreichen können?"

„Nein, leider. Auch Euer Gatte konnte nichts ausrichten."

„Ich hörte, Ihr seid deswegen selbst nach dem glorreichen Horizont der Sonne gefahren. Habt Ihr Bek dort getroffen?"

„Ich habe sogar Euren liebenswerten Sohn dort getroffen!"

Für einen Herzschlag lang verschwand die Liebenswürdigkeit aus Titjis hübschen Gesicht, verdunkelten sich ihre leuchtend blauen Augen, doch sie hatte sich sofort wieder in der Gewalt.

„Wie geht es ihm? Ihr wißt, wie Söhne sein können!", winkte sie lachend ab. „Kein Wort bekomme ich aus ihm raus. Seine Briefe sind höflich, lieb und oberflächlich. Aber er erzählt mir nichts. Genau wie sein Vater!"

Er liebt die Königin, Frau! Aber das kann ich dir nicht sagen! Keine Nacht mehr fändest du Ruhe, wüßtest du von dem, was tief in seinem Herzen vorgeht!

„Er hat viel zu tun! Ich konnte seine prächtigen Kunstwerke bewundern; die Gemälde an den Tempelwänden, die auf sein Geheiß hin gemalt wurden; die pompösen, lebensechten Statuen, die er gemacht hat. Er ist begnadet, Dame Titji! Macht Euch keine Gedanken, er findet überhaupt keine Zeit zum Schreiben, in seiner Werkstatt geht es zu wie in einem Taubenschlag. Aber es geht ihm gut, er ist gesund und wohlauf."

„Das freut mich!" Titji nahm sich einen Becher von dem köstlichen süßen Wein, den eine fleißige Magd auf einem großen kupfernen Teller herumreichte, nippte daran. Und auch Bent griff nach einem der Becher, nickte der Magd zu, die darum bat, doch in den Schatten zu gehen, in die Halle des Hauses oder zumindest unter den Säulengang zu treten um Platz zu nehmen.

„Dame Bent?"

„Ja?"

„Wird er zu *Euch* gehen? Seine Sorgen, Gedanken, Nöte Euch anvertrauen? Werdet Ihr ihn mir wegnehmen?"

Bent gab keine Antwort, drehte den Becher in ihren Händen. Wer, bei allen Göttern und Dämonen, hatte es Titji gesagt? Bösartige Hitze flutete in ihr hoch, schon war sie drauf und dran eine freche Antwort zu geben, von wegen, was der Dame einfalle, ihr sowas zu unterstellen.

Mühselig biß sie sich auf die Lippen.

„Er hat mich nie geliebt", flüsterte Titji. „Nicht wie ich. Ich habe ihn vom ersten Augenblick, da er in mein Leben trat, geliebt."

„Mir ging es genauso", murmelte Bent, trank aus, stellte den Becher auf einem der Tische ab, packte Titjis Handgelenk. „Dame Titji! Er ist mein bester Freund seit Kindertagen. *Ihr* habt ihn *mir* weggenommen! Und Ihr irrt! Er liebt Euch von ganzem Herzen, obwohl er es wohl nie zugeben würde. Nein, er kommt nicht zu mir. Das verspreche ich Euch. Aber laßt mir ein kleines bißchen von unserem einstigen Glück."

„Ihr verlangt viel! Meint Ihr nicht?"

„Es hat Euch anscheinend all die Jahre nicht gestört! Warum jetzt, da alles geoffenbart ist?"

„*Ich* bin seine *Nebet Hay*!" Titjis Augen funkelten wie wertvollster Lapislazuli.

„Und ich, Dame, bin die Hexe von Uaset! Ihr vergeßt, wer vor Euch steht!" Nach außen gelassen, griff Bent nach einem weiteren Becher Wein, wohl wissend, wie fies sie sich benahm.

„Nun denn", meinte Titji gefaßt. „Ich kann ihm nichts verbieten. Das steht nicht in meiner Macht. So mag es denn sein. Und ich werde weiter dulden und schweigen um meines eigenen Glückes willen!" Sie starrte mit Tränen in den Augen ein paar Herzschläge lang in den von ankommenden Gästen wimmelnden, wunderschön geschmückten Innenhof von Djehutimes' Anwesen, sagte dann mit unglaublicher Nonchalance: „Sollte man Eurem Bruder nicht einen Stuhl bringen? Mir deucht, ihm bereitet das viele Stehen Schwierigkeiten."

„Wenn Ihr", ging Bent dankbar auf den Waffenstillstand ein, schmunzelnd ob diesem gutgemeinten Vorschlag, „seinen unbändigen Stolz verletzen wollt, dann traut Euch nur, ihm eine Sitzgelegenheit anzubieten. Und mir scheint, Wepu ist wieder einigermaßen nüchtern."

„Ich glaube, sein Bruder hat ihm gerade in den Hintern getreten", schmunzelte Titji, beobachtete Djehutimes und seine Familie, während dabei ihr schönes Lächeln erstarb. Ernst meinte sie: „Euer Bruder ist ein überaus liebenswerter, nachsichtiger Vater, meint Ihr nicht? Dennoch schmerzt es mich zu sehen, wie die guten Gaben unserer verehrten *Schwarzen Erde* verachtet und mit Füßen getreten werden."

„In meinen Augen verwöhnt er seine Kinder zu sehr! Und seine Gattin noch mehr. Ich sehe, was Ihr meint! Neferib! Komm mal her! Warum sagst du nichts?"

Meritsat und ihre Schwester saßen nicht weit von ihnen affig gackernd und über die Gäste lästernd an einem Tisch unter dem Säulengang. Vor ihnen übervolle Teller, von denen sie mäkelnd ein paar Bissen herauspickten, den achtlos auf den Boden gefallenen schönen weißen *Schens en sut*, einen leckeren Weizenkuchen, hochmütig mit den Füßen tretend unter den Tisch schiebend.

„Früher hätte ich es aufgehoben, abgewischt und in den Korb zurückgelegt. Heute kann ich es mir leisten!", säuselte Neferib mit geheuchelter Vornehmheit.

„Du mußt mir unbedingt das Haus zeigen! Komm! Ich bin ganz begierig darauf, wie es jetzt aussieht! Dame Titji, Ihr entschuldigt uns?"

„Aber ja. Ich kenne es bereits. Der Herr Djehutimes und die Dame Neferib waren sehr liebenswürdig, luden mich und meinen Gatten nach seiner Fertigstellung ein."

„Es ist fast doppelt so groß wie vorher und ich beschäftige vier Mägde und zwei Knechte!", bemerkte Neferib vornehm blasiert, als sie mit Bent durch das Haus spazierte, eine Tür öffnete, Bent hineinbat.

„Was denkst du? Ist der Brautpreis angemessen?", fragte sie.

Bent bewunderte in Neferib und Djehutimes' Schlafgemach die angehäuften Schätze, das schöne Geschirr, die teure Wäsche, nickte.

„Öl und Getreide bekommen sie noch und natürlich Wein, guten *Irep Maa*, außerdem zwei Schweine und einen fetten Ochsen. Marya fand es sei zuviel, Ahaneith meinte das auch. Aber wir lassen uns nicht lumpen! Den Kindern soll es an *nichts* fehlen!"

„Nein, *Mabjat*, natürlich nicht! Es ist mehr als angemessen!"

„Dann bin ich beruhigt!" Neferib zog hinter sich die Tür zu dem prächtigen *Ta set hankyt* zu und gleichzeitig im Vorübergehen dem Jüngsten die Löffel lang, weil er mit einem seiner Spielkameraden unachtsam und wild inmitten der Gäste durch die Halle tobte. „Hinaus ihr zwei! Auf der Stelle! Spielt im Garten! Und Djehutimes hat einen eigenen Diener!"

„Jaja! *Tja*! Schön, wirklich! Hör mal, deine Töchter." Bent trat aus der vornehmen, schicken Wohnhalle wieder hinaus unter den Säulengang. „In dieser gehobenen Position, in der sich dein Gatte jetzt befindet, da würde es den Mädchen doch gut zu Gesicht stehen – vor allem in Hinsicht auf zukünftige Ehemänner – wenn sie etwas gelernt hätten. Meinst du nicht auch? Sieh doch, sie könnten zu mir kommen, was hältst du davon? Sie könnten sich dereinst brüsten, gute Hebammen zu sein oder gute Heilerinnen. Denk mal darüber nach, welche Vorteile sie daraus ziehen könnten! Ganz andere Männer würden um sie werben, Männer mit Vermögen und Amt."

„Meinst du?", hauchte Neferib mit großen Augen.

„Aber ja! Was ist das da in deinem Gesicht?", heuchelte Bent bewundernd, „Hm, was?"

„Ist schön geworden, nicht?" Stolz hob die Schwägerin das Kinn hoch, drehte den Kopf hin und her. Bent betrachtete die zwei, mit einer dicken, zähen, braunen Salbe abgedeckten Narben ganz genau. Narben an deren Stelle vor einiger Zeit schwarze, entstellende Warzen das schmale Gesicht beherrschten.

„Auf dem Markt ist einer, der macht sowas. Hat sie abgeschnitten. Aber ich leide gerne für…"

„Jaja, den kenn ich! Kauft bei uns immer seine Arzneien. Wunderschön! Aber nächstes Mal kommst du gefälligst damit zu mir! Wie sieht das denn aus, wenn sich die Schwägerin der Sahu-Re, die Gattin des Bürgermeisters auf dem Markt behandeln läßt! Man munkelt, er sei ein Quacksalber und ich vermute, diese Heilsalbe enthält zuviel Blei! Sei so gut, verwende sie nicht mehr! Also, wie ist es? Ich könnte Schülerinnen gebrauchen. Und auch Hilfe, in *dem* großen Haus! Sie würden sich *so* wohl bei uns fühlen." Bents Stimme klang süß wie Honig und säuselnd wie ein Frühlingswind in den Binsen, während sie der Schwägerin Hand tätschelte.

„Zuerst würde ich sie zu Weredji schicken. Das ganze feine weiße Leinen dort. Das würde den Mädchen gefallen. Leinen, Neferib, wie gemacht für die allerschönsten Kleider! Anschließend könnten sie bei Peset weiterlernen. Die kann übrigens ausgezeichnet kochen. Welche Leckereien meine Nichten da zu sehen bekämen… exotische Gerichte, mit Pfeffer gewürzt, pikant und raffiniert… Wenn ich nur an ihre köstlichen *Dabu aschru* denke…"

„Gegrillte Feigen? Wie delikat! Die hätte ich heute auch auftischen kön…"

„Jaja! Und danach könnten sie Uadja helfen. Sie ist nicht mehr die Jüngste, schafft es kaum noch, ihren Kasten mit den wertvollen Kostbarkeiten zu tragen. Bei ihr würden die Mädchen was fürs Leben lernen! Und dann… hach, das Beste kommt ja noch! Und dann gingen sie bei Tachut in die Lehre. Hab ich dir erzählt, daß sie eine Prinzessin ist? Hab ich dir das je erzählt? Eine waschechte Prinzessin!"

„*Mabjat!*" Neferib blieb staunend der Mund offenstehen!

„Doch!"

„Oh!" Sich beinahe den Hals verrenkend linste Neferib von unter dem Säulengang hinüber in den von einem prächtigen Weinspalier beschatteten Hof, in der Hoffnung einen Blick auf die ehrwürdige Tachut zu erhaschen, die eben an Maryas Arm wandelnd den Garten bewunderte. „Ich hoffe, sie fühlt sich in unserem bescheidenen Haus auch richtig wohl. Ach, was hast du das denn nicht eher erwähnt!"

„Tachut ist sehr bescheiden!", flunkerte Bent, klappte ihren Fächer auf, vertrieb eifrig die aufsteigende Hitze aus ihrem Gesicht.

„Weißt du meine Liebe, es ging uns ein paar Jahre nicht gut", plapperte Neferib vertraut, als würde sie mit einer Schwester plaudern. „Als Vater starb, sein Posten unbesetzt blieb… Es war übrigens *seine* schützende Hand, die er über meinen Gatten legte… als er starb zog niemand ernsthaft in Betracht, daß sein Schwiegersohn den Posten des stellvertretenden

Hohepriester des Thot… in Hinsicht auf seine Hand und den Fuß, das hat nichts mit seinem Können als *Sesch* zu tun…"

Bent versuchte weiterhin freundlich und aufmerksam zu wirken, verkniff sich bissige Bemerkungen, von wegen, daß der feine Herr Priester des Thot Djehutimes gezwungen hatte, seine unansehnliche Tochter zu ehelichen. Obendrein, so wußte sie aus Djehutimes' Erzählungen, war der griesgrämige Alte ein rechtes Ekel gewesen, dem jedes Mittel recht war, die obergärige Tochter an den Mann zu bringen. Und doch hatte Neferib es geschafft. Führte des Bruders Haus mit Anstand und Würde, stand ihm loyal zur Seite, ging mit ihm durch schlimme, entbehrungsreiche magere Zeiten, ließ nichts unversucht, als er mit der schmerzenden Beule auf seiner Hand kaum seinem Berufe nachgehen konnte. Obendrein gebar sie ihm fünf gesunde schöne Kinder und opferte sich jahrelang für die bettlägerige Großmutter auf. Deshalb wuchs Neferib in Bents Achtung, aber dieses übermäßige Verhätscheln der Mädchen kam bei Bent gar nicht gut an. Denen gehörte mal ordentlich der Kopf zurechtgerückt! Sie wußten wohl nicht mehr, wie schwer ihre Eltern geschuftet hatten, wußten nicht mehr, wo sie herkamen!

Zeit, daran was zu ändern!

Allerdings … von alleine würde Neferib ihre süßen Mädchen nicht herausrücken – da brauchte es schon einen gewissen Anreiz!

„… und sein bescheidenes Vermögen aufgebraucht war…", fuhr Neferib mit ihrem Plaudern fort, „waren wir überglücklich, daß Djehutimes den Posten des *Imi ra Schenuti en Amun* bekam… die Mädchen nicht mehr so schwer mit im Haus schuften mußten… sie waren doch noch *so* klein…"

„Du brauchst dich nicht rechtfertigen, Schwägerin."

„Ich schicke sie dir gleich morgen!" Anscheinend ging es Neferib nicht schnell genug, die Töchter in die Obhut einer Prinzessin zu geben.

„Aber nicht doch! Morgen werden wir alle ausschlafen wollen. Oder hast du etwa nicht genug Wein im Haus?", scherzte Bent.

„Was denkst du denn von mir! Selbstverständlich ist genügend Wein da! Siehst du meine *Jaret*, meine Weinstöcke? Siehst du sie? Sie waren sehr ertragreich im letzten Jahr! Ich konnte sogar *Wenschet* keltern! Einen süßeren Wein, wie den aus den Rosinen gibt es nicht nochmal! Und die beiden anderen? Diese Kara und wie heißt die mürrische noch?"

„Pesechet. Diese beiden, Neferib", flüsterte Bent verschwörerisch, packte die Schwägerin am Ellbogen und zog sie tiefer in den Schatten unter dem Säulengang, vergewisserte sich, daß niemand lauschen konnte, „diese beiden sind die besten Wehmütter des gesamten *Schwarzen Landes*, aber das solltest du nicht weitererzählen. Sonst rennen mir die adeligen Damen die Türen ein und ich hätte kein Platz mehr für die wirklich wichtigen Leute. Du weißt doch, selbst Königinmutter Teje gi… geht bei mir ein und aus! Wenn du sie mir zum nächsten *Sensen Kawi* schickst ist das völlig ausreichend."

„Was verlangst du dafür? Wieviel Lehrgeld muß ich entrichten?", wisperte Neferib atemlos.

„Ich bitte dich!", wehrte Bent ab. „Sind wir nicht *Denwet*, Familie?"

„Gib mir deine Hand drauf, Bent! Zum nächsten Vollmond schicke ich dir meine Töchter, auf daß du sie etwas lehrst!" Voller Inbrunst schüttelte Neferib Bents Hand. „Abgemacht! Hach, was hast du da bloß für ein wunderbares Kleid an! Du mußt mir unbedingt den Namen deiner *Wedehet* nennen…"

„Sechetet, drüben, im *Aufstieg Atons*…"

„… oh, das werde ich mir merken! Aber nun muß ich mich um die anderen Gäste kümmern. Entschuldige mich bitte."

Schmunzelnd sich an eine der bunten Säulen lehnend und mit dem Fuß zur Musik wippend betrachtete Bent eine Weile das gesellige Treiben in Hof, Haus und Garten, sich innerlich darüber amüsierend, wie die verzogenen, schnippischen, dreisten, ehemals liebenswerten Nichten sich bei Weredji in der Waschküche ihre erste Lektion fürs Leben abholten, sich mit Uadja im Garten abmühen durften und von Peset über den dampfenden Töpfen und dem Qualm vom *Maq*, dem Grill, die Kelle übergezogen bekämen. Eine gar köstliche Vorstellung! Von Tachuts stocherndem Stock ganz zu schweigen!

Liebevoll betrachtete Bent ihren Bruder, der es jetzt wirklich zu etwas gebracht hatte. Wie stolz er auf seinen ehrenvollen Posten war, wie glücklich er zu sein schien. Da stand er ein paar Schritte entfernt, gestützt auf seinen *Medu*, mit Bek, Samut und Ranofer und einem vornehmen, dicken Herrn plaudernd, welcher mit dem Rücken zu ihr stand, mit kostbarem Schmuck behangen und lediglich in einen üppigen, wertvollen Schurz gekleidet, wohl damit auch ja jeder seine Wohlstandswampe bewundern konnte!

Gemächlich trippelte Bent über die fünf Stufen der breiten Treppe des Vordereingangs hinunter, spazierte zu ihnen hin, griff im Vorbeigehen nach einem Becher Wein, den die eifrigen Mägde unentwegt herumreichten, amüsierte sich innerlich über Neferibs Ausführungen von wegen Keltern, süßem Rosinenwein und Ertragreich, denn dies war ein simpler Wein vom Markt. Wohl deswegen, weil die jungen Weinstöcke nicht genug Trauben für ein solch prächtiges Fest hergaben.

Doch als sie nähertrat, wurde Bent hellhörig, hörte den dicken, feinen Herrn sagen, daß die Herrin des Isistempels eine wahre Kratzbürste sei!

Scharf zog sie Luft ein, blieb stehen, umklammerte den Griff ihrer Rute, versuchte sich zu beherrschen, sie dem frechen Rüpel nicht mit voller Wucht über den wulstigen, haarigen Rücken zu ziehen!

Unverschämt sei sie und mit einem großen Maul, plapperte der weiter. Er habe sie selbst kennengelernt, und das wünsche er keinem anderen! Denn was er da, an jenem grauenvollen Vormittag vor einigen Tagen durchgemacht habe, ohje! Sie habe ihn, den hohen Beamten als Esel beschimpft und was nicht noch alles, das könne er hier, in der feinen Gesellschaft gar nicht wiederholen, und aus dem Haus geworfen! Wenn er, statt dem feinen *Hati a en Niut Resit,* dem Herrn Bürgermeister Djehutimes hier in der Stadt etwas zu sagen hätte, seine bescheiden geäußerte Warnung Gehör fände, wäre der Tempel der Isis längst geschlossen, diesen Rat gäbe er dem neuen Herrn. Dieses unmögliche Weib, welches keinerlei Achtung vor hochgestellten Persönlichkeiten habe, gehöre seines Postens enthoben. Ja, er habe gar große Lust Pharao von ihrem unseligen Treiben zu berichten, denn sie schien Steuern zu unterschlagen, wirke obendrein liederlich, sei ein loses Weibsbild und unterhielte offensichtlich sogar ein Freudenhaus.

„Meine Fresse!", erzürnte Ranofer sich, bemerkte Bent, rieb sich aufgewühlt die Narbe am Hals, fuhr sich durch den Nacken. „Wenn das mal gut geht!"

„Ein wahres *Fätzlein,* was?", griente Samut, klopfte ihm übermütig die Schulter, „Keine Sorge, sie hats ja nicht gehört!"

Bek zog scharf die Luft ein, zischte: „Eine Ungeheuerlichkeit!"

„*Tja*! *Was* du nicht sagst!", entrüstete Djehutimes sich, zwinkerte Bent zu, strahlte den Mann an, drückte Bek seinen Becher in die Hand, packte den feinen Herrn jovial an der Schulter, drehte ihn zur Seite.

„Übrigens…", meinte er salbungsvoll, „habe ich dir schon meine liebe Schwester vorgestellt? Bent! Mein Schatz! Komm einmal her, ich will dir unseren, meinen, fleißigen *Aa en Schet* vorstellen. Was täte ich nur ohne ihn! Mein Lieber, das ist die Dame Sahu-Re, ihres Zeichens Hohepriesterin der Isis, unserer allseits geliebten Großen Mutter in unserem geliebten Uaset, gute Freundin der Königinmutter Teje, Beraterin und Favoritin von Osiris Amenhotep, mögen die Götter ihm wohlgesonnen sein, und… ach was rede ich, ich glaube, ihr habt euch längst bekannt gemacht!"

Bent überhörte Ranofers scharfes „O-o!", unterdrückte ihre aufkommende glutheiße Wut, schaffte es tatsächlich den feisten Steuereintreiber anzulächeln.

„Sagtest du nicht selbst, es wird bald ein anderer Wind wehen?", flötete sie mit einem Raubtierlächeln im Gesicht. Und Djehutimes gab den galanten Gastgeber, stellte ihm, dem sprachlosen, ganz Liebenswürdigkeit, die anderen Herrschaften in seiner Gesellschaft vor:

„Zu deiner Linken, mein Lieber steht Baumeister Bek, seines Zeichens der Vater des *Liebling des Guten Gottes, Aufseher der Arbeiten und Bildhauer,* der Bildhauer unserer verehrten Göttin und Königin und allerbester, guter Freund der ehrbaren Hohepriesterin. Zu deiner Rechten Offizier in Diensten seiner allerheiligsten Majestät Achanjati, Ranofer. Einst der Hauptmann der Wächter des Isistempels, seiner einstigen Herrin heute noch treuergeben. Daneben Samut, Hauptmann und Kommandant der Wächter im unserem geliebten *Ipet Resit,* dem *Südlichen Harem des Amun!"*

„Meine Dame..."

„Oh! Nicht doch, mein Herr, Ihr braucht nicht winseln!", zischte Bent boshaft. „Und einen Schweißausbruch braucht Ihr auch nicht bekommen. Bek, reich ihm mal ein Mundtuch, damit er sich das fette Gesicht abwischen kann. Ranofer, mein Herz, beherrsche dich! Deine Künste sind hier nicht von Nöten. Ihr müßt wissen, werter Herr *Aa en Schet*, der Herr Ranofer ist berühmt für seine Schlagfertigkeit."

„Wenn ich das geahnt hät..."

„Am besten, Ihr haltet fortan Euer loses Maul, nicht wahr? Mein lieber *Sen*, wie gedenkst du dir den weiteren beruflichen Erfolg für deinen eifrigen Untergebenen?"

„Er sollte einen neuen Posten bekleiden, was haltet ihr davon?", meinte Djehutimes beschwingt.

„Unbedingt!"

„Aber meine Herren!", wimmerte der Steuereintreiber ergeben.

„Ich glaube...", brummte Ranofer, „... Marya! Komm doch mal her! Du könntest doch einen Gehilfen brauchen. Jetzt, nachdem du die Oberaufsicht aller Dörfer auf *Yabu* hast. Was meint ihr?"

„Oi! Bei Marya wäre das stinkende, winselnde Erdferkel gut aufgehoben!", stimmte Samut begeistert zu, klopfte dem herzhaft Seufzenden ungestüm die Schulter.

„Was ist mit dem?", fragte Marya mißtrauisch und trat näher.

„Er wollte bei Bent Steuern eintreiben! Das dreifache!"

„O-Ho! Ja, *der* ist bei mir gut aufgehoben! Auf den werd ich ein Auge haben. Und glaubt mir, mir entgeht nichts! Allerdings befürchte ich, seine Wampe wird in der heißen Glut von *Swenu* schnell dahinschmelzen! Das ist nichts für weiche Eier da unten!"

„Die kann man kochen, dann werden sie hart!", feixte Ranofer.

„Das glaube ich dir sofort, Herr *Tschesu*! Du mußt wissen, Steuereintreiber, der Herr Ranofer ist *Imi ra Juayt*, Garnisonskommandant auf *Yabu*!" Djehutimes klopfte ihm seinerseits dermaßen wohlwollend die andere Schulter, daß das Erdferkel fast in die Knie ging, *„Yabu? Kommandant?"*, winselnd.

„Ich denke", knurrte Ranofer, „am besten ist, er verläßt uns nun, geht seinen Kram zusammenpacken, damit ich ihn morgen früh gleich mit in den Süden nehmen kann! Deine Knechte, Djehutimes, sollten ihn begleiten. Vielleicht auch zwei drei deiner Büttel."

„Dann wollen wir mal!", lachte Djehutimes laut, „Auf zu den hinteren Gemächern, dort residieren Ochs und Esel und Schweine, da paßt der dreckige *Schuwy*, dieser Eseltreiber hin! Und anschließend feiern wir Hochzeit!"

Samut packte das wimmernde armselige Bündel grob am Arm, schob den

Elenden schubsend und stoßend hin zu Djehutimes' Ställen, „Seinen Kram packen wir ihm schon, keine Sorge!", lachend.

„Du willst abreisen?", fauchte Bent ungehalten, drehte sich zu Ranofer um. Vergessen war der Steuereintreiber und der Spaß, den sie mit ihm hatten. Ihr war, man zöge ihr die Füße weg, schnell hielt sie sich an Ranofers Handgelenk fest.

„Ich blieb viel zu lange meiner Garnison fern, meine Liebe." Ranofer befreite sich ein wenig unwirsch aus ihrem unerbittlichen, krallenden Griff, wandte sich ab, trat hin zu seinem Platz. „Wir sollten mehr trinken! Wo ist das Mädchen mit dem Wein?"

„Ranofer!", flehte sie.

„Jetzt nicht! Da kommen die Brautleute!"

Tatsächlich kamen Wepu, seine Braut und die Eltern der beiden gerade in den Hof, die Zeugen – Wepus Zwillingsbruder Neferka und Shanakdakhetos Sohn Mehu – machten sich bereit den Kontrakt zu unterschreiben. Djehutimes platzte beinahe vor Stolz, Neferib wischte sich Tränen der Rührung aus den Augen. Was für ein schönes Bild voller friedlicher familiärer Eintracht.

„Ich möchte,", rief Wepu in die Runde, „daß meine geliebte Tante und mein *Tschesu* auf *Yabu* ebenfalls die Urkunde mit unterschreiben! Würdet ihr mir den Gefallen tun?"

„Na mach schon, Mädchen!" Marya schubste Bent nach vorne, schob Ranofer hinterher, „Und du auch, Junge!"

Mit weichen Knien und Tränen in den Augen stellte Bent sich neben Ranofer, knetete den Papyrus mit dem auflisteten Vermögen in ihren feuchten Händen.

Ach was schmerzte ihr Herz, tanzte einen wilden, traurigen Tanz! Aufgeregt klopfte es ihr bis zum Halse heraus. Wie sie sich danach sehnte, mit Ranofer zusammen die Ehe eingehen zu können! Ihr ganzes Sinnen und Trachten strebte danach – und nun stand sie da, an der Seite des Mannes, den sie liebte wie nichts auf der Welt, hörte dem Bruder zu, der die richtigen Worte einer Vermählung sprach, glaubte, sie seien allein für sie und Ranofer bestimmt. Den Schmerz der aufsteigenden Tränen spürend, das wilde Pochen ihres liebenden Herzens in ihren Ohren hörend, blind vor Tränen hauchte sie hingebungsvoll „*Tju!*".

„Hast du es auch gelesen?" Maryas laute Stimme holte sie in die Wirklichkeit zurück.

„Hm?"

„Und alles gesehen?"

„Die Schweine…", krächzte sie, schüttelte den Kopf, „und der Ochse…"

„Du brauchst mit deinem feinen Kleid nicht in die Ställe gehen! Ich habe mich vergewissert: dort warten Ochs und Schweine und ein fetter Steuereintreiber! Alles rechtens! Und nun – alle warten auf dich! Setz endlich dein Zeichen unter den Kontrakt bevor das Wachs für die Siegel wieder hart ist und der Musiker nach Bier schreit!"

Bent griff nach dem Pinsel, tunkte ihn in die rote Farbe von Djehutimes' wertvoller Schreiberpalette, seufzte tief, erinnerte sich an einen vor Millionen Jahren unterschriebenen Kontrakt, bei dem es um einen Bullen, eine Kuh, ihr Kalb, Esel, Geflügel, einen Karren, um die Magd Hetep und unzählige Haushaltsgegenstände ging. Und als sei es erst gestern gewesen, hörte Bent die leisen, zarten Stimmen aus der Vergangenheit wispern:

… Das hier ist mein Brautpreis!
Was? Ja willst du dich verheiraten? Wen nimmst du denn?
Die Männer dieses Tempels! …

Bent zog die Nase hoch, tauchte nochmals den Pinsel in die Farbe, beugte sich über den Papyrus, schrieb und las laut vor:

Dies bezeuge ich im siebten Jahr seiner Majestät Achanchati, Bent meri en Nefertari Marya, Sahu-Re, Herrin des Tempels der Großen Mutter Isis und es bezeugt auch Herr Ranofer, Tschesu en Yabu im Diensten seiner Majestät Achanchati

So würdevoll wie möglich drückte sie ihren Siegelring in das weiche, duftende Bienenwachs, schaute Ranofer zu, der seinerseits das gleiche tat, sie dabei anlächelte, *„Dwa Netjer ink!"*, flüsternd.

„Dafür nicht!", lächelte sie zurück, entschuldigte sich und verschwand im Badehaus.

Als sie – nachdem sie sich erleichtert hatte, mit kühlendem Wasser ihre heiße Stirn befeuchtete, sie sich gefaßt hatte – wieder hinaustrat, bemerkte Bent unter dem Schatten des Vordachs Bek und Ranofer in ein trautes, ernsthaftes Gespräch vertieft. Undeutlich hörte sie wie Ranofer sagte, daß Bek zusehen sollte, daß die Jungs unauffindbar blieben. Schließlich fielen beide sich um den Hals, klopften sich mannhaft die Schultern, betraten wieder die Halle. Sie wollte Ranofer nacheilen, doch Bek hielt sie auf.

„Komm mal mit Bent, ich muß dich was fragen!" Er zog sie am Arm beiseite, sie machte sich unwirsch frei.

„Was ist hier los?"

„Was soll denn sein?"

„Du kannst mir nichts vormachen, mich nicht ablenken und erst recht nicht anlügen! Ihr habt doch was ausgeheckt! Warum reist er ab?"

„Das weiß ich doch nicht, kann mir nur recht sein!", maulte er ertappt.

„So friedlich wie eben habe ich euch noch nie beieinander gesehen! Da stimmt doch was nicht!"

„Was soll denn nicht stim…"

Sie ließ Bek stehen, setzte sich zu Ranofer und Baket an deren Tisch, blaffte: „Warum reist du ab?", was augenblicklich in dem lauten Ruf: *„Ich kann nicht hungrig singen, nicht die Harfe halten zum Gesang, wenn ich nicht satt vom Biere bin!"*, gefolgt von einem einstimmigen *„So singe doch!"*, unterging.

„Das geht *dich* doch nichts an, Bent!", erdreistete Baket sich laut, übertönte selbst den ausgelassenen Lärm der Gäste und der Musik.

„Halt *du* deine Gosche!", fuhr Bent Baket an, die daraufhin jämmerlich schluchzend aufsprang, den Tisch verließ.

„Ranofer! Rede!"

„Ich bin Soldat, *Henut!*", brummte Ranofer, „Ich hab *Sesuwen!* Laß mich erst meinen brennenden Durst löschen!", kippte einen Becher Wein in seine Kehle, während Bent ätzende Kälte den Nacken hochkroch.

„Na und!", schnauzte sie. „Hast du deinen Brand in der Kehle bald gelöscht?"

„Ich habe meine Befehle."

„So laß dir doch nicht jeden schleimigen Wurm aus der Nase ziehen!"

„Nicht hier drin! Komm mit hinaus!" Er zog sie hoch, mit sich mit und sie stellten sich in den köstlichen Durchzug der Eingangstür.

„Die Trockenheit…" Ranofer schaute sich um, vergewisserte sich, daß niemand zuhören konnte, jeder mit Trinken, Essen, Plaudern, Lachen und Singen beschäftigt war. „Pharao glaubte zu wissen woran es liegt und ließ landesweit sämtliche Tempel des Amun schließen. Allein den *Ipet Sut* verschont er einstweilen… Und jetzt, da sich das Hochwasser ankündigt, sieht der *Gute Gott* sich bestätigt, will *alle* Tempel des Landes schließen! Du mußt vorsichtig sein, Herrin! Der *Imi ra Mescha* Haremhab hat den Befehl erhalten, seine Männer in Bereitschaft zu setzen. Die Tempel werden notfalls mit Gewalt geschlossen!"

„Durch die Soldaten?", hauchte Bent entgeistert.

„Augenblicklich steht er im *Ta Mehu*, im Delta", gab Ranofer ausweichend zur Antwort. „In *Per Bastet* gibt es diesbezüglich schon Unruhen; ich hörte, die ganze Stadt sei in Aufruhr. Haremhab wird dort gnadenlos für Ordnung sorgen und dann den *Iteru,* so er denn zu befahren ist, hinunterfahren, und anschließend in jedem Ort, in jeder Stadt, in jedem Kaff bis hinein ins hinterste tiefste Kusch Pharaos göttlichen Willen durchdrücken! Die Männer unseres *Imi ra Ahau uwer em per Nesu*, des *Großen Flottenkommandanten des Königshauses*, stehen bereit, sollte es zu Äußersten kommen. Ich muß zurück, ich kann meiner Garnison nicht länger fernbleiben."

„Du kannst mich doch nicht alleine lassen!" Mühselig hielt Bent kindische

Tränen zurück. „Was soll ich denn tun? Sag mir, was ich tun soll?"

„Dich still verhalten! Schließ deine Türen! Laß die Welt glauben, das Haus sei verlassen... Bent! Der *Imi ra Mescha* zieht kampffähige Männer ein! Erinnere dich: Einer von zehn! Deine Köchin sollte auf der Hut sein, sie hat vier Söhne! Und nichts begehrt Ahmose mehr als in den Kampf zu ziehen... Und Djehutimes' und Maryas Buben... Das sollte ihnen erspart bleiben... Was ist das?"

„Was?"

Ein leises Grollen fegte durch die Welt, Wind kam auf, eine Heuschrecke zirpte laut und nervig in Bents Nähe.

„Huch!", hörte man es von den Damen, die eifrig ihre Umhänge, Perücken und Fächer festhielten, während eine Brise heißen, sengenden Südwinds durch den Innenhof fegte, Kissen von den Stühlen wehte, die schattenspendenden Schilfrohrmatten aufblähte, das Grillfeuer zu einer gewaltigen Flamme anfachte.

„*Sechemet*", keuchte Bent, krallte sich am Türrahmen, faßte in ihren Ausschnitt. Sich krümmend vor Schmerz spürte sie die boshafte Hitze der mächtigen Göttin in sich aufsteigen; bar jeglichen Schutzes von Isis und fern ihres schützenden Hauses war Bent der rasenden Sachmet schutzlos ausgeliefert!

Schwer atmend richtete sie sich fauchend auf, taumelte die Stufen hinunter, blinzelte in die helle Mittagssonne, breitete mit großer Geste die Arme aus. Gleichsam damit wurde aus der frischen Brise ein stürmischer Wind; ein heißer brennender Sturm aus der Tiefe der glühenden, südlichen Deshret fuhr durch Djehutimes' Hof, wirbelte den Staub am Boden auf. Gleichzeitig fegte ein rasselnder Schwarm grausamer, ekler Heuschrecken durch den lieblichen Garten. Bents alte Brandwunden brachen auf, Blut floß aus ihren grün leuchtenden Augen, ihrem Mund, ihrer Tintenzeichnung.

„Ich bin Sachmet!", brüllte sie, legte den Kopf in den Nacken, verdrehte die Augen, beschwor mit den schrecklich verbrannten Klauen den heftigen heißen Wind, der die Gäste, die im Garten und unter dem Säulengang wandelten, fliehen ließ, Schutz im Hause suchend. Grell brennende Lohe schlug ihr aus der Kehle, während sie mit Donnerhall brüllte:

„An meiner Seite *Sia* und *Schai*! Ich bemächtige mich der Frevler! Ich allein bin das verzehrende Feuer! Ich allein bin die Wahrheit und die Gerechtigkeit! Mein strafender Atem wird dich treffen! Mein strafender Atem wird euch alle treffen! Ich bin gekommen, euch verlogene, böswillige, niederträchtige Gesellschaft zu strafen! Dich, du meine Dienerin auf Erden, du von Gott begnadete, dich trifft es zuerst! Dein Hochmut, dein Glaube, du könntest eine Göttin bannen, ja selbst mich, *Die Mächtige* bändigen, lasse ich nicht ungestraft! Und auch denjenigen, der dir dabei geholfen hat, ereilt seine Bestrafung! Obwohl es dereinst Wiedergutmachung sein soll, Tochter, so soll es auch eine Strafe sein! Und jene Hochmütige, die glaubte sich stolz und ungestraft auf den Thron meiner Schwester zu setzen, ist die nächste! Sie wird hart für diesen hinterhältigen Frevel und ihre Eitelkeit büßen! Euch alle, die ihr gefehlt habt, euch alle, die ihr hochmütig wart, geprahlt habt, euch alle, die ihr eitel die Götter geschmäht habt, euch, die ihr mordet und heuchelt und leugnet und lügt und ehebrecht! Höret von mir: Ihr werdet keine Ruhe finden! Ihr werdet euch bis in ferne Zukunft suchen, unruhig, rastlos, voller Sehnsucht! Doch ich will gnädig sein! Zweien wird ihr geraubtes Leben geschenkt werden! Und ihr werdet euch irgendwann finden! Unter Tränen werdet ihr euch einst wiederfinden, um die verlorene Zeit, verlorene Leben, verlorenes Glück trauern und meiner gedenken! Aber euer Lebenswandel, eure Verfehlungen, eure Missetaten, das soll nicht ungestraft bleiben, so wahr ich Sachmet, *Die Mächtigste* unter all den Göttern Kemets bin!"

„Bent!"
Sie spürte die tätschelnde warme Hand an ihren Wangen und die helfenden starken Hände, die sie wieder aufrichteten. Dankbar griff Bent nach dem Weinbecher, den Tachut ihr hinhielt und noch dankbarer nach Ranofers Hand, der ihr auf die Füße half.
„Was ist geschehen?"
„Nichts, Tachut, wohl nur zuviel Wein und die Hitze", keuchte Bent, schaute sich um, fand den Hof so lieblich und ordentlich wie vorher. All das Schlimme, all die schlimmen Worte schienen sich während ihrer kurzen Ohnmacht bloß in ihrem Kopf abgespielt zu haben.
„Mach mir nichts weis! Danke Herr Ranofer, würdest du uns allein lassen? Mir scheint, dies hier ist eine Frauensache, da haben Männer nichts bei verloren!"
„Natürlich, Dame. Entschuldige Bent." Verlegen wandte er sich ab.
Mit hartem Blick und zorniger Miene wartete Tachut, bis Ranofer wieder ins Haus getreten war, packte Bent am Arm, die schlug ihr unwirsch auf die Finger, „Was fällt dir ein!", schnauzend, „Jetzt faßt er mich nicht mehr an, ja schaut mich noch nicht einmal mehr an, und morgen will er bereits abreisen! Und wegen dir kann ich mich nicht einmal gebührend von ihm verabschieden…"
„*Was* hast du getan?", fiel Tachut ihr böse ins Wort, riß sie am Arm. „Du hast *Sie* beschworen! *Die Mächtige*! Ich habe sie gespürt! Ihre glühende Wut! Der heiße Wind aus der südlichen Deshret! Was hast du dir dabei gedacht?"
„*Mabjat*, Tachut, *mabjat*!", wehrte Bent keifend ab, innerlich am ganzen Leib bebend entwand sie sich grob Tachuts Hand, rang sich mühelos zürnend die größte Lüge ihres Lebens ab:

„*Das*? Pah! Das war ein kleiner Schwächeanfall, Neferibs gutem Wein geschuldet! Keine Angst. Sagte ich dir nicht: *Ich* habe *Die Mächtige* gebannt, Tachut! Ich! In jener Felsenkammer, hoch oben im Gebirge! Für alle Zeiten wird die *Dame des roten Tuches* zahm und gehorsam wie ein Kätzchen sein! Nie wieder wird *Sat Re Nebet Sedau*, die *Herrin der Angst* uns heimsuchen! Denn ich allein bin Isis! Ich bin die mächtige Herrin von Uaset! Und ich allein bin die Hexe von Uaset!"

WEISST DU NICHT,
O ASKLEPIOS,
DASS ÄGYPTEN DAS BILD
DES HIMMELS UND
DAS WIDERSPIEL
DER GANZEN ORDNUNG DER
HIMMLISCHEN ANGELEGENHEITEN
HIENIEDEN IST?

ÄGYPTEN, LUXOR

Donnerstag, 22. März 2012 A.D.

LUXOR, WESTBANK
RAPHAELS HAUS

„*Was* machst du hier?", giftete Anna, zog aus dem Regal im Bad ein Handtuch, reichte es Alex.

„Hochzeitsreise, Kleines. Hat Yoyo nichts gesagt? Ach nein, es sollte ja eine Überraschung werden."

„Ausgerechnet nach Luxor?", spottete sie.

„Was dagegen?"

„Erzähl keine Märchen!" An seinem harten Gesicht, den angespannten Wangenmuskeln erkannte sie nur zu genau seine Absichten.

„Wirst du mir helfen?"

„Ich habe dir schon mal gesagt, die Sache ist abgeschlossen, der Mann tot und beerdigt."

„Ich kann das nicht auf sich beruhen lassen, Anna!" Lex schlüpfte in seine Leinenhose und das T-Shirt, rubbelte sich noch einmal über das feuchte, dunkelblonde Haar, schaute ihr durch den Spiegel ins Gesicht. „Ich brauch Tatsachen, handfeste Beweise, Einsicht in die Unterlagen und hoffe auf gute Zusammenarbeit mit der ägyptischen Polizei…"

„Ha ha!", unterbrach Anna ihn mit einem gehässigen Lachen. „Glaubst du allen Ernstes, die ägyptische Polizei interessiert sich für einen Fall, den im letzten Jahr schon niemand juckte? Der zwielichtige Typ wurde untergescharrt, die Palette den Behörden für Altertümer übergeben, wahrscheinlich ist sie längst schon wieder in irgendeinem dunklen Kanal auf geheimnisvolle Weise auf Nimmerwiedersehen verschwunden… Du bist frisch verheiratet. Da solltest du andere Gedanken haben als nach einem unwürdigem Toten zu forschen. Hör auf, Alex, schließ mit der Sache ab! Karen wird davon nicht wieder lebendig!"

„Ich habe übermorgen einen Termin beim hiesigen Kommissariat. Du glaubst gar nicht, was ich für Laufereien deswegen hatte. Aber es muß seinen geregelten Gang gehen! Ich kann das nicht so stehen lassen, will ich ein neues Leben anfangen, Anna! Und zuerst mache ich den aus, der den Kerl angeblich erschossen hat. Diesen Typen vom Wachschutz, angeblich ein Wächter vom Hotel…"

„Mach doch was du willst!", schimpfte Anna, aggressiv wie selten, verließ das Bad, knallte die Tür hinter sich zu, setzte sich böse schnaufend auf die

Couch, schaute zu Sara hin.

Die fischte gerade das letzte Salatblatt aus dem Wasser, trocknete sich die Hände, öffnete leise die Schlafzimmertür. Nachdem sie sich überzeugt hatte, daß Leon fest und tief mitten auf dem großen Bett gekuschelt schlief, setzte sie sich mit dem Geschirrtuch in der Hand Anna gegenüber. Beide schauten schweigend Alex zu, der gerade, in trockenen Klamotten und frisch geföhnt, aus dem Badezimmer trat, mit den nassen Sachen unterm Arm seinen Koffer schnappte und „So ein ausgemachter Blödmann" brummend wieder raus auf die Terrasse verschwand.

„Meinst du nicht", grummelte Sara, und dieser leise, bedrohliche Unterton in ihrer Stimme ließ Anna leicht schaudern, „daß du mir mal eine Erklärung schuldig bist?"

„Da kann ich doch nichts für, wenn die alle hier aufschlagen! Oder meinst du den Salat? Den mach ich gleich fertig, geh du ruhig wieder raus zu ihnen."

„Der Salat kann warten. Ich meinte das andere!"

„Sie haben geheiratet und wollten das mit uns feiern! Auf einer Dahabeya."

„Soso!"

„Anschließend wollen sie mit der Dahabeya eine Nilkreuzfahrt machen und am Ostermontag wieder heimfliegen."

„Aha. Aber auch das meinte ich nicht!"

„Was denn?" Anna fühlte sich auf einmal unter Saras bohrendem unfreundlichen Blick unsicher wie ein kleines Mädchen, das groben Unfug angestellt hatte. „Er hat mir einen Heiratsantrag gemacht", schoß sie mitten ins Blaue. „Mehrfach. Und ja, ich habe ihn nicht angenommen. Was dagegen? Ich bin eine erwachsene Frau! Kann tun und lassen, was ich will! Das geht dich gar nichts an! Er hat getratscht, gib es zu! Sein Herzchen der Mami ausgeschüttet. Ist es das? Willst du mich deswegen in den Senkel stellen?"

„Nein!"

„Für den Jungen kann ich nun weiß Gott nichts! Ich habe nichts von Niklas gewußt! Und Raphael bis eben auch nicht!"

„Sowas soll vorkommen! Der Bub hat gute Gene, die sollten nicht ungenutzt verpuffen."

„Und was *deinen* Typen da anbelangt:", zischte Anna, „er paßt mir nicht! Da bin ich mit Raphael einer Meinung!"

„Auch um Sebastian geht es hier nicht!"

„Dann hör auf mich anzustarren und sag, was du von mir willst!" Allmählich überkam Anna die Befürchtung, sie rede sich um Kopf und Kragen, müsse sich für etwas rechtfertigen das sie nicht verstand.

Sara wies energisch mit dem Kinn nach draußen, zischte: „Er heißt nicht *Alex*!"

„Aha! Eigentlich heißt er Alexander. Kennst du ihn näher?", spottete sie.

„*Tju!*"

Anna spürte, wie ihr augenblicklich Eiseskälte den Nacken hochkroch, schaute Sara zu, die nach der Fernbedienung der Musikanlage auf dem Tisch griff, die Lautstärke aufdrehte. Was war das heute bloß für ein beschissener Tag! Sie schaute durch das Fenster nach draußen, betrachtete Raphael, der mit grimmiger Wut Saras Gartentisch auf seine Terrasse wuchtete und Georg, der in Raphaels geliehener Montur die Stühle dazustellte, welche die Jungs anschleppten. Seit eben herrschte da draußen – genau wie hier drin – eine eiskalte, gereizte, explosive Stimmung

„Raphael liebt die Musik dieser Band. Ich weiß nicht, was er an dem Getöse findet, aber ich muß zugeben, die Texte sind gut!"

„Echt?", meinte Anna teilnahmslos. „Mach leise, sonst wird Leon wieder wach!"

... Ein Traum, eine Seele, eine Bestimmung, ein Ziel. Ein goldener kurzer Blick auf das, was sein könnte. Es hat etwas Magisches an sich ...

„Es ist eine Art von Magie, hm, Mädchen?"

„Wirst du auf deine alten Tage noch Queen-Fan?", versuchte Anna ihre Wut zu beherrschen und bekam ein klägliches Lachen hin.

„Ich werde bei meinen Klassikern bleiben. Und Herr Schwab heißt *Sohn der Mut*! Nicht wahr, *Bent*?"

„Was?"

„Bent!" Sara legte die Fernbedienung zur Seite. „Willst du einer alten Frau nicht mal auf die Sprünge helfen? Der Junge heißt Samut! Und ich kenne ihn!"

„Das hast du eben aufgeschnappt als Ran... Raphael ihn ins Wasser gezogen hat. Spiel dich nicht so auf!"

„Warum nimmst du ihn nicht? Ist dir mein Junge nicht gut genug?"

„Das geht dich nichts an!" Anna fühlte sich immer mehr in die Enge getrieben.

„Liebst du ihn?"

„Mehr als mein Leben!"

„Warum heiratest du ihn nicht? Zu emanzipiert, hä? Ehe ohne Trauschein ist einfacher, was? Wenn's nicht mehr paßt, Koffer packen und ab, ohne Verpflichtung. Adieu Süßer, das wird nichts mit uns zweien, laß uns Freunde bleiben. Ruf nicht an, ich ruf dich an!"

„Halt doch die Klappe! Du hast überhaupt keine Ahnung!"

„Du willst dich keinem Zwang unterwerfen, nicht wahr? Niemals! Wie eine Katze, frei und unabhängig sein! Zur Not nimmst du deinen abgelegten Gatten wieder! Kriechst zurück in dein beschissenes Leben! Das hat mein Junge nicht verdient! Du brichst ihm mitleidlos das Herz, du eiskaltes Luder!"

„Tachut!"

Erbost sprang Anna von der Couch hoch, warf wütend mit der

Fernbedienung nach Sara, „Au!", krümmte sich, faßte in ihren Ausschnitt. Die Bluse, ihre Hand voller Blut, das Tattoo schmerzhaft juckend und beißend...

„Ich konnte dich schon immer hochnehmen, was?", Sara gelang ein fieses Grinsen. „Bis du richtig schön in Fahrt kommst und explodierst. Du nimmst ihn nicht, weil er schon längst dein Mann ist, nicht wahr?"

„Wenn du das alles weißt, warum fragst du dann?", giftete Anna.

„Ich weiß überhaupt nichts, Mädchen. Allenfalls ahne ich was. Ohne Gefüge. Wie Puzzleteile, die ich im Nebel zusammensetze. Allmählich fügen sich diese Bruchstücke aneinander, ergeben einen Sinn. Ich weiß nur, daß ich diesen Alex schon einmal gesehen habe. Aber nicht hier! Nicht in diesem Leben. Tachut! Soso. Das ist mein Name?"

Anna nickte, betrachtete entgeistert ihre blutige Hand.

„Und du bist Bent? Dieser Name fiel schon einmal, unbewußt, in einem Streit, den wir mal hatten. Als ich dir sagte, du seist eine Hure! Ist es so? Bist du eine?"

„Nein! Ja! Ach, was weiß ich denn!"

„*Sechemet!*"

„Was?"

„Der Name da! Dieses blutige Bild in deinem Ausschnitt! Diese Hieroglyphen bedeuten *Die Mächtige! Was* hast du gemacht? Ist sie wieder da? Hast du sie gerufen?" Sara verstummte, kniff die Augen zusammen, fuhr sich mit dem Geschirrtuch durchs Gesicht. „Was rede ich da? Was ist das für eine verflixte Scheiße, Anna!"

„Das weiß ich doch nicht!"

„Bin ich bescheuert? Fängt so Demenz an?"

„Nein Sara! Es gab uns schon einmal! *Samsara!* Das mußt *du* doch wissen."

„Ach pah!"

„Das ist mein Part!", schmunzelte Anna verlegen.

„Wer sind die anderen? Die da draußen? Gab es die auch schon einmal?"

„Es dauert zu lange, dir alles zu sagen. Die warten alle auf den Salat!"

„Ich scheiß auf den Salat! Die Kurzversion, Bent! Die Namen reichen. Vielleicht fällt es mir dann ein."

Jeden Moment mußte Raphael hereinkommen, um Teller, Besteck und Gläser zu holen, deshalb versuchte Anna auf die Schnelle eine Erklärung für das Unerklärliche zu finden:

„Der große Blonde ist Ranofer, Alex sein Freund Samut. Georg ist Baumeister Bek, Yolande Chemsit. Die Jungs – also Ahmed und Leon – Nefertem und Tutmosis. Letizia war Titji, Beks Frau. Kara und Pesechet sind meine Arbeitskolleginnen Karoline und Andrea, Ibrahim ist Parser, Karim ist Montju..."

„Und ich bin Tachut? Und du erinnerst dich an alles?"

Anna nickte. „Fast alles."

„Wer zum Teufel ist Parser?"

„Das geht dich nun wirklich nichts an!"

„Weißt du nicht, o Asklepios, daß Ägypten das Bild des Himmels und das Widerspiel der ganzen Ordnung der himmlischen Angelegenheiten hienieden ist?", murmelte Sara nachdenklich. „Mein Leben ist *gar kein* Hokuspokus!", schrie sie unverhofft, schlug aufgelöst mit der Hand neben sich klatschend auf die Ledercouch. „Kein spinnertes Kind! Kein bekifftes, durch seine Träume von einer besseren Welt taumelndes Hippie-Mädchen, keine schrullige Alte! Mein Leben lang bin ich vor meinen Fähigkeiten davongelaufen, hab sie ignoriert, mich zugedröhnt, glaubte einen Dachschaden zu haben! *Nebethat! Meine* Göttin! *Sie* hat mich nie verlassen!" Sara barg ihr Gesicht hinter dem Geschirrtuch und Anna meinte, sie weinen zu hören. Tatsächlich, denn nun schneuzte Sara sich in das Tuch, wischte die Augen trocken, zog die Nase hoch, meinte gefaßt:

„Sind sie alle da?"

„Von Anfang an. Sie waren alle von Anfang an dabei, Sara, und ich habe es nicht bemerkt. Spielte mit ihnen mein Leben, ließ sie an meinem Leben teilhaben, agierte mit ihnen wie mit Schachfiguren, wie mit Helden aus einem idiotischen Buch, einer trivialen Geschichte um Wiedergeburt, Schmalz und Liebe. Meine Nachbarin Katharina schreibt solche Geschichten; sie ist Autorin, schreibt historische… egal… ich halte sie immer auf dem Laufenden, mit allem was ausgrabungstechnisch in Ägypten so passiert. Doch dies hier kann ich ihr niemals erzählen! Eine solch abenteuerliche, absurde, wirre Geschichte würde selbst Katharina nicht niederschreiben… Um Gottes willen, Sara, was ist das? Alles fängt wieder von vorne an; das Tattoo, die Statue, der Fluch, der Schwur! Die Phiole, die Götter… Sachmet…"

„Samsara, Anna! Es beginnt sooft von vorne, bis wir es richtig gemacht haben…", flüsterte Sara. „Irgendwo in unserem damaligen Leben haben wir alle einen großen Fehler gemacht… Wir müssen es wieder gut machen, den Fehler finden…"

„Und dann?"

„Nirwana … Erinnern sie sich alle?"

„Nein. Nur Raphael weiß, wer er ist."

„Wo ist Uadja?"

„Fatme."

„Und Mesechnet und Iaret?"

„Du erinnerst dich?"

„Vage!"

„Ich weiß nicht wo und wer die beiden sind. Vielleicht jemand aus meiner Familie, Mutter, Großmutter? Wer kann das sagen? Ich kann niemanden mehr fragen, es ist keiner mehr am Leben."

„Hat er noch den Cognac im Küchenschrank stehen?"

„*Tju!*"

„Ich glaube, ich könnte einen vertragen!"

Sara stand auf, kramte nach der Flasche und einem Glas, drehte sich um, bemerkte daß Anna an Raphaels Schreibtisch stand, kreischte:

„Was machst du denn, du Unglückswurm?"

„Das muß ein Ende finden! Eines mache ich jetzt schon mal richtig! Ich tue das, was ich schon lange hätte tun sollen! Ich stelle die alte Ordnung wieder her und ziehe einen endgültigen Schlußstrich! Ich hätte ihn niemals heiraten dürfen!"

„… segeln tagsüber und ihr bleibt alle über Nacht! Niemand muß sich nach der ausgelassenen Feier um den Heimweg sorgen. Wir haben sie für diesen Tag für uns alleine gebucht, damit wir ungestört sind. Sie hat acht Doppelkabinen und ist zauberhaft eingerichtet. Das wird bestimmt ein unvergeßliches, traumhaft schönes Erlebnis!", plauderte Yolande.

„Ich war noch nie auf einer Dahabeya, Yoyo", gab Anna, nicht ganz bei der Sache, ihrer Freundin zur Antwort, reichte ihr die Salatschüssel, schaute zu Georg hin.

„… den Anzug und das Smartphone bezahlst du mir!", hörte sie ihn fluchen. „Verstanden! Und die Sache mit dem Kilometerstand vom Mustang steht noch aus! Anna fährt ihn nicht!", grummelte er, während alle mehr oder weniger friedlich beim Essen saßen.

„Ich bin damit nach Kiel gefahren!", nuschelte Raphael mit vollem Mund, schöpfte sich eine zweite Ladung Salat auf den Teller, schielte zu den beiden jungen Männern hin, die etwas abseits ums Hauseck auf den Sonnenliegen saßen, die Teller in der Hand balancierten, das Grillfleisch im Auge behielten, sich gackernd und lachend unterhielten, dabei wohldosiert hier und da *Alder* und *Digga* in das Gespräch einstreuten.

„Du hast doch überhaupt keinen Anstand, du Drecksack!", brauste Georg auf, stand auf, fuchtelte mit der Gabel. „Du bist nichts als ein rücksichtsloses, selbstgefälliges, arrogantes Arschloch! Fährst mein Auto, wohnst in meinem Haus, machst Frauen ein Kind, fickst meine Frau…"

„Ich bin nicht mehr deine Frau!", fiel Anna Georg ins Wort.

„Hört endlich mal auf!", versuchte Alex zu schlichten.

„Halt dich raus, Sascha! Und du, Ney, hast nicht einen Funken Anstand im Leib!"

„Es reicht, Berger!", zischte Alex. „Ich kenn dein loses, verletzendes Maul zur Genüge! Setz dich auf deinen Arsch und iß!"

„Fällst du mir jetzt auch noch in den Rücken? Bist du dafür fünftausend Kilometer hergeflogen? *Das* nenne ich wahre Freundschaft! Entschuldige Yoyo!"

„Laß Ranofer in Ruhe!", giftete Anna.

„*Was* hast du gesagt?"

„Du sollst Raphael in Ruhe lassen! Hör mit deinen Sticheleien auf! Ihr benehmt euch wie pubertierende Jungs, frei nach dem Motto: Wer hat den Größten! Werdet mal erwachsen! Denkt an Leon! Meint ihr, der Kleine bekommt eure kindischen Zankereien nicht mit?"

„Anna! Was du da *eben* gerade gesagt hast?"

„Ich sagte, ich bin nicht mehr deine Frau! Ich hab soeben die Papiere unterschrieben, wir sind geschieden!"

Georg wich sämtliches Blut aus dem Gesicht, setzte sich, bleich wie ein Leintuch, böse schweigend, stocherte mißmutig im Essen auf seinem Teller, trank sein Bier aus. Anna beobachtete ihn, kannte ihn zu genau; ungestraft würde er das nicht auf sich sitzen lassen. Ansonsten herrschte am Tisch unheimliche Totenstille, das Besteckgeklapper verstummte, peinlich berührt sagte niemand auch nur ein Wort.

„Dir ist schon klar, Nachtwächter", meinte Georg nach einer Weile mit jenem ruhigem Tonfall, der Anna veranlaßte, auf das Schlimmste gefaßt, scharf die Luft einzuziehen, „wären wir in Deutschland würde ich dich anzeigen, vor Gericht zerren! Und aus *der* Nummer würdest du nicht überheblich grinsend rauskommen! Denn was du da gerade eben abgezogen hast, war versuchter Mord!"

„Halt doch den Rand, du zynisches Großmaul! Ich hätte dich schon dreimal in die Hölle schicken können! Einzig Anna zuliebe bin ich barmherzig!"

„Barmherzig?", schnauzte Georg. „Würgen? Prügeln? Untertauchen? Und, genau, das Ganze nicht zum ersten Mal! Da kommt ganz schön was zusammen!"

„Da muß ich ihm Recht geben!", brummte Alex zustimmend, schaffte es aber nicht rechtzeitig, Raphael davon abzuhalten, aufzuspringen, Georg von hinten zu packen. Mit tödlicher Ruhe drückte er ihm mit dem Bizeps beinahe die Luft ab.

„Laß ihn los! Sofort!", giftete Anna mit Befehlston, „Du bist hier nicht im Krieg!", schaute Raphael in die blutunterlaufenen, tränentriefenden roten Augen. „Bitte! Hört endlich mit eurem kindischen Unsinn auf!"

Raphael lockerte seinen unbarmherzigen Griff, beugte sich zu Georg runter, zischte in sein Ohr: „Er kann sich ja einfach mal entschuldigen! Wie wär's damit, *Fätzlein!*"

„Wie wär's, wenn du ihn losließest?"

„Halt's Maul, Samut!"

„Ich bin mir nicht zu schade dafür, dir eine reinzuhauen! Laß ihn los!"

„Ey, Ahmed, was geht'n hier ab, Alder?"

„This is eine private Affairs zwischen denen beiden, Digga, die können gar nicht anders. Komm, Niklas, wir verziehen uns."

„Ich war", rief Sara vom Tischende her, „mein Leben lang stolz auf dich! Weil du bist wie *er*. Weil du bist wie ich! Sanft und gerecht, liebevoll und gütig. *Er* hat dir alles Gute und Gütige von sich mitgegeben! Ich bitte dich, mir zu liebe, mach dich nicht unglücklicher als du es schon bist! Laß es gut sein! Laß Herr Berger los und dann wollen wir das Ganze einfach vergessen. Bitte, Raphael! Hör auf damit! Das ist kein Spaß mehr!"

„Wer ist *er*?", zischte Raphael.

„Ein Engel! Wie du einer bist, wenn du nicht gerade dem Gatten deiner Liebhaberin ans Leder willst. Du vergißt das doch, Georg? Oder?"

„Wenn er nicht bald locker läßt, könnt ihr mich gleich ganz vergessen!", krächzte Georg, rammte Raphael seine Gabel in den Oberschenkel. „Laß los, du Arsch oder ich spieß dich mit der Gabel auf!"

„'tschuldige Berger!" Raphael ließ Georg los, tätschelte ihm grob den Schädel, „Sorry, hab meine Fassung verloren. Kenne mich selbst nicht mehr. War heute alles ein bißchen viel. Ich hoffe ihr verzeiht, daß ich euch das Essen versaut hab. Aber man wird schließlich nicht jeden Tag Vater…"

„Es ist keine große Kunst, einer zu werden!", dröhnte es donnernd durch den Garten.

Chica verkroch sich jaulend und winselnd unterm Tisch, Anna überkam das Gefühl, daß die Getränke in den Gläsern anfingen zu kochen und die warmen Speisen eiskalt wurden. Leon fing drinnen erbärmlich an zu weinen und Yolande krallte sich ängstlich in Annas Arm, „Um Gottes willen, wer ist das?", hauchend.

„Sebastian!", frohlockte Sara, „Wie schön, dich zu sehen!"

Roth trat näher, setzte sich dreist auf Raphaels freien Platz.

„Väter und Söhne!", grinste er in die Runde. „Alle vereint unter einem Dach! Was für ein prächtiges Bild! Und es gibt Zeiten, da kommen einem dreieinhalbtausend Jahre wie ein einziger Tag vor, nicht wahr?"

Roth hob gebieterisch die Hand, tat als horche er, schaute mit seinem gefährlich wirkenden Raubtierlächeln in die Runde. „Er weint! Das sollten kleine Jungs nicht tun! Schicken wir ihm ein bißchen Mut!" Er schnipste lässig mit den Fingern. „Sie sollten stark sein, mutig sein, schließlich werden sie einmal große, furchtlose Männer. Wie mein eigener wunderschöner, prächtiger Junge. Und schon hat er sich beruhigt! Was für ein tapfrer kleiner Kerl."

„Mach, daß du aus meinem Haus verschwindest!", knurrte Raphael boshaft. Doch für Roth schien Raphael gar nicht anwesend, er ignorierte ihn gänzlich, wandte sich an Sara:

„Erinnerst du dich an den wunderbaren Sommertag, Sara? An die verwunschene Waldlichtung im Sonnenuntergang?"

… *Love, love me do … You know, I love you … I'll always be true …* dröhnten die Beatles plötzlich schmachtend aus den Lautsprechern.

Wutschnaubend verschwand Raphael im Wohnzimmer, drehte die Musik ab …

„Wie könnte ich *den* Tag vergessen…"

… stürmte wieder auf die Terrasse, „Du verschwindest auf der Stelle oder ich befördere dich höchstpersönlich mit einem Arschtritt nach draußen. *Mein* Haus, *meine* Regeln! Raus! Du bist hier unerwünscht!", zischend.

„Keine Sorge. Ich wollte das traute Familienidyll nicht stören."

„Dann gibt es nichts mehr zu sagen! Raus jetzt!" Mit eiskalter Ruhe hob Raphael den Arm, die gezogene Waffe im Anschlag, zielte genau auf Roths Kopf.

„Raphael, nimm die Waffe runter!", drohte Alex, doch Raphael ließ Roth nicht aus den Augen, stand still und ruhig abwartend da.

„Bevor ich gehe … Eine Bitte hab ich noch", brummte Sebastian. „Gewährst du sie mir? Von Mann zu Mann?"

„Kommt drauf an!"

„Ich möchte mich von den Damen verabschieden. Das gebietet der Anstand."

„Hör nicht auf ihn!", rief Anna, stellte sich wie beschützend neben Raphael. „Und nimm die Waffe runter! Werd' nicht wie er! Er ist ein erbarmungsloser, gnadenloser, brutaler Teufel!"

„Doch auch ich, *Herrin des Lebens*", Roth wandte sich Anna zu, senkte den Blick, vermied ihr in die Augen zu schauen, neigte fast demütig den Kopf, „kann lieben, *Henut!*"

Mit einer raschen Bewegung trat er zu Sara, streichelte zärtlich ihre Wange.

„Meine Herrin des Hauses, *unsere* unendliche Liebe wird niemals sterben! Ich muß gehen, er will es so. Vergiß mich nicht, Nebethat! Denk an mich, sollte es wieder Krieg geben! Bereits von langer Hand von Despoten geplant! Hör auf meine Warnung! Und wenn wir dereinst gehen, die Gottheiten die Erde für immer verlassen, werden wir uns wiedersehen, Sara! Paß gut auf ihn auf! Du und die *Königin aller Götter*! Einst prophezeite *Die Stätte des Auges*, der mächtige König, der große Osiris den Menschen: *Das Spiel der Götter ist unendlich und der Rote wird sich niemals geschlagen geben. Er wird wiederkommen! So wie er immer wieder kommt! Seid euch nicht zu sicher, ihr kleinen Menschen, die endgültige Entscheidung ist noch lange nicht gefallen!* Wie recht mein Brüderchen, der König der Unterwelt hatte! Eines ist immer gewiß: *Er muß bleiben, wo er ist, ich* aber werde immer wieder zurückkehren! Denn ich allein bin *Sutech*, der Herr des Donners!"

Peret, 7. Tag des Ta Abet
(22. November 2022)

Die Göttinnen	Ihre Ehegatten
Sachmet: Die Mächtige	Ptah: Der Bildner
Beider Sohn Nefertem: Vollkommen an Sein und Nichtsein	
Isis: Thron, Herrin des Lebens	Osiris: Stätte des Auges
Nebethat: Herrin des Hauses	Seth/Sutech: Anstifter der Verwirrung
Neith: Die Schreckliche	Chnum/Ksanamu: Der Widder/Schaf (Verbindung zu Neith unter Vorbehalt)
Selket: Die, welche atmen läßt	
Maat: Wahrheit und Weltordnung	Thot
Mut: Mutter	Amun: Der Verborgene
	Re oder Ra: Die Sonne Der wichtigste, oberste Gott des alten Ägypten
	Aton: Die sichtbare Sonnenscheibe

Real existierende Personen zur Zeit dieser Geschichte:

Amenhotep III.	Pharao
Amenhotep IV./ Echnaton/Achanjati	Sohn von Teje und Amenhotep III., sein Nachfolger
Amenophis Hapu/ Amenhotep Sa Hapu	Baumeister, Seher, Schreiber, Berater unter Amenhotep III.
Anchesenpaaton	3. Tochter der Nofretete
Bek	Vater des Tutmosis
Eje	Großwesir unter Amenhotep III. und Echnaton
Katharina	Annas Nachbarin ;-)
Maiherperi	Nubischer Leibwächter
Maketaton	2. Tochter der Nofretete
Meritaton	1. Tochter der Nofretete
Mutemwija	Amenhoteps III. Mutter
Narmer	Erster Herrscher der 1. Dynastie, einte vermutlich um 3000 v.Chr. das Land am Nil
Neferrenpent	Kammerdiener von Amenhotep III.
Ptahmose	Bürgermeister von Uaset
Semenchkare	Unbekannter Herkunft, später Echnatons Mitregent
Taduchipa/Nofretete	Vermutlich die Tochter des Eje, Gattin Echnatons
Teje	Große Königliche Gemahlin von Amenhotep III.
Tuja und Juja	Tejes Eltern
Tutmosis/ Djehutimes	Königlicher Bildhauer unter Echnaton, Sohn des Bek. Er machte die Büste der Nofretete

Die wichtigsten Titel und am häufigsten gebrauchten Anreden

Aa en Schet	Steuereintreiber
Hati a en Niut Resit	Bürgermeister von Uaset
Hem Netjer Ascha	Einfacher Priester
Hem(et) Netjer Tepi en [...]	Oberster Priester (Priesterin) der [jeweiligen Gottheit]
Henut	Herrin, Gnädigste
Imi ra nut Tjati	Großwesir
Iripat/ Iritpat	Hoher Adeliger/ Adelige, höchster Rangtitel
It	Vater
Mut	Mutter
Mut Nesut	Königinmutter
Neb	Herr
Nebet	Herrin
Nesu/Nesu Bity	König/König der Zwei Länder
Nesut	Königin/königlich
Sa/Sen	Sohn/Bruder/Schwager/männl. Verwandte
Sat/Senet	Tochter/Schwester/Schwägerin/weibl. Verwandte
Schepsi/ Ta Schepsi	Vornehmer/Vornehme Dame
Semher/Semhert wati	Einzigartiger Freund/Freundin des Königs
Senuji	Kamerad
Ta	Dame
Tjai chu her wenemi Nesu	Wedelträger zur Rechten des Königs
Tschesu	Kommandant
Tju/Mabjat/Tja	Ja/Nein/Ausruf bei z.B. gespielter Entrüstung

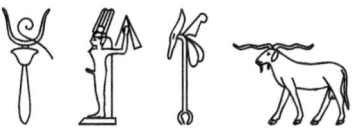

Die Hieroglyphen der Kapitelzierden stehen für das *Amt*, welches Bent immer noch innehat, den Gott *Min*, das *Was*-Zepter für die Stadt *Uaset* und den Widder, Amuns heiliges Tier.

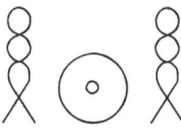

Die Hieroglyphen über der Danksagung stehen für *Ewig* und *Unendlich*

Erik Hornungs *Tal der Könige,* Joann Fletchers *Tagebuch eines Pharao,*
Phillip Vandenbergs *Nofretete Eine archäologische Biographie,*
Renate Germers *Die Heilpflanzen der Ägypter* und
Großes Handwörterbuch Deutsch-Ägyptisch von Rainer Hannig
waren mir u. a. beim Schreiben dieses Romans eine große Hilfe

Der ägyptische Kalender (Die Monate beginnen immer am 15.)

Achet (Zeit der Überschwemmung)
Juli - Oktober, **Herbst**, umfaßt die Monate:
Djehuti: Juli,
Pa-en-ipet: August
Hut-heru: September
Ka-her-ka: Oktober

Peret (Zeit der Saat)
November - Februar, **Winter**, umfaßt die Monate:
Ta-abet: November
Mechir: Dezember
Pa-en-Amenhotep: Januar
Pa-en-Renenutet: Februar

Schemu (Zeit der Ernte)
März – Juni, **Sommer**, umfaßt die Monate:
Pa-en-Chonsu: März
Pa-en-inet: April
Ipip: Mai
Mesut-Re: Juni

Dazu kommen fünf Zusatztage, die *Heriu-renpet*:
Vom 30. Juni – 04. Juli die Geburtstage des Osiris, Horus, Seth, der Isis und der Nebethat

November 2022

Echnaton hat nach seinem Vater Amenhotep III. also den Thron bestiegen und sich seinen größten Wunsch erfüllt: eine neue Hauptstadt! *Achet-Aton*, der *Horizont der Sonne*, die erste am Reißbrett geplante Stadt der Welt! Um den Einfluß der übermächtigen Amunpriester zu brechen, verfolgte Echnaton die Pläne und Gedanken seines verstorbenen Vaters – ob er dessen Mitregent war ist umstritten – weiter, ging allerdings soweit, sämtliche Götter abzulehnen (oder vielleicht gar ganz zu verbieten, aber das ist nicht gesichert), um einzig *Aton*, die Sonne, anzubeten.

Nur knappe dreizehn Jahre währte der waghalsige Traum vom Monotheismus: *Achet-Aton*, als religiöses Zentrum mit Pharao und seiner Gattin als einzige Vermittler zwischen dem Sonnengott und dem Volk.

Echnaton starb bereits Anfang oder Mitte Dreißig, hinterließ das Land ohne König, ohne Thronfolger. Dies veranlaßte entweder Nofretete oder eine ihrer Töchter die berühmten *Dachamunzu*-Briefe zu verfassen, in denen die verzweifelte Frau um einen hethitischen Prinzen bat, den sie zum König machen könnte ... Doch hier greife ich bereits vor, das gehört in eine andere, in die nächste Geschichte.

Ich habe Achet-Aton so beschrieben, wie es sich präsentiert, wie die wenigen Ruinen der Grundmauern auch heute noch zu sehen sind. Grundlage für die Aufbauten war u. a. Paul Dochertys aufwendiges *Amarna 3D Projects*.

Auch für diesen Band gilt: die Ansichten meiner agierenden Personen spiegeln das Lebensgefühl der damaligen Zeit wieder und sind nicht meinem eigenen Wunschdenken entsprungen. Die grausamen Jenseitsvorstellungen, der Glaube an die Allmacht und die Göttlichkeit Pharaos, der unerschütterliche Glaube an die Götter, der Aberglaube was Geister und Träume betraf, der Glaube daran, daß das geschriebene Wort oder ein Abbild beseelt seien, das tägliche Ritual für Amun – all das machte das Leben der Ägypter aus. Auch in diesem Band sind überlieferte Tatsachen in *kursiv* gesetzt, ebenso die altägyptischen Begriffe. Die Übersetzungen dazu finden sich meist direkt im selben Satz, spätestens aber im darauffolgenden. Lediglich die überlieferten Gebete, die Bent während ihres Rituals spricht, habe ich der Lesbarkeit wegen nicht kursiv gesetzt.

Herzlichst Ihre
Katharina Remy

19.02.2023

Mehr Infos über die fantastische, exotische Welt des alten Ägypten und über die Autorin natürlich auch auf Katharina Remys Internetseite:
http://www.amhorizontdersonne.de

Alle bisher von Katharina Remy erschienenen Ägyptenromane sind sowohl in den Buchhandlungen wie in jedem Online-Buchshop verfügbar. Alle Romane sind selbstverständlich auch als E-Book erhältlich

Am Horizont der Sonne
ISBN: 9783749497249
Historischer Roman um Pharao Tut-Ench-Amun

Tut-Ench-Amun lebt!
Jedenfalls in der Erinnerung der Menschen und in meinem Roman. In dieser Geschichte lebt Pharao Tut-Ench-Amun, Sohn der Sonne, Starker *Stier, vollkommen an Wiedergeburten,* sein nicht erfülltes, allzu früh beendetes Leben weiter!

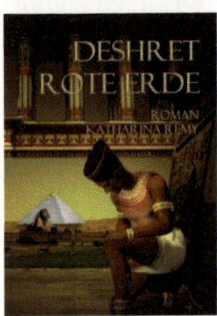

Deshret Rote Erde
ISBN: 9783839183243
Historischer Roman um den Bau der
großen Pyramide von Giza und dem Bau der Sphinx

Baumeister Chenu haßt Pharao Chufu von garem Herzen. Doch beide sind durch das Wissen um brutale Morde und Familiengeheimnisse auf Gedeih und Verderb aneinander gebunden …

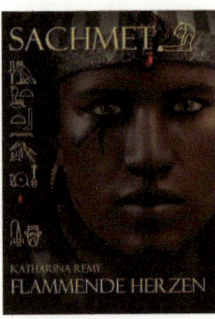

Sachmet Flammende Herzen
ISBN: 9783752667547

9 Kurzgeschichten rund um die Helden der Sachmet-Reihe
Nur als E-Book erhältlich

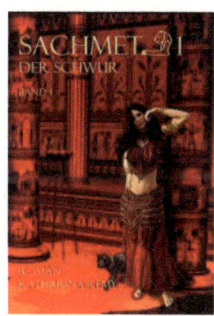

Sachmet Band 1 Der Schwur
ISBN: 9783752848717
Historischer Roman um die Hohepriesterin Sahu-Re

Das Mädchen Bent schwört im Zorn der grausamen und tückischen Sachmet, der mächtigsten und gewaltigsten Göttin Ägyptens einen blutigen Schwur …

Sachmet Band 2 Blutmond
ISBN: 9783748146889
Historischer Roman um die Hohepriesterin Sahu-Re

Eine unheimliche Himmelserscheinung bedroht das *Schwarze Land*. Bent, von Visionen geplagt, fürchtet, Sachmet wolle ein zweites Mal die Menschheit vernichten …

Sachmet Band 3 Die beiden Herrinnen
ISBN: 9783751907408
Historischer Roman um die Hohepriesterin Sahu-Re

Grausame Morde geschehen in Uaset! Selbst auf den Stufen des Isistempels findet man ein Mordopfer. Doch Bent, obwohl sie bereits ein Jahr dem Tempel der Isis als pflichtgetreue Hohepriesterin Sahu-Re vorsteht, vergißt selbst über all diesen Sorgen niemals ihren schmerzvollen Leidensweg …

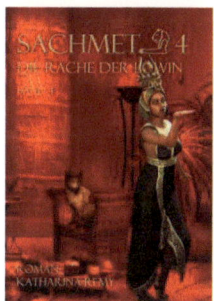

Sachmet Band 4 Die Rache der Löwin
ISBN: 9783751929813
Historischer Roman um die Hohepriesterin Sahu-Re

Ranofers Tod wäre vielleicht zu verkraften gewesen. Doch daß er Bent und ihrer beider große Liebe einfach vergessen hat, stürzt die ehrbare Hohepriesterin der Isis in tiefste Betrübnis. Von diesem erneuten Schicksalsschlag grausam getroffen, im Herzen kalt, fühlt Bent sich außerstande ihr Leben weiterzuführen …

Sachmet Band 5 Der Zorn des Seth
ISBN: 9783752658330
Historischer Roman um die Hohepriesterin Sahu-Re

Von *Uaset* bis hinunter in das entfernte *Swenu* führt ihr Weg, hinein in unbekannte Regionen, zu fremden Städten und prächtigen Tempeln. Bent lernt Kemet, *Das Schwarze Land*, mit seiner betörenden Schönheit auf eine völlig neue Weise kennen. Und sollte auf dieser Reise ihrer beider Liebe tatsächlich erneut aufflammen, Ranofer wieder zu ihr finden?

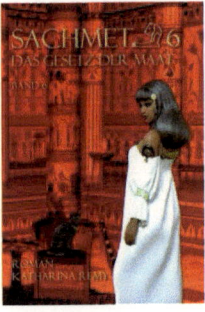

Sachmet Band 6 Das Gesetz der Maat
ISBN: 9783755716341
Historischer Roman um die Hohepriesterin Sahu-Re

Bent in ihrer Position als Hohepriesterin des Isistempels ist zu einem prunkvollen Fest geladen: Die Hochzeit des Kronprinzen! Doch hat nicht Sachmet selbst vor Jahren einst prophezeit, mit Bents Hilfe den Prinzen töten zu wollen? Aber eine Absage läßt Pharao Amenhotep nicht gelten …

Mit Freude stelle ich Ihnen hier die Romane meiner Schriftsteller-Kollegin Ilona Arfaoui vor. Illustriert mit ihren phantastischen Bildern sind ihre Bücher neben dem Lesegenuß auch ein Fest für die Augen!

Der König der Schatten
Phantastischer Roman
ISBN: 783749408054

Schon seit vielen Jahrhunderten herrschen die Dunklen über einen der letzten heidnischen Clans Irlands. Regelmäßig werden von ihnen magisch begabte Kinder als ihre Schüler auserwählt

Cahal, einer ihrer Schüler und Sohn des Königs, will sich ihnen allerdings nicht mehr unterwerfen und zettelt eine Meuterei an. Zusammen mit seinen acht Gefährten gelingt es ihm, die verhaßten Dunklen Herrscher in das "Schwarze Land" zu verbannen. Er ahnt nicht, welche Tragödie er damit auslösen wird.

512 Seiten, davon drei Seiten farbig illustriert

Ilona Sonja Arfaoui, Jahrgang 1950, lebt mit ihren Katzen in Stuttgart, arbeitete als Werbeberaterin und Grafik-Designerin in der Werbeabteilung eines Verlages. Sie hat die Fortsetzung des Schattenkönigs *„Der Hexenmeister, die Macht und die Finsternis"* herausgebracht und im ersten Halbjahr 2022 die Trilogie mit *„Die Anderen - Chroniken aus dem Schwarzen Land"* beendet. Außerdem ist von ihr eine kleine Katzengeschichte *„Die Katze, der Traum und der Pharao"* mit 9 farbigen Illustrationen erschienen.
www.ilonaarfaoui.com